UMA ESTÓRIA DANATUÁ

ESTÓRIAS QUE SE APROXIMAM

Vol 02

MIKAEL LENYER

Livro Universo Tardisch – apenso 03-b

- 3ª edição -

Mikael Lenyer

Blog: mikaellenyer2a.blogspot.com
Canal youtube: Mikael Lenyer

Lenyer, Mikael

Uma estória danatuá – Estórias que se aproximam - vol 2
/ Mikael Lenyer

1. Ficção – Ação e aventura 2. Ficção infanto juvenil –
   ação e aventura

Capa: própria.

PREFÁCIO

Talvez a oitava era seja mais especial do que se pensava. Foi nessa era que Mercator e Éfrera se encontraram, e se viram, como foi nessa era que Uivo e Allenda também se encontraram, e também se viram. Tudo leva a crer que esses quatro seres de poder irão exercer um papel importante nessa era, que os seres mágicos desconfiam que caminha para um desfecho há muito vaticinado, porque os demônios das terras altas desejam as terras baixas e, mais ainda, os seres que ali habitam.

A grande guerra, a guerra fimdeera parece estar se levantando no horizonte, e as forças já começam a aprontar suas armas e a fazer suas escolhas.

Mas há um compasso de espera, um movimento oculto, onde se envolvem anjos, caídos, demônios, nefelins, dahrars, pessoas, humanos e os próprios deuses, através das mutas.

Mas, também é a era que um demônio indeciso, procurando se reconhecer na face do tempo, e um outro, assustado com a possibilidade do que pode ser, estão sendo colocados em evidência.

Como já dito anteriormente, muitos dos acontecimentos deste livro estão contidos na série de livros OS DANATUÁS, quase que de forma idêntica à aqui narrada. Quase porque, como é um relato, e não em primeira pessoa, mas sim a estória de um observador atemporal, falas podem estar diferentes e os locais podem não ser exatamente como em OS DANATUÁS. No entanto, em essência são os mesmos.

Então, que sigam com eles, nessa estória que, tal como a nossa própria estória, nunca encontrará um fim.

Akindará,

Mikael Lenyer

DEDICATÓRIA

Para os que me acompanham pela vida.

.

Akindará,

Mikael Lenyer

Sumário

RESUMO do LIVRO ANTERIOR

E a escuridão surgiu na vontade de anjos de poder em experimentar não ser amor, demônios que se fizeram. Na terrível dor em que se viram aprisionados desejaram que todos dela partilhassem.

Na consciência que se expandia pelo multiverso, num pequeno planeta, luz e escuridão, vida experimentando em se resolver.

Mercator é um velho demônio guerreiro do começo das eras, e Éfrera é uma demiana caída, uma vigilante, considerada uma das melhores guerreiras que foi derrubada do céu. Os vigilantes enviam Éfrera contra Mercator, porque eles temem esse demônio, que dizem foi um dos poucos que teve sucesso em matar um arcanjo.

Porém, quando se encontram, algo parece nascer entre os dois. É um respeito e uma desconfiança de que, talvez, estivessem sendo usados por velhos poderes em conflito.

Já Uivo é uma pessoa comum com poderes comuns, enquanto Allenda é uma guerreira experimentada, que retorna para casa em atendimento a um chamado dos anciões, porque uma guerra terrível está para começar. Quando os dois se encontram nasce entre eles dois uma estranheza perigosa, apesar de todo o deslumbramento que um em outro parece causar.

Na tentativa de limpar velhos conceitos e velhas decisões a vida procura um novo ponto de equilíbrio, se preparando para sentir as promessas que o vento sussurra, na vontade de um deus que todos julgam oculto.

A vida nunca para, nunca se satisfaz. Nesse caminhar as consciências se tocam e se testam, se sentem, e se perguntam como a vida podia ter sido antes como foi, porque, agora, parece impossível que continue até mesmo com essa lembrança.

Por mais que a lógica insista em dizer que estaria melhor se deixasse de lado o que assusta, a alma sabe acalentar a esperança de uma redenção.

Allenda e Uivo, Éfrera e Mercator... O que o Trovão preparou?

Sigam com eles, então, na aventura que nunca irá se satisfazer...

Talvez eles consigam a resposta.

Akindará,

Mikael Lenyer

MERCATOR E ARAEL

*Eu sei que a minha estória é muito maior
que a estória do corpo que uso...*

Arael desceu suave no alto da árvore. Era muito estranha a falta e a saudade que a assaltavam de vez em quando.

Lampejos a atingiam em ondas, que vinham e rapidamente se perdiam, como os anjos que via de quando em quando por entre as nuvens ou pontos minúsculos contra o azul do céu, como se a estivessem mantendo sob cuidados.

Sorriu.

Sabia que era uma entrante, que não nascera naquele corpo, que não o vira crescer e evoluir, como sabia que não havia caído com ele naquele mundo.

Era uma entrante, e estava muito bem com isso.

Se ajeitou de cócoras sobre o galho da árvore. Lentamente fechou as asas às costas, deixando o pensamento escorrer pelas copas das árvores, sentindo o coração cheio e luminoso.

Ao ver ao longe uma progressão de seres escuros no chão da floresta fechou sua mente. Não queria uma batalha, não queria nem ao menos um mínimo de enfrentamento. Tinha muita coisa em que pensar, e batalhar a tirava do foco.

Suspirou fundo, sentindo-se incomodada. Para o Oeste, não muito longe, viu um grupo de pessoas sendo cercado por outros mantas e alguns coloridos.

Deixou os ombros caírem desanimados quando os escuros desceram sobre aquelas pessoas. Com cuidado ficou observando as altas encostas onde eles estavam sendo atacados, se esforçando em manter suas emoções distantes.

Viu, como se fosse em um filme, um curupira e um caipora dando combate a três mantas, e deles se livrando com alguma dificuldade. Viu o curupira ser atingido várias vezes por lanças e setas e tombar no campo, logo se desfazendo em fagulhas.

Como se estivesse profundamente cansada se levantou e neles fixou sua atenção.

Então deixou suas emoções retornarem, pensando nos sorrisos que se iam, nos olhos que estavam se apagando, apenas porque alguns desejavam, ... que apenas desejavam a admiração e o trabalho dos outros.

Foi esse pensamento que a ergueu de vez.

Em silêncio desceu atrás das linhas dos coloridos, a espada violeta zumbindo suave. Quando os coloridos perceberam a nova atacante e a enfrentaram, eles apenas foram caindo enquanto ela avançava, fria e irresistível.

Tomadas de energia as pessoas viram suas forças renovadas e se poderaram com mais vibração, e logo tudo estava acabado.

Arael embainhou a espada, que diminuía enquanto se acondicionava na pequena bainha na coxa.

- Você é um anjo? – perguntou uma manira-ellos de lindos modos parando sorridente e feliz à sua frente, secundado por todas as outras pessoas, de rostos agora luminosos.

- Já fui – falou com suavidade. – Devem ir embora, porque esses lados não são mais seguros. Vocês estão muito próximos do lar dos demônios – falou fazendo referência às altas montanhas do Oeste.

- Sabemos, demiana. Estávamos abandonando essas terras, mas fomos cercados. Obrigada pela ajuda. Akindará, demiana – falou a manira se despedindo, fazendo sinal para todos se apressarem em sair daquelas terras.

Arael ficou em silêncio, o coração feliz, enquanto uma a uma as pessoas passavam à sua frente, os olhos luminosos, as faces sorridentes se despedindo agradecidas.

Assim que a última pessoa se afastou e se perdeu ao longe, Arael sentiu algo diferente. Devagar se voltou para o alto do céu a Oeste.

Seu coração levou um baque quando viu a grande forma de um ser estranho desfazer um largo círculo no céu, como se tivesse ficado algum tempo ali a observando. Seguiu a forma, que logo se perdeu além de uma alta montanha mais para o Oeste, para dentro do território dos demônios.

Em seu coração desconfiava de quem seria, e se perguntava se ele realmente se afundava nas terras ao Oeste em desafio aos demônios.

Sorriu.

Suspirou fundo, deixando se perder na visão de um demônio velho se amargurando enquanto ela morria em seus braços.

SOLIDÃO ACOMPANHADA

É o alimento que não sacia, é a ânsia que não desaba e some. Não conheço seu nome, mas apenas a dor que me causa. E, na verdade, tenho receio e não quero conhecer a sua essência, porque temo ver que não terei esperança.

Allenda se afastou um pouco da comitiva. Sentia-se incomodada, e via que isso não passava despercebido aos outros, principalmente a Adanu.

Os dias haviam corrido muito, se precipitado como a neblina pesada que desaba das montanhas mais altas, caindo sobre os vales mantidos às suas sombras.

Sentia essa estranha apatia, essa tristeza, e não entendia bem por quê. Ao se analisar percebia que podiam ser por inúmeras coisas, mas não sabia ao certo qual delas deveria culpar. Pensou mais devagar, e viu que gostaria de ter permanecido mais tempo no acampamento. Estranhou essa descoberta, porque não estava afeiçoada àquelas pessoas e ...

Um frio enrijeceu sua coluna enquanto subia para sua cabeça. Foi como um baque, acompanhado de um estampido estranho. Sua visão se turvou e seu rosto se afogueou.

Moveu a cabeça com uma certa irritação.

De esguelha conferiu que os outros não prestavam muita atenção nela, o que a fez relaxar. No entanto, o incômodo logo retornou. Tomada de tensão se ergueu, uma estranha revolta se movendo nas entranhas de seu coração. Com passos firmes saiu, após avisar que iria caçar alguma coisa. Precisava se isolar e esquecer novamente os pensamentos que a incomodavam, enquanto ficava repetindo que aquilo que tocara não era real.

- *Ele me abandonou, me deixou ir embora ...* – pensou com amargura e contida revolta.

Tenebe e Adanu a observaram preocupados enquanto ela sumia nas sombras úmidas das árvores.

- É.... Ela não está mesmo confortável ...

- Ela nunca tinha se apaixonado, Adanu?

- Que eu saiba, não. Teve alguns namoricos, mas sempre os dispensava bem rápido. Sua vida de guerreira e sua independência tinham precedência sobre tudo o mais ... E quanto ao Uivo?

- Desde que o juruparináh atacou Allenda ele pareceu ter mudado. Sabe, mais tenso, os olhos cuidadores, se me entende.... Ele não percebia o que estava fazendo, e acho que nem o que estava pensando. Porém, acho que Uivo foi o primeiro que entendeu o que estava acontecendo com eles, ou com ele.

- Os dois se machucaram feio. Primeiro, Allenda com Lavareda, e depois, Uivo com Elliara ...

- Ouvi dizer que Allenda recusou muitos pretendentes depois de Lavareda ...

- Sim.... Disse que eles eram ... desinteressantes.

- Uivo ficou bem mais silencioso. Mas, acho que ele também não teve mais ninguém. Ao menos, o vi correndo de algumas ... – deu um sorriso quieto e distante.

- Acha que essa distância entre eles é boa?

- Acho sim! Eles poderão entender o que aconteceu, o que está acontecendo, avaliar tudo isso ... – cismou Tenebe.

- É.... Mas, estava muito divertido ver os dois assim, meio-perdidos, antes do ataque do grupo de Lavareda – sorriu. Adanu ficou em silêncio, a mente longe. Então se recobrou. - Notícias de Uivo? – perguntou.

- As de sempre.... Ele entrou para um grupo especialista de caçadores, e parece que já está arrumando coceira com os comandantes – sorriu.

- Esse Uivo.... – sorriu compreensivo. – Falhei com ele.... Eu devia tê-lo convidado já na formação do danush. Mas, ...

- Não, não acho que tenha falhado. Você não sabia o que tinha acontecido entre eles. Além disso, ele não iria aceitar ficar conosco. Eu acho que ele apenas ficou, ... Bem, acho que decepcionado, e um pouco desesperado ao perceber que a comitiva estava para partir. Eu acho que ele esperava que Allenda o procurasse, ao menos para se despedir.

- E ela queria ...

- E por que não foi?

- Acho que medo. Uivo estava magoado demais, e acho que ela ficou com receio deles se estranharem feio e terminar tudo de uma vez por toda. Sabe, não ter mais qualquer possibilidade de sonhar.

- Complicado....

- Sim, é sim.

- Quando partimos eu o senti lá pelos lados do Pouso Frio, e seus pensamentos estavam na menina. O coração dele estava pequeno. Ele se tortura, acreditando que não é merecedor.... Coisas de jovens – cismou Tenebe.

- Esses dois. Comigo e com Bella tentaram nos ajudar, e deu tudo errado.

- É mesmo? – quis saber Tenebe, sorridente e todo curioso.

- Han, hannnn.... Éramos como os dois; lutávamos e brigávamos; não aceitávamos o que estava acontecendo. E, também, não conseguíamos parar de nos procurar. Exatamente igual – sorriu. - Os amigos e os nossos pais viram e tentaram nos acalmar, e nos avisaram do que realmente estava acontecendo, o que só embolou as coisas mais ainda, porque não entendíamos tamanha maldade de Tupã. Mas, então, o tempo.... – Adanu parou, os olhos perdidos e embaçados, sonhando com tempos perdidos.

       - É estranho, não? Eles serem espelhos de vocês. Ainda bem que você passou por isso. Tempo.... – sussurrou, os olhos sorrindo ao ver Allenda surgir na borda da floresta, a face concentrada com uma pontinha de tristeza, trazendo em volta do pescoço uma pequena gazela.

TENEBE, OS ANJOS E OS DEUSES

*Quando abrimos mão de um segredo
sentimos a alma leve, voando suave como
pluma ao vento, esvoaçando, procurando
seus caminhos etéreos. Pena, destinos
que somos, teias que tecemos.*

Tenebe acordou mais cedo e se aconchegou perto das brasas da fogueira, deixando os pensamentos livres, se espalhando, ocupado em recolher memórias.

Agasalhado na madrugada que se ia o velho humano ainda permaneceu por longo tempo cismando, avaliando as últimas horas, lembrando-se da conversa que acabara de ter com Adanu, da tristeza que via em Allenda, de como ela recusava admitir o que sentia por Uivo.

- Dor – cismou, se perguntando como não conseguiam aceitar algo tão incrível como o que estava nascendo entre eles. Abanou a cabeça, triste pelos dois. – Ah, tomara que consigam. E então será ... maravilhoso para eles.

Tenebe suspirou satisfeito, em paz, ao imaginar como seria.

Então se levantou pesado. Espreguiçou demorado e sobre passos pensativos se afundou na floresta. O dia não demoraria a nascer, pois uma luz se insinuava no Leste, uma luz fraca povoada de nuvens baixas e neblinas pesadas sobre o horizonte.

Sua alma ficou em silêncio, apenas ouvindo os sons solitários dos seus passos.

Lentamente tomou a direção de uma clareira que vira alguns metros antes do acampamento, que lhe prometia alguns momentos de paz.

Tenebe encontrou a trilha para a pequena clareira, sentindo ainda de longe que aquele era um lugar de poder. Estranhou ao sentir que aquele lugar parecia chamá-lo, aguardá-lo.

Repentinamente parou no caminho. Havia uma sensação muito forte de que um poder, velho e majestoso, se aproximava, se tornando cada vez mais presente. Pensou sobre ele, e nada mais viu. A única coisa que sentia é que era um poder amigo. Por um tempinho se deixou quieto, sentindo o ar e os sons. Tudo estava em paz, conferindo que ali havia uma atmosfera agradável.

Baixou a guarda e retomou o caminho.

Na entrada da clareira respirou fundo, sentindo o pulsar do lugar. A madrugada enfraquecera um pouco mais. Ela estava nublada e fria, com uma neblina gelada cobrindo o chão. Uma garoa fina caía lentamente há algum tempo, tão fina que até a mais fraca brisa a movia no ar.

Disfarçando sua atenção notou que a sensação de proximidade se mostrava bem mais forte agora, mais vigorosa.

Tenebe esperou, porque era claro que havia um poder muito velho na clareira, que a clareira aceitara e aconchegara. Observando tranquilamente ficou esperando permissão para entrar.

Os minutos transcorreram, e viu que ali só havia o frio, a garoa, a neblina que rondava misteriosa e as árvores vistas apenas por seus contornos. Ao menos era o que lhe era mostrado.

Aguardou.

De repente, como se fosse um toque em sua mente, sentiu necessidade de entrar. Deu um passo à frente, e outro e mais outro, até estar quase no meio da pequena clareira.

Estacou ao sentir o velho poder ali, como uma eletricidade enraivecida e nervosa por todo o ar. Os pelos da nuca se eriçaram e um arrepio poderoso correu por todo seu corpo.

Tenebe se controlou e esperou, sabendo que tudo estava para se desencadear.

Foi então que, com um baque seco e surdo, desceu à sua frente um ser de muito poder. Ele estava em pé, dois longos pares de asas brancas de ave esticadas, que lentamente foram se fechando às suas costas.

Ele parecia resplandecer suavemente, como acontece com a luz quando brinca no cristal.

Tenebe tinha os olhos presos na criatura quando, tal qual a primeira, mais um surgiu abrupto ao lado do primeiro, e logo a seguir outro, que viu ser uma mulher magnífica, uma guerreira demiana. Eram majestosos e soberbos, do tamanho de qualquer humano, mas bem torneados e com a mais incrível aura de poder que já vira. Eles mostravam a face corada de sol, com exceção do que descera em segundo, que tinha o rosto tão branco quanto a papa da mandioca. Vestiam trajes brancos como nuvem, e estavam tão perfeitos que Tenebe se sentiu envergonhado por estar somente de tanga envelhecida de couro e com uma sacola de folhas e pele e um cajado velho e torto na mão.

Sorriu sem-jeito.

Tenebe, sentindo o poder que emanavam, baixou a fronte em respeito.

- Nobre Tenebe, viemos para assuntos urgentes e importantes. Meu nome é Medriel, este é Belaliel e esta é Aranel.

- É uma honra estar na presença de vocês – sussurrou Tenebe admirado com tanta beleza e poder. – Estou pronto para ouvi-los.

- Sei que sabe de boa parte da história que vamos lhe abrir, mas peço que tenha paciência, Tenebe.

- Claro, claro que sim – concordou sentando-se de frente para os três, que já haviam se ajeitado no chão relvado.

- Sabe, há muitos milênios houve uma guerra nos céus. Ela foi tão vasta que rapidamente se alastrou para todos os lugares criados – falou o anjo em uma voz extremamente modulada que parecia ecoar gentil em cada dobra do ar, - mas cujo último combate se deu sobre as montanhas brancas desse mundo – falou, os olhos tristes postos no Oeste.

> Maravilhados com as mentes dos homens construímos uma cidade e nela colocamos um portal para que, através dele, os homens pudessem estudar os locais criados, e aprender. Mais para o interior daquelas terras altas construímos mais portais, totalizando treze portais, destinados aos homens. No portal da cidade colocamos as mutas[1], as rainhas, e por elas fomos traídos, quando algumas libertaram os demônios presos no lago, cujos nomes bem conhecem. Mutas, como bem sabe, são os crâneos de cristal do qual o Trovão criou os homens. Então, assim libertos, esses demônios ligaram o portal central aos mundos tenebrosos, de onde emergiram mais demônios. A guerra explodiu, violenta, cruel, onde muitos pereceram e onde a dor se agigantou.

> Se saímos vitoriosos no orbe, aqui perdemos a cidade do lago, Theotihuacán. Quando a deixamos para os demônios retiramos a maioria das treze rainhas. As que conseguimos tirar das montanhas nós trouxemos para cá, para estas terras baixas, onde as escondemos e as vimos protegendo desde então. Mas forças estão em movimento, e uma nova e violenta guerra está se anunciando, já prestes a começar, o que já perceberam.

- Antes de qualquer coisa, nobre humano – interveio a demiana, - é necessário entender que as mutas são independentes e muitas vezes voluntariosas, o que acontece até mesmo com os reis que os demônios foram induzidos a criar. Sei que sabe disso, que vocês já sabem disso. Mas, isso é algo que nunca, nunca

---

[1] Os esclarecimentos necessários para se compreender as mutas, o que realmente são, está no livro "Anexo danatuá e outros", do mesmo autor.

devem esquecer, porque vocês nunca devem se sentir confiantes quanto a elas. Cuidado com elas, observem seus portadores...

- Há perigo tão latente?

- Observem os portadores. Tenham cuidado com eles. As mutas têm uma frieza lógica que até pode parecer desprovida de ... amor. No entanto, a lógica delas é sobre algo maior. Não é por um momento, mas pelo que se desdobra pelo tempo infinito ...

Tenebe reviu a caveira pela qual Cartena se tornara responsável e sentiu um frio correndo ao longo de toda sua coluna. Quando Uivo a trouxera até eles, instintivamente teve pena por Cartena, por si mesmo e por todos os outros.

- Elas estão se revelando, não é mesmo? – perguntou, a voz quase sumida.

- Sim, meu amigo – confirmou Medriel. – Uma já está com vocês, três outras estão com os demônios e nove outras permanecem ocultas, observando, avaliando. Algumas delas são atraídas pelo lado sombrio, e essas necessitarão de grande energia para serem estabilizadas e pacificadas, enquanto as outras procuram um coração a quem se denunciar. Elas estão querendo participar, estão se ativando novamente. E elas possuem o poder para isso.

- Pode me falar sobre elas? – pediu, a voz trêmula. – Gostaria de ouvir por vocês ...

- Vocês estão com a que se chamou de Doremanso – falou Medriel. - Essa é poderosa, e é uma das mais fiéis à luz. As mais poderosas são Maestra, Volitora e DosVivos, A DosVivos, que já esteve com os demônios e com vocês, é uma das que pende para o lado sombrio. Sua cor é branca leitosa. As que ainda estão com os demônios são a Canhestra, Alegoria e Danação. A Canhestra pode influenciar perigosamente uma mente – falou, uma dor vagando pela voz. - Essa muta foi a que traiu um dos nossos e quase o destruiu. Ela é da cor cinza escuro, quase negro. A Danação, uma caveira vermelha sanguínea é extremamente poderosa e de vontade volúvel, que foi usada como molde para a caveira enviada para os dominar. Quanto à Alegoria, tenham muito cuidado, pois ela é muito perigosa. Ela pode entrar nas mentes das pessoas. Ela é da cor ocre com estrias verde-esmeralda. Ocultas nestas terras temos Nanindeua, a roxa; VidaSempre, cor castanho claro; SempreViva, cor-de-rosa e NuvemAlta, de quartzo branco. Todas essas enumeradas pendem mais para a luz, mas podem ser enganadas ou convencidas.

> Já DosVivos – interveio Belaliel; Montesa, de cor branca com estrias negras e Maresia, de cor cinza chumbo, pendem mais para a escuridão, mas, tal como todas, também podem ser enganadas ou convencidas.

- Faltam ainda duas – verificou Tenebe, vendo que os anjos haviam se calado.

- Sim! Faltam Volitora e Maestra – voltou Medriel. - A volitora é a central, sem cor definida, porque ela pode assumir, mesmo que por pouco tempo, a forma, a cor e o poder das outras. Sem ela as treze rainhas não despertam seu real poder. Ela, sozinha, não possui poder algum, mas pode se disfarçar em qualquer outra e se ocultar, e dela terá o poder, mesmo que momentâneo. E a última é a Maestra, também sem uma cor predominante que a defina. Essa talvez seja a mais poderosa das rainhas, e isto porque ela pode dominar fortemente as outras se assim se decidir. Além disso, ela também é a mais independente e voluntariosa.

- Você quer dizer que essa...

- Essa é a mais temida de todas. Ela foi transportada para cá pelo anjo mais poderoso que existia, porque outro não suportaria sua força. Aqui ela teve que ser mantida longe do alcance das outras. Essa é, na realidade, a rainha verdadeira, enquanto a Volitora é a dissimulada, a disparadora.

- O que acontecerá quando a Maestra quiser ser encontrada? – perguntou, o receio latente na voz.

- Estamos procurando um ser que possa se apresentar a ela e emocioná-la – revelou. – Por sorte não há nem mesmo demônio que possa fazer isso.

- Mas antes ela estava acomodada ...

- Havia anjos com tal poder. Além disso, ela nunca esteve em poder dos demônios, porque ela nunca desejou isso.

- E se ela desejar?

- Não sabemos o que poderá acontecer. Ela pode assumir o controle deles e fazê-los agir em seu nome, ou destruí-los e retornar para onde veio.

- E de onde ela veio?

- Da mente do deus Trovão. As pessoas criaram onze caveiras, pelas quais Tupã se apaixonou e criou os seres que originariam os homens a partir delas. A Volitora e a Maestra são criações exclusivas do deus Trovão, para as outras controlar.

- Mas, por que ele as deixou nesse mundo?

Um silêncio se instalou e insistiu em não ir. Tenebe aguardou pacientemente, o coração pulando no peito. Por fim o anjo falou, a voz poderosa quase em um sussurro, cheio de receios.

- Porque elas estão aqui para destruir o mundo e todas as criaturas, se não verem na criação o desejo do deus criador.

Tenebe engoliu em seco, o pânico ameaçando destruir sua alma. Nem em seus sonhos mais loucos pensara que um tal poder pudesse estar livre no mundo, observando, jogando com a vida, julgando.

- Mas, Tupã não está disperso em toda a criação?

- Essa condição não o afeta...

- É cruel... – Tenebe suspirou.

- Num primeiro pensamento sim, nobre humano – Aranel interveio. – Mas a criação precisa evoluir, e se ela não deseja isso, ou se só pensa em voltar para as sombras ou não almeja a luz, sua destruição é apenas a não existência, e então a dor de não existir não existirá.

Tenebe baixou a cabeça, os pensamentos latejando. Por fim levantou os olhos e olhou o mundo. Como seria viver sem temer o futuro?, se perguntou. Por isso precisava acreditar nos anjos, nos homens, nos nefelins, nas pessoas; precisava acreditar na vida.

- Tenho medo! – revelou com humildade. – Não sei se teremos forças suficientes para proteger Doremanso, até dela mesma, e da ganância que ela irá despertar, até que descubra com quem quer realmente ficar ligada, até o momento decisivo. Quanto mais as outras, quando despertarem ...

- Não estarão sozinhos nesta empreitada – consolou Medriel. – Apenas acredite e não se desespere, mesmo em seus momentos mais nebulosos. Esta guerra que estão para enfrentar não foi iniciada por vocês, mas por suas mãos poderá, finalmente, ter um fim. Vocês, humanos, tem muito mais poder do que imaginam.

- Se foram vocês que trouxeram as caveiras e aqui as esconderam, então poderiam dá-las a quem desejassem.

- Não é assim, nobre humano.... Nunca, nunca se esqueça: elas são as rainhas, são elas que escolhem quando deixarão cair os véus que as cobrem, e a que lado se afeiçoarão.

- Mas vocês as trouxeram para cá e....

- Foi porque elas desejaram isso. Elas queriam avaliar os muitos lados da existência antes de se decidirem.

- Mas algumas ficaram....

- Essas já tinham feito a escolha, ao menos naquele momento.

- Certo, certo. Mas a DosVivos foi tomada....

- Ela abandonou um lado. O demônio foi enganado, e ela fez uma escolha. A verdade é que foi ela que chamou o anjo para que a tomasse. Entenda que nenhuma delas simplesmente se entregará pacificamente. Elas desejam a energia, desejam a firmeza e a vontade. Elas querem que se faça uma poderosa ligação. É isso que elas causam, quando decidem não se entregar facilmente.

- Então a DosVivos nos escolheu.

- Talvez... Talvez tenha desejado a solidão e quietude, ou se manter afastada dos demônios, ou de vocês. Não se pode afirmar algo quanto a elas, nem mesmo quanto às três que estão com os demônios. Não se deixem enganar, não se deixem iludir, porque ela os está estudando. A vigília é recomendada. Se ela quiser ela poderá mudar de lado, como qualquer outra.

- E quanto às outras duas, a Volitora e a Maestra?

- Quando foram deixadas aqui elas simplesmente sumiram – revelou Medriel. – A partir de então elas não mais foram vistas, desde aquele dia.

- Vocês as procuraram?

- Por algum tempo sim, mas entendemos que esse era o desejo delas, e as deixamos quietas desde então.

- Mas, se elas quiserem ser encontradas....

- Quando – o anjo frisou com suavidade - elas quiserem ser encontradas saberão como fazê-lo.

- Éééé.... Mas, e quanto aos reis? Onde eles entram?

- Escute com atenção, nobre Tenebe. Os demônios foram enganados. Eles foram levados a acreditar que deveriam e poderiam criar treze reis, quando o que se esperava deles era a criação de apenas dois, que agora estão nestas terras. Esses reis ainda não estão bem entendidos – declarou. - Eles estão crescendo, e quando entenderem quem são farão a sua escolha. Ao que parece eles são forças, com exceção da própria vontade deles, que os podem convencer a pender para um lado, ou outro.

- O que? Eu não entendi... Quem os enganou?

- Isso ainda não sabemos – confessou.

- Foi um anjo, ou um outro demônio, ou os potaraobis, ou.... Nem uma ideia de quem possa ter sido?

- Realmente não sabemos, Tenebe. Só sabemos que os demônios foram induzidos a criar esses dois reis. E, quando estavam prontos, eles foram despertados e inoculados com grande poder. Também sabemos seus nomes: Danur, o azul, e Mazur, o vermelho.

Tenebe ficou abobalhado, o olhar perdido com todas aquelas informações.

Os anjos o observavam, compassivos.

- Quem lhes deu poder?

- Não sabemos... Apenas sabemos que é um poder latente, e que está crescendo. E também não sabemos a extensão do poder que poderão ter.

- Está muito confuso, confesso – falou, parecendo despertar. - Por que os demônios foram induzidos a criar esses dois, para depois deles serem tirados? Só eles poderiam ter construído esses dois? Além disso.... É o próprio Tupã que está dentro deles, que desejou renascer como curumins? – perguntou todo confuso e abalado. - Os demônios têm tal poder para construir mutas?

- Tenebe, você bem sabe que o Trovão está em cada criação, não sabe?

- Sim, eu sei, mas.... As treze rainhas não podem ser convencidas por uma força pequena.... Será que suas energias vêm de uma concentração de energia do Trovão que possa ter se infiltrado nos dois reis e....

- As mutas, Tenebe, não são apenas rocha. Elas são energia, e estão habitadas por um ser de poder, e elas estão despertando, procurando um outro ser que as estabilize.

Tenebe suspirou, vendo a complexidade que eram as mutas. Resolveu não fazer as perguntas que o acossavam. Já estava tudo muito complicado. Mas...

- Além disso, humano Tenebe – interveio a demiana, - Tupã não é único, ele é três – declarou com tranquilidade.

Tenebe estudou suas fisionomias por algum tempo, até que entendeu as insinuações dos anjos.

- Iraci e Inti.... Os próprios deuses.... Esses dois deuses não se pulverizaram pela criação? Eu não entendo como....

- Trovão é trio, mas também uno - lembrou. - Aguarde e esteja atento! – tranquilizou, - Porque este é o momento a partir do qual muitas coisas procuram a luz para dizer seus nomes – falou o anjo Medriel.

Tenebe observou um sinal de alerta nos modos como o anjo que se chamava Medriel o observava. Então passou os olhos pelo anjo pálido que permanecia calado e pela demiana, e soube que algo importante estava para ser revelado. Suspirou, o coração batendo mais forte no peito. Pressentia algo de muita importância, que lhe traria dor. Talvez aquela fosse a verdadeira razão de o terem procurado.

- Há muitos poderes ocultos nesse mundo – começou a bela demiana tomando a palavra. – Há um grande demônio de poder, chamado Mercator, e há um outro ainda, que está despertando, que está em seu processo de se descobrir.

- Uivo??? – sussurrou Tenebe com um gemido.

- Sim, nobre humano. Uivo é seu nome, e demônio não é sua definição. Seu caminho ainda não está à luz, mas suas várias possibilidades sim. Você viu parte da estória dele, e conhece um pouco das sombras que o possuem.

- Sim, sempre soube. Mas ele é tão... tão nobre que....

- Sabemos que teme por ele, e é certo que sinta isso. O poder escuro nele, quando estiver maduro, será enorme, só ficando abaixo dos três grandes, Trevas, Escuridão e Mercator. Humano, ele é um descendente direto de um demônio muito velho e poderoso.

- Trevas ou Escuridão? – Tenebe teve receios do que poderia ouvir.

- Há muitos demônios velhos nesse universo – declarou o anjo de modo evasivo.

Tenebe levantou os olhos, a confusão e o horror neles instalados. Então, ao se lembrar de Uivo, de seus risos e suas lutas em nome de uma justiça quase sempre ignorada, sorriu e se tranquilizou.

- Ele é Uivo, e vai vencer isso... – resolveu não pensar mais que demônio antigo poderia ser esse. Se os anjos não dissessem, não teria como saber, se tranquilizou. - Então, aquela dêmona que foi morta....

- A mãe dele estava sendo caçada por seu próprio pai, que planejava matar a ela, ao pumayacaya e ao bebê. Mas um dos grandes demônios apareceu e matou os pais da criança.

- Entendo – falou com lentidão, aproveitando para pensar e colocar os pensamentos em ordem. - Podem ajudá-lo?

- Sempre estamos por perto, nobre humano - declarou sob os olhos pesarosos de Tenebe. - Tal como as mutas que esperam por um poder estabilizador, também Uivo tem essa necessidade. Apenas esteja atento, e cuide dele... As sombras não desejam que ele se estabilize e brilhe.

- Estabilidade... Allenda... – Tenebe suspirou, sentindo uma esperança dolorida no peito.

Então todos se puseram de pé.

- Aluna Van – Tenebe ouviu o ar ressoar.

Sem esperar que o ancião se levantasse eles se impulsionaram, subindo abruptos como coriscos, deixando o velho mago sozinho num mundo que havia mudado demais.

- Ao UM que lá está – Tenebe respondeu ao cumprimento em pensamentos, a mente confusa com tantos segredos.

Já bem distante no alto, fora das vistas do humano, a demiana se voltou, confusa, para Medriel.

- Por que não lhe contou que Uivo é descendente direto de Trevas?

- E por que contaria agora? O momento para que isso seja posto em claro ainda não é chegado. Essa informação, agora, poderia causar mais mal que bem – declarou.

NO ACAMPAMENTO

Não temo o futuro, na maioria das vezes.

Uivo se recostou no tronco, quieto. Com força colocou a cabeça entre as mãos.

Com cuidado se estudou, sentindo o que rondava sua alma.

Deveria estar apavorado com o que estava acontecendo, com sua vida que se desfazia de forma assim tão violenta. Allenda se fora, o sol se fora, e agora se descobria parte demônio, e descobria que um demônio velho se acercava dele, um demônio que se dizia ser seu parente, seu avô, que caçara a própria filha para lhe tirar a vida.

Com um suspiro viu que não estava irritado ou nervoso, mas apavorado com o futuro que parecia estar sendo-lhe negado.

Devagar trouxe um pouco das sombras, vendo suas mãos se tornarem neblinas cinzas e pesadas, sentindo com um certo nojo uma maldade e frieza se imiscuindo em sua alma. Depressa se refez, atordoado com o que lhe acontecia.

Como seria a partir de então?, se perguntou, a mente voltando ao momento em que quase matara um lobisomem que encontrara há algum tempo atrás, de forma gratuita e sem qualquer provocação.

Tinha que encontrar uma forma de se controlar. E teria que aprender rápido, se convenceu. Como poderia estar com os outros se corria o risco de, por qualquer mínimo motivo, se tornar um demônio que poderia destruir tudo à volta pelo simples prazer de destruir?

Tinha que achar um meio de controlar o que parecia estar nascendo em sua alma.

Suspirou, subindo os olhos para o céu de chumbo, numa silenciosa súplica.

A noite ainda existia, se desfazendo lentamente pela luz que vinha suave e gentil sobre os montanhas ao leste.

Voltou os olhos para os montes e vales abaixo, sob o dia que ameaçava surgir cinza e triste. O pequeno danush de Danbara despertava na orla de um bosque. Da distância viu Danbara e Jádina, e por algum tempo ficou prestando atenção nas duas. A verdade é que não sabia por que viera até elas, ainda mais sabendo que uma delas havia jurado matá-lo. Talvez soubesse, mas isso não era importante, no momento. Apenas ficou se perguntando o que procurava ali. Muito melhor seria se embrenhar por aquelas terras, sozinho. Não precisava delas, e talvez não fosse nem mesmo aconselhável que estivesse junto delas.

No entanto, não queria se dar um tempo para encarar o que trazia dentro de si, ou o que poderia se tornar. Se ficasse sozinho, tinha certeza, não conseguiria parar de ficar se encarando, supondo caminhos, vendo seus receios e medos irem aumentando, se tornando cada vez maiores e mais sufocantes. Precisava de outras pessoas, precisava de distração, desesperadamente procurando tempo enquanto ia se fortalecendo.

- O que pode ser melhor para isso que uma batalha se aproximando? – murmurou para as montanhas, onde via seres sombras se movendo.

Com cuidado estendeu seus sentidos e sua visão. Grupos inúmeros fugiam do Oeste e tomavam aqueles caminhos, sua atenção se prendendo em um grupo de caçadores invasores que rondava aqueles lugares. Ao que tudo indicava esse grupo sabia da comitiva de Danbara e parecia se mover para ir contra ela.

Inspirou com prazer.

Uma garoa fina como um roçar do vento começou a cair assim que se levantou e começou a descer a montanha em direção ao acampamento.

- Achei que iria desistir – Danbara o cumprimentou apoiando-se na perna esquerda assim que Uivo se aproximou o bastante.

Uivo parou e se plantou tranquilo. Com suavidade a cumprimentou com um movimento de cabeça, bem como à toda a comitiva que se posicionara atrás dela.

- E por que pensou isso? – perguntou, observando que todos se mostravam tranquilos, exceto Jádina, que estava tensa e desconfiada.

- Ora, três dias nos seguindo, tentando se decidir se se juntaria a nós, ou não, mostrava que você estava tentando tomar uma grande decisão.

- Medo talvez, oncinha? – debochou Jádina.

Uivo a desconsiderou acintosamente. Para ele, a atitude infantil dela a desmerecia.

- Há grupos de inimigos a meio dia para o Noroeste – revelou Uivo, os olhos sondando a distância.

- Conseguiu ver quantos são?

- Não.... Mas encontrei alguns que fugiam daqueles lados, e eles falam em vários grupos, pequenos e grandes.

- Não podemos ficar caçando boatos – observou Danbara. - Poderíamos ser manobrados se agíssemos assim – falou voltando os olhos para a direção que Uivo dizia que seguiam.

- Sim... Isso desde que os boatos não dissessem que é o seu grupo que eles estão tentando cercar.

- E por isso nos cerca você, lobinho?

- Sinto que eles se aproximam – falou com tranquilidade, mais uma vez ignorando o corte debochado de Jádina.

Uivo viu o discreto sinal de Danbara, que fez desaparecer Jádina. Então viu Jádina e mais oito guerreiros num morro próximo, tomando a direção do Noroeste.

- Ela fará um grande e largo círculo, que irá ampliando lentamente, até confirmar, ou não, suas informações – explicou Danbara. - Mas, e quanto a você? Que caminho te ordenaram tomar?

- Estou por minha conta. Se me permitir, gostaria de seguir com vocês, por um tempo...

- Se não me criar problemas, Uivo, será um prazer...

- Não criarei, fique tranquila.

- E se te provocarem? – perguntou, os dois tomando o caminho do acampamento lado a lado.

- Cada um busca o seu caminho. Sou responsável pelo meu, apenas.

- E se tornou responsável pelo nosso? – sorriu. - Mas, ao final, você está certo! Está bem então. Isso me basta, por hora... Venha, Uivo – chamou Danbara entrando na área do acampamento.

Uivo a seguiu, e a cada um do restante da comitiva foi apresentado. Já conhecia bem a maioria da comitiva, mas muitos deles estavam mudados. Viver sob o manto da batalha parecia que os envelhecera. A grande euforia da partida se fora, e agora ali havia somente guerreiros.

Várias horas depois, quando o dia já começava a romper, Jádina retornou. Estava encharcada e manchada de sangue, e vinha com apenas a metade dos que levara.

- Encontramos três companhias deles. Companhias de coloridos - explicou.

- Sombras com eles? – quis saber Uivo.

Jádina o olhou de cima-abaixo, e sua voz foi fria e seca quando respondeu.

- Não!

- Mas eles não devem estar longe. Se eles os caçam, então os sombras devem aparecer logo.

- O que acha, Jádina?

- Acho que o lobinho está certo. Eles estavam em largo círculo em torno de nós... A sorte é que eles não nos esperavam...

- Provável que acreditassem que não seriam postos a descoberto... – falou Uivo.

- Certo... – interrompeu Danbara. - Vamos ficar mais atentos. Aposto como eles se aprofundarão mais por aqui – cismou.

Ela nem bem terminara de falar quando Uivo se virou e se poderou como pumacaya, o corpo rijo e preparado para uma batalha.

- São os mantas. Eles seguiram sua irmã, e agora sabem que foram postos a descoberto – falou.

Com o corpo inclinado para frente, os braços retesados para trás e as garras todas aparentes, Uivo soltou um urro feroz de alerta.

Em resposta o mundo pareceu desabar. A fúria do ataque dos mantas foi enorme.

Dois da comitiva foram mortos no ataque. Uivo se esquivou do ataque que lhe dirigiam, os olhos sondando, procurando aquele que comandava os mantas. Assim que o viu tomou impulso em direção à uma árvore alta, seus olhos presos no sombra que a tudo assistia de um ponto bem acima no morro.

O dia surgiu triste e pesado, carregado de umidade. Do alto da árvore viu coloridos que se aproximavam apressados, e mais apressados ainda se lançando contra a comitiva. Se virou e viu que Danbara, Jádina e outros estavam se defendendo muito bem. Então saltou novamente e se cravou em silêncio numa árvore bem mais próxima ao sombra, à distância de um salto. Em silêncio aguardou com tranquilidade, os músculos retesados, a atenção total nos mínimos movimentos do sombra. Então olhou sua cauda e se lembrou do que ouvira sobre eles. Ela estava quase parada, sinal de que estava se preparando para atacar.

Ao sentir que ele estava a ponto de cair sobre o acampamento Uivo saltou. Mas o sombra o havia percebido. Num giro segurou Uivo no ar e estocou. Uivo conseguiu segurar o esporão enquanto se aferrava com a outra mão na criatura, não lhe dando condições para atacá-lo com suas garras.

O demônio girou no ar e começou a cair. Quando atingiram o solo Uivo se soltou e se empertigou arrogante, mostrando um sorriso de desprezo na cara.

O demônio, como um estilhaço, o atacou com grande velocidade. Uivo se esquivou girando, abrindo um talho no flanco da criatura, que guinchou baixo e raivoso.

Em uma nova explosão de velocidade o sombra atacou. Mas, quando Uivo adiantou a garra para atingir a criatura novamente, ela estacou súbito o movimento. As garras de Uivo passaram cortando o ar. Mas o arco não foi finalizado, porque a criatura buscou e puxou a pata de Uivo e o apertou com violência contra um grosso tronco de peroba, apontando para ele todas suas armas.

Uivo segurou o esporão que o sombra tinha sob a asa e, com uma pata traseira parou a garra afiada.

Mas o demônio o atingiu com a outra garra, que afundava cada vez mais em seu ombro, querendo destruí-lo ao forçá-la para baixo, em direção ao seu coração. Uivo girou com força o pulso e o demônio o soltou com um guincho de dor ao sentir o giro em seu esporão.

Uivo caiu no chão.

Com um movimento brusco se levantou, os olhos fixos no demônio que o encarava raivoso, pairando como uma pluma de fumaça à sua frente.

Eles se preparavam para novo embate quando várias setas atingiram o demônio na base do estranho pescoço e numa das abas, que ficou perfurada em vários pontos. Com um guincho raivoso ele se virou para encarar o novo inimigo.

Aproveitando o descuido Uivo saltou no momento em que o demônio arremetia contra Jádina. Com violência o demônio tentou se enrolar, se descontrolando no ar. A força do encontrão do demônio com Uivo a cavaleiro foi tão violento que atropelou Jádina e a lançou vários metros para trás. Uivo, tomado de prazer, abriu todas suas garras e rasgou profundamente o demônio. O guincho de dor ecoou ao longe. Quando o demônio planou e tombou em agonia no chão Uivo se levantou.

Com desprezo mexeu na criatura com uma das patas traseiras. Dando-se por satisfeito voltou-se para Jádina, que já estava de pé.

- Eu pensei que você lançaria primeiro suas setas contra mim... – falou Uivo conferindo que Jádina não mostrava ferimentos graves.

- Foi uma bela oportunidade, não foi mesmo? Eu realmente pensei nisso sim. Mas, infelizmente, Danbara o quer vivo. Haverá outras ocasiões...

- Sem dúvida que haverá – concordou Uivo se despoderando em sinal de agradecimento. - Haverá muitas chances para que tente se vingar...

Jádina parou e se voltou para encarar Uivo.

- Acha mesmo que estou querendo me vingar? – perguntou após avaliar que havia uma trégua em torno deles.

- E não é esse o motivo? Ao menos foi isso o que disse no acampamento danatuá – estranhou Uivo, conferindo que a morte do sombra deixava os atacantes bem desorganizados.

- É apenas tempo, e um aviso, para você se mostrar. OrelhaCortada era importante para mim, sim, mas ninguém me fará me mover por ele. Eu me movo por mim. Não luto as lutas dos outros.

- E quanto ao sedenerá?

- Ele era importante apenas para ele mesmo.

- E qual sua luta que me envolve?

- Os outros podem não ter observado naqueles dias, mas eu vi o resultado de seu ataque no acampamento de OrelhaCortada, e soube na hora que, antes de ser um puma, você era uma outra coisa, escondida, disfarçada, latente, sombria. Eu não sabia o que era, mas não gostei naqueles dias. A verdade é que eu já sabia que você é um perigo para todos.

Uivo respirou fundo.

> Mas agora eu sei o que me incomodava. Os boatos correm, nós os ouvimos. Que espécie de demônio você se tornou?

- Eu ainda não sei, Jadina.... Mas... – o olhar triste voltou para o céu, confuso. Os boatos então tinham ido longe. Se perguntou se a comitiva já sabia, uma dor estocando suave seu peito. – Aposto que me pintam como algo aterrador.

- Essa é a parte que não entendi. O relato do lobisomem que você atacou foi um pouco estranho para alguém que se encontrou com um demônio. Ele disse que viu uma luta em você, e que no fundo não temeu morrer naquele dia - revelou Jádina. - Estranhamente, muitos ainda confiam em você.

- E você não?

- Eu deveria confiar em você, quando você mesmo se teme?

Uivo viu o momento em que uma urgência tocou os olhos de Jádina. Sem pensar se adiantou e se abraçou nela, protegendo-a do que vinha contra eles. Ainda se poderava em puma quando sentiu um empurrão brusco. A dor foi monumental. Todo seu corpo doía. Com esforço empurrou Jádina para longe. Olhou para o lado e viu um grande sombra em cima dele.

Como se fosse em câmara lenta viu Jádina se adiantar correndo, as setas atingindo rapidamente o sombra. No entanto, tal parecia ser o ódio que movia o demônio que ele desconsiderava totalmente o esforço de Jádina em pará-lo.

A dor foi imensa quando o esporão foi entrando pelas suas costas, procurando se enterrar em seu coração. Seus olhos pararam por segundos em Jádina, que agora mostrava o rosto sério enquanto recuava alguns passos, o arco teso em suas mãos com duas setas preparadas.

Foi sem pensar, foi uma reação de sobrevivência.

O manta soltou um urro surpreso quando uivo se envolveu completamente em sombras pesadas, farpas crescendo nas costas e atingindo o demônio. Havia ódio e desprezo quando Uivo tirou o demônio de suas costas e se virou de frente para ele, que recuou confuso, apavorado com os muitos ferimentos sofridos.

Depressa ele tentou recuar, os olhos se voltando para cima, marcando sua rota de fuga.

Num átimo Uivo o alcançou e o segurou, fiapos de sombras como dezenas de garras movendo-se como se estivessem vivas, mantendo-o imóvel à sua frente. O sombra tentou usar o esporão, mas num movimento ele foi partido e arrancado fora. O urro de dor ecoou longe, até que Uivo o rasgou ao meio. Com desprezo lançou os pedaços para os lados. Quando encarou dois mantas e um sombra que vinham contra ele havia um desprezo cavernoso e profundo em todo seu ser. Num relance voou para cima, levando os demônios em seu encalço.

Então, num giro rápido ele inverteu o movimento e desceu sobre os três.

Quando bateram com estrondo no chão o pequeno manta se desfazia no ar, enquanto Uivo mantinha o outro manta e o sombra presos em dois longos tentáculos escuros e esfumaçados cravados na terra. Os dois se debatiam horrorizados, enquanto de forma lenta e metódica Uivo os despedaçava usando outras farpas de sombras.

Assim que os dois se desfizeram Uivo parou de súbito dois coloridos que fugiam, e com um movimento leve e suave os destruiu.

Com velocidade feita de puro ódio atingiu mais três seres, antes que pudessem se afastar.

O grito de Jádina o fez parar, mantendo os três imóveis. A pressão aumentava sobre eles, mas algo lutava dentro de Uivo.

Jádina correu até parar perto dele, a seta quase encostada em sua têmpora feita de fumaça.

- Solte-os! Deixe-os ir, demônio, ou você morre aqui – ordenou, a voz dura e inflexível.

Jádina se manteve firme, vendo farpas cinzas e movediças lentamente cercando-a pelos lados.

- Eu não faria isso – murmurou ameaçadora.

Jádina o viu virar o rosto para si sem soltar os três companheiros. Havia desprezo e uma arrogância perigosa demais naqueles olhos estranhos.

- Jádina, não!!! Pelo amor de Tupã, saia de perto dessa coisa – ouviram o grito desesperado de Danbara que se aproximava correndo, em companhia de vários guerreiros.

- Você não vai sobreviver aqui, demônio – ameaçou Jádina novamente.

As respirações dos que observavam a cena foram suavizando quando perceberam que a fumaça escura de que era feita a criatura e os olhos vermelhos que espreitavam de dentro da nuvem foram se suavizando, as farpas que quase tocavam Jádina desaparecendo lentamente como uma fumaça tocada por uma brisa.

Então os três prisioneiros foram libertados.

Assustado, Uivo então se deu conta de que quase matara Jádina e seus três companheiros. Seus ombros caíram, a face mostrando toda a dor e tristeza que vagava dentro dele.

Mantendo os olhos nela se despoderou de súbito.

Uivo ficou parado, os olhos agora tristes preso nos dela, vendo-a tirar a pressão da seta e descer o arco, totalmente em silêncio.

Quando Danbara se aproximou Uivo virou a cabeça e a encarou.

- Peço desculpas a todos. Não tinha a intenção de colocá-los em perigo, ou de me poderar como demônio – falou controlado e triste.

Danbara o olhava revoltada.

Rapidamente passou os olhos por Jádina, conferindo que ela não estava ferida. Não se preocuparia, ou ficaria triste se ela caísse numa batalha com inimigos, mas ser morta por alguém que deveria estar do seu lado era algo terrível demais, e ela não poderia tolerar isso, ainda mais se considerasse que havia sido ela que deixou o inimigo seguir ao lado do grupo.

- Então você pode mesmo se poderar em demônio... O que pensou estar fazendo? – gritou aplicando um golpe duro no rosto de Uivo.

- Sinto! – respondeu Uivo, um filete grosso de sangue escorrendo do sobrolho esquerdo e do nariz. – Eu... eu já vou indo.

O silêncio era pesado quando Uivo se poderou como puma e começou a se afastar.

Ele ia lento e pesado, dominado por uma tristeza profunda que parecia existir em cada passo que dava.

- Espere! – ouviu Jádina pedir.

Uivo parou. Devagar se virou, encarando a comitiva que o olhava confusa.

> Espere! – pediu Jádina novamente, se aproximando de Uivo. – Eu o vi lutar, e vi o que o movia. Não era apenas ódio e insanidade. Sei, agora, que tem a força necessária para vencer a si mesmo. Desejo-lhe sorte.

Danbara, apesar de surpresa, suspirou profundamente, se controlando. Por fim, sorriu e caminhou até eles.

- Uivo... Eu não vi tudo o que aconteceu, mas vi que se controlou e como você foi parado facilmente por Jádina. Eu vejo minha irmã confiando em você, o que para mim é uma surpresa. Confio nela, e sei que ela deve estar certa nisso. Então, quando estiver completo, será uma honra tê-lo conosco. Que seu caminho para se conhecer seja o caminho do guerreiro. Sei que será assim, nobre e altivo como é. Boa sorte.

Um sorriso triste surgiu em Uivo, que as olhou cuidadosamente.

- Obrigado pela confiança de vocês. Talvez não saibam, mas todo o bem que se recebe, fortalece o que de melhor temos. Me sentirei honrado se algum dia puder retornar. Obrigado a todos por me terem permitido batalhar ao lado de vocês. Obrigado, Jádina – agradeceu, um sorriso triste morrendo na face.

Dito isto se virou e se afastou. O passo, que a princípio era lento, logo se tornou apressado, depressa o colocando fora das vistas.

Danbara voltou-se para a imã, olhando-a curiosa.

- Essa não é a Jádina que conheço. A que conheço teria disparado a seta e acabado com a ameaça logo de cara.

- Ele matou os sombras e mantas sem pestanejar, mas parou nos três. Eu vi a luta dele com ele mesmo. Eu apenas reforcei a sua tendência. Ele poderia ter matado os três em questão de segundos assim que os capturou, mas parou indeciso. E foi só ouvir minha voz que ele se recuperou. Ele está quase conseguindo vencer o demônio de que é feito. Se ele conseguir, irmã, será um guerreiro formidável. Precisamos dele!!!

- Você... Não me diga que era por isso que era contra ele...

- Eu não sabia o que era, mas apenas não confiava nele, sentia algo muito perigoso nele – explicou ela. – Quando os boatos começaram a chegar foi que eu entendi.... Mas, como não tinha certeza, resolvei esperar...

- Éééé... Minha irmã crescendo. Que bom isso... – congratulou com um sorriso aberto enquanto se virava e tomava o caminho do acampamento.

Jádina ainda ficou algum tempo observando o caminho que Uivo tomara. Em seus olhos ainda estavam os olhos vermelhos da criatura que vivia dentro da nuvem espessa. Mas, havia visto algo mais lá, algo nobre, algo com uma força incrível.

- Sorte! Que vença o que te tortura e te grita que não tem futuro – desejou para aquele que se perdera na distância.

UM SUSTO

Não conhecia saudade ou receio da perda, antes de ver seus olhos. Foi neles que reconheci uma parte da minha alma.

Allenda se aproximou, os olhos fixos no pai, os modos agitados, incrédulos.

- É verdade, pai? É verdade? Essas coisas que dizem são verdadeiras? – perguntou atirando a caça que trazia nos ombros para os lados e parando de súbito à frente de Adanu.

Adanu congelou o sorriso com que aguardava a filha. A vira se encaminhar em sua direção, o rosto preocupado e afogueado, mas julgara que fora por algo que acontecera na caçada. Mas, agora via, era sobre algo mais crítico, cismou apressadamente, enquanto se perguntava se ela tivera conhecimento por algum dos pássaros que ela usava para se manter atualizada sobre tudo o que acontecia ao redor.

- Se acalme, por favor – pediu Adanu. – Do que está falando, Allenda?

- De Uivo, pai, de Uivo... É verdade tudo isso?

- Entendo... Uivo... As notícias que acabamos de receber ainda são muito confusas, filha. Temos que ter cuidado com o que ouvimos.

- Mas..., mas sabe de algo mais? – perguntou aflita. – Disseram que ele morreu, que Uivo morreu.

Adanu fez que não viu o movimento da filha, os olhos injetados e meio abobalhados, a dor monstruosa que estava ali dentro, a aflição borbulhando em sua alma. Viu sua mão se erguer, apertando com força o peito, como se desejando suprimir uma dor forte no coração. Sentiu a dor dela, a ameaça de desespero.

Mais que depressa sorriu consolador, e suspirou quando percebeu que a dor dela diminuiu um pouco, os olhos e a alma esperando algo para espantar de vez seus medos.

- Boatos, filha. Ele está bem. Quer dizer, não tão bem, mas parece que está bem...

Allenda olhou no fundo de seus olhos, procurando entender o que ouvia.

Respirou fundo, se acalmando.

- Como? Como não tão bem? Não entendi. O que sabe?

Adanu sentou-se e a puxou para baixo. Lentamente e com cuidado lhe passou tudo o que lhe chegara do conselho, sobre os atacantes que o grupo de Uivo encontrou nas terras altas, de como Uivo foi levado para cima, além das nuvens por um sombra, e como, ao cair, uma mãe-da-mata chamada RelvaDeLuz, lutou para salvá-lo. E contou também sobre como seu comandante matou a mãe-da-mata antes que ela pudesse ajudar Uivo.

- Ela estava com Uivo?

- Não filha... Ela o ajudou porque, ao que parece, ela fazia parte do bando de OrelhaCortada. Ele a ajudou naqueles dias...

- E Uivo? A notícia de que morreu...

- Ao que parece ele estava agonizando aos pés de uma montanha.

O gemido dela o pegou de surpresa, e se apressou em continuar...

O comandante dele atirou a mãe-da-mata perto dele, para que ele assistisse a morte dela antes que morresse.

- Por Tupã... – gemeu assustada.

- Mas ela, pelo que contaram, transferiu o resto de poder que ainda tinha para ele. Com o grande poder de cura dele, e com o poder transferido dela, ele conseguiu sobreviver. Assim que se recuperou subiu a montanha e matou o chefe e desfez o bando. Isso é o que veio do conselho.

Allenda ficou em silêncio, tentando digerir tudo o que acabara de ouvir.

- E por que o comandante o atacou, por que agiu assim?

- Ele e Uivo já estavam se estranhando há algum tempo. Mas, segundo alguns, esse comandante poderia estar com encosto... A verdade é que o conselho ainda não sabe. Eles estão investigando.

- Encosto? – estranhou Allenda.

- Contam que um demônio se aproximou de Uivo e RelvaDeLuz, quando agonizavam. Pode ter sido ele que tomou o comandante, ou simplesmente o comandante não gostava dele. Vá lá saber.

- E como está Uivo, de verdade, agora?

- Ele desapareceu, filha. Mas, não se preocupe com ele – tentou tranquilizar, ao ver que ela ficou com o olhar perdido. – Quando ele partiu, depois que matou o comandante, ele estava totalmente recuperado. Sabe como ele se recupera rápido e... Ele vai estar bem, filha...

Allenda se ergueu, os modos mais tranquilos, apesar dos olhos ainda perdidos.

- Não estou preocupada com ele – falou. – Eu me assustei... Parecia que o conselho estava sob ataque severo, só isso – explicou pegando a caça do chão. – Quanto ao nefelin, que bom que ele está bem – sussurrou, se afastando como se estivesse muito cansada.

Adanu suspirou, indeciso se devia ou não ter contado para ela o que havia acontecido depois, e das notícias que davam conta de que Uivo estava se transformando em um demônio. O encontro dele com um lobisomem perto da pedra riscada dizia que as coisas estavam bem complicadas.

Devagar voltou os olhos para o entorno, se perguntando novamente, como vinha fazendo desde que soubera do que Uivo parecia estar se tornando, como deveria reagir se ele viesse até eles, porque isso era bem certo que iria acontecer, cismou, os olhos postos na filha, visivelmente triste e preocupada enquanto se afastava em passos lentos e doídos.

ALLENDA SABE DO DEMÔNIO

*O que irá acontecer quando eu aceitar a
minha dor?*

I

- Por que não me contou? - Allenda interpelou o pai. - Você sabia quando conversamos alguns dias atrás – acusou. – Por quê?

- Muita informação ruim ao mesmo tempo, filha – se justificou.

Allenda o olhou, e sua raiva foi diminuindo, até ser apenas um vazio terrível que tinha que encarar. E o vazio não estava em seu pai e em nada à sua volta; estava dentro dela mesma. Era ela o vazio que sondava pelos seus olhos.

- Me diz a verdade que sabe, por favor – pediu num fio de voz.

- O Uivo... Ele está desenvolvendo a capacidade de se transformar em demônio – sussurrou, preocupado com a filha.

- Então quando ele atacou o comandante...

- Não, parece que foi depois, quando estava voltando para o acampamento. Um lobisomem teve o azar de encontrá-lo. Esse lobisomem foi poupado no último minuto, e relatou que Uivo parecia envolvido em sombras muito perigosas. Umas aves depois relataram que viram dois demônios lutando numa montanha, e disseram que reconheceram Uivo como sendo um deles. E ainda há um relatório que fala que ele quase atacou o grupo de Danbara, quando lutava ao lado dele contra os sombras, porque acabou se poderando em demônio.

Adanu sentiu a dor dela, os olhos parados e tristes nos seus, tentando entender tudo o que acontecia, inclusive dentro de seu coração.

- Há algo mais, pai? – gemeu assustada, por fim.

- Não filha...

Adanu suspirou pesadamente.

- Ele está ainda com Danbara?

- Não, ... Parece que eles o expulsaram...

- Bem-feito então, não é mesmo? – sussurrou abatida para as sombras da tarde que avançavam.

- Sabe, filha, sei o que seu coração sente. Como se pode vencer uma tal escuridão que está na alma da gente, quando todos te negam um facho de luz?

- Ele poderia se tornar a própria luz, e não ficar esperando algo de outros corações sombrios – murmurou baixinho, se afastando pensativa.

II

Teme por ela? – Tenebe perguntou, enquanto os dois a observavam discretamente de longe.

Adanu se voltou para ele, tomado de tristeza e preocupação.

- Quando eu contei a ela do demônio, e ela sentiu toda a luta terrível dele, eu realmente fiquei muito apreensivo, mas...

- Achou que ela fosse atras dele?

- Sim, temi por isso - confessou.

- Teria deixado que ela fosse?

- Não poderia impedi-la. Falaria com ela, mas... Temi que ela fosse, que se desentendessem... Está tudo muito confuso para eles, ainda mais agora com esse complicador do demônio. E ainda tem aquele demônio que tentou matar Uivo, que pode estar

rondando o menino. Ah, Tenebe, está tudo muito complicado –
sorriu abatido. – Sabe de alguma coisa a mais do que os boatos e
notícias dos conselhos, meu amigo?

- Não, infelizmente não. A mente dele está muito
confusa, e não consigo entrar em contato. Mas, ele é Uivo, e sei
da força da alma dele. Ele vai conseguir vencer isso – sofreu.

Adanu viu a dor no velho amigo humano. Comovido
acariciou seu ombro, dando-lhe um sorriso encorajador.

- Eu sei que você está certo. Sabe, em mudanças assim
tão drásticas e profundas, primeiro surge o caos, como um
redemoinho tempestuoso. Ele vai conseguir sim. Apenas precisa
de tempo, e de nossos pensamentos bons... – suspirou.

A ESTÓRIA DE UIVO

O que vejo me dói. Campinas ardentes, fogo que não queima, mas que faz agonizar a alma. Gostaria da explosão do sol e da destruição das vidas, me contentando com a destruição da minha. Essa lavareda suave e destrutiva me agonia, me obrigando a ansiar por um fim, que não antevejo. Sofrimento, sofrimento...

I

Uivo se ergueu, maravilhado com a presença. Ela era mais pressentida do que observada. À sua frente o Avhu pulsou e Uivo o reconheceu. Tenebe estava ali, e seu brilho não era um brilho puro. Preocupação emanava do Avhu, era fácil perceber.

- Você sabia do demônio, não sabia? Tantos e tantos anos me ocultando, me conduzindo.

O Avhu pulsou forte.

Por longo tempo Uivo ficou conversando com a forma pensamento enviada por Tenebe, que lhe explicou certas coisas. Mas, o mais importante, foi a confiança e o carinho que ele lhe transmitia, e que lhe dava esperanças de que tudo ainda iria passar.

- Tudo parece feio, negro e tumultuado, meu filho – falou Tenebe pelo avhu. - Mas isso não muda o que você é. Você continua Uivo. Você é mais forte que isso, que também é sua natureza. Tudo vai dar certo, filho. Confie, eu sei! – ouviu ressoando dentro de sua alma.

O Avhu pulsou mais forte e se desfez.

Uivo suspirou, conformado.

II

Tenebe reagiu ao toque da mão em seu ombro, a face triste focando o chão.

Devagar subiu os olhos para Adanu, e sorriu.

- O que há, velho amigo? – ouviu a pergunta preocupada de Adanu. – Vi que ficou meio alheio, e que agora está tomado de tristeza. Preocupado com Uivo? – perguntou se arrumando num lugar ao seu lado.

Tenebe acompanhou absorto os olhos de Adanu que desciam. Então virou a cabeça, examinando a comitiva, confirmando que estavam sozinhos.

- Sim, Uivo. Você sabe das notícias que têm chegado pelos pássaros.

- Recebi um relatório estranho, preocupante e extenso do conselho – informou.

- Isso é bom... Há muitos boatos chegando... – sussurrou com amargor.

- Senti que enviou um Avhu. Foi para Uivo, não foi?

Tenebe ficou um tempo em silêncio, avaliando a pergunta.

- Sim, finalmente eu consegui fazer chegar nele um Avhu – confessou. – Sabe, uma boa parte do que ouvimos é verdade sim – declarou. – Destruir montanhas e acossar o sol, não – sorriu triste.

- Ele explicou por que atacou seu comandante? – perguntou, a voz quase em um sussurro.

- Sim... Esse comandante estava dominado por um demônio. Esse comandante matou uma mãe-da-mata, amiga de Uivo.

- O mesmo relato que veio pelo conselho – falou.

Tenebe se virou, o rosto sério e preocupado.

- Adanu, além de comandante dessa comitiva, você é também um amigo, e merece saber, porque o destino parece que não poderá mais ser ignorado. A história do Uivo... Adanu, eu encontrei Uivo quando era um bebê, e o criei como um filho, você sabe. Eu o encontrei num buraco de cobra e o resgatei porque me pediram. Recebi um chamado desesperado da mãe dele, que me viu e confiou em mim. Ela sabia que não ia poder sobreviver. Ela era um demônio como nunca vi, mas era..., como posso dizer, nobre. Um puma, um pumayacaya, desceu as montanhas frias, um sujeito nobre e valoroso, e eles se apaixonaram, e tiveram uma criança. Mas eles estavam sendo caçados.

- Caçados... – incentivou Adanu, ante o silêncio pensativo que tomara Tenebe.

- Sim... – Tenebe retomou a narrativa. – E sabe quem os caçava?

- Nem imagino...

- Um dos velhos, um dos grandes demônios...

Adanu se enrijeceu.

- Um dos grandes? – assustou-se.

- Isso...

- Mas, por quê?

- Ao que parece ele estava atrás do puma, o que veio das montanhas frias. Ele os encontrou e matou os dois. O bebê escapou por muito pouco.

O velho curupira não se mexeu, a atenção em Tenebe, a mente fazendo ligações e conflitos.

> E a dêmona, a mãe dele, ela era uma descendente direta desse velho demônio, segundo me contou um anjo...

Adanu permaneceu em silêncio, a mente se enrodilhando acelerada. Por fim, com um suspiro se acalmou.

- E esse velho demônio... Seria Trevas, Escuridão ou Mercator?

- Não me disseram se seria de um deles. Apenas disseram que existem muitos demônios antigos nesse universo.

- Então Uivo é descendente de um velho demônio... – suspirou.

- Sim... Ele é um filho de uma dâmia e de um pumayacaya. Uivo é um pumacaya.

- Por Trovão... – suspirou. – Contou isso para o Uivo?

- Não, não contei. Não reuni coragem – revelou, parecendo meio envergonhado.

- Por que não?

- Por que aumentar seu desespero? Além disso, não tenho certeza absoluta disso.

- Como soube disso? Foi a mãe dele, ou o pai? Você falou alguma coisa um anjo...

- Não, não foram seus pais. Foram anjos... Eu me reuni com eles há algum tempo, e eles me contaram a verdade sobre Uivo. Vi que eles têm grandes expectativas nele, e temores também.

- Pelo Trovão – suspirou abobalhado com a estória. - O que está acontecendo com Uivo, Tenebe? – perguntou, a voz baixa e tensa. - Ele descobriu o que é? Ele matou o comandante como demônio? O que é a verdade? Ele está mesmo virando, ou virou um demônio? O que, o que podemos esperar dele...

- Tenha calma, meu amigo – pediu. - Não, ele não matou o comandante como demônio. O que descobri é que ele soube que era parte demônio bem depois. Ao descobrir que tinha algo estranho nele, ele se afastou de todos. Ele está confuso, sofrendo, lutando duramente contra sua parte demônio.

- Ele está apartado?

- Sim. Ele está se esquivando de todos. Você sabe da batalha dele contra os que atacaram o danush de Danbara, e que quase os atacou também. Ele está tentando se entender... De vez em quando se aproxima, e depois fica longo tempo afastado...

- O que você acha, Tenebe? – perguntou, o rosto sério.

- Sobre?

- Ele é um perigo?

Tenebe ficou em silêncio, os pensamentos perdidos.

- Perigo, Uivo? Sim, ele pode se mostrar extremamente perigoso, enquanto não se decidir. Eu o estou acompanhando. Por enquanto, ele está vencendo sua índole. Mas, ele sempre teve essa parte demônio, mesmo que não acordada. Ele nunca foi perigoso para nós. Sempre foi honrado...

- Temos que temê-lo? – Adanu desconsiderou o discurso de defesa de Tenebe.

- Não, tenho certeza de que não precisamos. Apenas temos que ter cuidado com ele, porque ele virá até nós. Ele está confuso...

- Virá por você?

- Sim, eu o chamei...

- Chamou, para cá? – Adanu se assustou. - Mas, isso é loucura. Por quê?

- Porque não tenho como transmitir tudo para ele através de um Avhu. E ele precisa saber.

Adanu ficou em silêncio, avaliando toda a situação, e viu que Tenebe estava certo. Uivo não merecia zanzar naquela escuridão quando informações cruciais existiam.

- E ele virá???

- Sim, e não só por mim. Ele virá mais por ela – falou, os olhos discretamente postos em Allenda. – Mesmo que não saiba ou não aceite isso.

Adanu baixou o semblante, os olhos fixos numa flor de dente-de-leão.

- Isso é certo! Eles já se enxergaram, e não há mais como eles se ignorarem. Mas, temos que ficar de olho. Há muitas dores entre ambos.

- Já sabemos que isso aconteceu antes, não é mesmo Adanu?

Tenebe viu o rosto de Adanu se suavizar, um sorriso se pendurando no canto de sua boca, olhando discretamente para Allenda.

> Como acha que ela reagirá, quando o encontrar? – perguntou preocupado.

Adanu tirou os olhos da filha, que estava triste, pensativa. Sempre quando ela parava era assim que ficava, pensativa e triste, saudosa, experimentando uma falta que nunca pensou sentir.

- Reação dela? - cismou. - Possivelmente revoltada, confusa, nervosa. Novidade incômoda, novidade que machuca e atormenta - soprou.

Lembrou de poucos dias atrás, quando puxara assunto com ela sobre antigos namorados, e sobre Uivo. Ainda podia ver os olhos confusos e estranhos com que o fixara, denunciando frustração e dor. E mais dor ainda com as notícias que chegavam, dizendo sobre o ser feroz e terrível que Uivo se tornara, mesmo sem saber, naquele dia, a extensão total do que acontecia. Ele a viu tocar com força o peito, como se quisesse arrancar uma flecha do coração.

> Possivelmente raiva, frustração - repetiu. - Tentei conversar com ela, mas não fui bem-sucedido – revelou.

- Eu a sinto triste, mais silenciosa – falou Tenebe.

- Sim, ela está mudada. Uivo...

- Senti o mesmo em Uivo. Ela não sai da mente dele – informou. – Não vai demorar para o vermos ao nosso lado.

- Bem, apenas temos que ficar atentos e ajudá-los a passar por isso, não é mesmo? A vida sabe encontrar seu caminho.

- Sim, claro! Tudo vai se ajeitar... E Allenda, já ouviu que ele pode estar se transformando em demônio, não ouviu? Notei um peso maior nela...

- Sim, ela já sabe, tal como a comitiva.

- E, como Allenda reagiu???

- Assustada. Desejosa de ajudar, eu acho.

- Se soubéssemos como ajudá-lo nisso...

- Mas, e se não acontecer como... desejamos que aconteça, Tenebe? – perguntou Adanu se levantando e pondo a mão sobre os ombros do mago. - E se o demônio dominar e se ele se mostrar... perigoso? Como vai ser?

- Ahhhh...

Adanu viu a intensa dor que tomou o amigo, e ficou com pena.

> Então não será o Uivo – Tenebe arrematou com tristeza.

SOBRE PUMAYACAYAS E DEMÔNIO

*Sinto sua dor, e minha dor se soma. Sinto
sua solidão, e minha solidão se soma.
Consegue ver isso?*

Adanu viu o momento em que todos pressentiram sua aproximação. Mas foi Allenda que ficou mais alerta.

Estavam todos reunidos em volta da fogueira, conversando sobre o que havia acontecido no dia, quando tudo foi silenciando rapidamente.

Allenda, subitamente, se tornou muito alerta. Levantou a cabeça e ficou observando o espaço dentro da noite, para algum ponto no contorno indefinido da floresta. Então olhou para Adanu e para Tenebe.

- Ele está... – a voz falhou. Ela baixou a cabeça e se recompôs. – É Uivo que se aproxima, não é? – perguntou para o pai.

Adanu, que tal como todos se mantinha alerta, confirmou.

- Sim, filha. Ele e Tenebe precisam conversar – revelou se levantando, permanecendo no mesmo lugar, ao ver que Tenebe se levantara e se preparava para ir até a floresta.

> Não, Tenebe, não se encontre com ele longe de nós. Espere, por favor. Deixe-o vir, por favor...

Os minutos foram passando, até que perceberam que alguém ao longe se decidira a se aproximar. Os passos vinham firmes, apesar de suaves, desejando se denunciar, ao mesmo tempo que procurava mostrar não ser uma ameaça que se arrastava na escuridão.

> Venha Uivo, se aproxime – Adanu pediu com suavidade ao ver uma sombra parando fora do círculo de luz da fogueira.

Os que ainda estavam sentados se levantaram e se voltaram para o lugar onde ele estava. Havia expectativa, havia curiosidade e, Tenebe viu com tristeza, animosidade por parte de alguns poucos.

Então olhou discretamente para Allenda. Os olhos dela brilhavam como fogo, e ela esfregava as mãos disfarçadamente nas coxas, sem conseguir tirar os olhos de Uivo.

Lentamente Uivo entrou na luz, inseguro e um tanto tímido, cuidadoso. Ele já fora avisado por Tenebe que a comitiva já tinha conhecimento do que lhe acontecia.

- Boa noite, para todos. Peço licença para me aproximar.

Todos ficaram silenciosos e surpresos, ao redor da fogueira, os olhos presos nele quando surgiu definitivamente na luz dançante.

Uivo sorriu, aquietando sua mente.

Tenebe lhe sorriu, tal como Adanu e Ybynété. Mas, os outros, apenas se mantinham a observá-lo. Deu de ombros. O que poderia fazer?

Com um suspiro de esperança viu que a dor imensa que aprisionava Allenda havia diminuído em muito.

Sabia que notícias se espalharam como água sobre uma pedra rugosa, e que muito deveria ter sido aumentada, sobre ele e um demônio adormecido. Que fosse acontecer o que deveria acontecer.

Enquanto aguardava Uivo viu que o sondavam, e viu o quanto a maioria estava tensa, a um instante de se poderar contra ele.

> Venha, aproxime-se Uivo – falou Adanu com preocupado carinho, quebrando o pesado silêncio, imprimindo uma voz tranquila e algo surpresa.

Uivo viu Adanu se tranquilizar, bem como sentiu que vários outros relaxavam. Mas havia outros que mantinham a guarda contra ele. Não conseguiu evitar, e passou, mesmo que rapidamente, os olhos por Allenda, sentindo que seu coração se apertava um pouco mais.

Inspirou com cuidado.

- É verdade que está se transformando em um demônio? – Itanauara perguntou de chofre, os olhos fixos em Uivo, que a encarou com os olhos pesados. – Eu sinto um demônio dentro de você... – acusou. – E tenho certeza de que não sou a única a ver isso.

- Os conselhos estão bem protegidos? – interveio Adanu apressado, vendo o olhar desnorteado de Uivo.

- Aqueles lados estão limpos, e eles são mais que suficientes para se cuidarem – falou baixinho. – Eles não precisam mais de mim.

- E nós precisamos, demônio? – estocou Allenda com os olhos fixos em Uivo.

Allenda sentiu uma dor estranha invadindo-a quando Uivo parou os olhos nos seus, os ombros e os braços caídos, os olhos espantados e tristes observando-a, e mais ainda quando lhe sorriu, um sorriso magoado que sabia que ia ficar em sua mente para sempre.

- Eu, bem eu... Eu vim por um chamado e... – totalmente desconcertado pela recepção de Allenda Uivo derrubou ainda mais os ombros, os olhos perdidos, sem chão. Por fim os levantou, uma dor indisfarçada nublando seu rosto. – Apenas vim ver Tenebe e... Assim que conversar com Tenebe eu vou embora...

- Que bom que sua visita será rápida – estocou Allenda novamente, os olhos duros e um sorriso sádico no rosto.

Adanu sondou a filha, se perguntando quando ela iria superar a dor e o sentimento de traição ao ter visto Uivo e Elliara.

- Traição? – lembrou-se da conversa que tivera com a filha. – Não há traição, filha. Ele tentava te esquecer. Lembra-se que ele te viu primeiro? A dor dele veio antes da sua. Se foi traição, a sua foi anterior.

- Foi traição... Eu nada sabia do que eu mesma sentia – sussurrou teimosa. - Estava tudo muito confuso. Se é como você e o humano dizem, então ele já sabia o que sentia por mim, e resolveu me trair, esquecendo o que sentia...

Adanu baixou a cabeça, lembrando do rosto vermelho e revoltado da filha, incapaz de ver a verdade. E agora esse ataque furioso, isolando ainda mais quem ajuda pedia, isolando ainda mais quem o seu próprio coração pedia.

Uivo se recompôs e se endireitou, um sorriso triste envolvendo seu rosto.

- Recepção estranha, a de vocês. São terras difíceis estas, e uma força a mais deveria ser bem-vinda, se fosse essa a minha intenção.

- Sim, uma força a somar seria algo bom... Você se julga assim, demônio? – perguntou Itanauara visivelmente desconfortável. – Mas, estamos indo lutar contra demônios, sabia disso, demônio?

Uivo a observou por alguns segundos. Não havia insinuação de confronto em seu olhar, mas apenas de decepção, de uma dor magoada.

- Eu... Fique tranquila, nobre Itanauara, apenas vim visitar meu pai. Não vim para me juntar a vocês...

Tenebe, mais que depressa se adiantou até ele. Ainda se sentia um tanto zonzo com as viagens em sonhos que Itanauara o dopava, para poderem viajar mais rápido, carregado por Ybynété, mas estava lúcido o suficiente para saber tomar a temperatura de um encontro.

- Venha, venha meu filho! Me conte seus caminhos – pediu enquanto o conduzia um pouco além, para o limiar do círculo de luz da fogueira. – Temos que colocar algumas coisas em dia.

- Não acham que estão sendo muito... rudes? Ele é um dos nossos, e mostrou seu valor em inúmeras ocasiões – Adanu repreendeu com a voz rouca e pesarosa, se sentando, tal como os outros.

- Eu não confio nele – falou Itanauara de olho em Uivo, que se mantinha quieto e pensativo um pouco distante, sentado ao lado de Tenebe sob uma seringueira. – Eu vejo algo ruim vindo dele. A verdade crua é que há uma parte demônio ali. E aposto como deve ser verdade que há um demônio que o segue. As notícias que chegam não foram criadas pelo vento.

- Concordo com a mãe-da-mata – sussurrou Allenda, os olhos baixos, presos na terra.

Adanu a observou por alguns instantes, medindo o lamento que acompanhava suas palavras.

- Ele é apenas diferente – falou Adanu com a voz tranquila e pensativa. – E ele está num momento extremamente confuso, e é agora que os que se preocupam com ele deveriam... dar-lhe apoio, dar-lhe forças, dizer sobre esperanças, ajudá-lo na luta que ele trava sozinho – falou olhando de soslaio para a filha, que baixou a fronde, mostrando sinais de vergonha.

Em silêncio se lembrou da conversa com Tenebe, e da terrível estória de Uivo e de seus pais.

- É óbvio que alguns boatos são descabidos – falou Ybytu. – Mas tem outros que parecem lógicos para... para um demônio. Você confirmou os boatos que dão conta de que ele enlouqueceu e atacou um comandante, seu próprio comandante; que conta que ele atacou um lobisomem no caminho e que quase matou alguns do grupo de Danbara. E ainda tem mais boatos, de que destruiu um enorme grupo de sentinelas thianahus com apenas uma passada e que dizimou uma triga de onças e enlouqueceu alguns caiporas, e ainda que se aliou aos terríveis juruparináhs para subir as montanhas?

- Boatos... – sussurrou Adanu. – Alguns são verdade, outros não. Quanto a ele ter enlouquecido e matado o seu comandante, isso não é verdade. Ao que parece seu comandante tinha ciúmes do poder, e fez de tudo para matar Uivo que não se submetia, e acabou por matar RelvaDeLuz, uma mãe-da-mata, que tentou ajudar Uivo. Isso além de estar sob investigação se o comandante foi tocado por algum demônio para tentar matar Uivo. Vá lá saber quantos mais boatos são verdades... Pedras que se tornam montanhas, rios que tornam mares, heróis em deuses, deuses em seres rotos e perdidos... Onde a verdade, onde a medida certa? Boatos! Não devemos julgar alguém por boatos. Eu o vi, vocês o viram, em várias ocasiões. Ele lutou com determinação por coisas que até a nós deveria ser importante. Realmente, ele é um nefelin um pouco diferente, não é mesmo, Itanauara? E ele realmente é uma união de... de tipos, digamos, não muito comuns – disse Adanu.

- De tipos? – quis saber Allenda, totalmente alerta.

Adanu a encarou pensativo. Então lentamente baixou os olhos para o chão e tocou com carinho a terra.

- Que tipos vê? – perguntou.

- Eu sinto demônio... – disse Allenda olhando para o pai. – Mas vejo um outro tipo, diferente, que não consigo definir direito. É um puma, mas não como os nossos...

- Demônio também senti – concordou DenteDeAlho. - E esse outro, tal como você, também não consegui definir.

Pessoal... – falou pedindo atenção, - sabem, eu fico intrigado com ele, mas não preocupado. O que quer que seja a outra parte que lhe deu origem, noto uma nobreza imponente e sadia.

- Pode ser, pode ser! – cismou Allenda, os olhos abatidos postos no jovem Uivo, abrigado do sereno sob uma árvore frondosa em companhia do pai. – Mas confesso que o demônio que há nele me preocupa. Será que o velho sabe, será que sente essa parcela demônio?

- Tenebe? – Adanu falou cismando, observando o velho sentado ao lado de Uivo. – Claro que sim! Ele cuida dele desde que era curumim... E, observando-o, observando como trata o jovem, como o respeita, me sinto tranquilo. Tenebe é um bom avaliador de caráter...

- Você sabe da estória dele, não sabe? – reconheceu Allenda curiosa. – Você sabe sobre ele. Você viu isso nas pedras? Qual a estória dele?

Adanu sorriu para a filha, admirando com que beleza a esperança sabia se mostrar.

- Sabem, esse demônio que é Uivo já havia se mostrado antes, muito antes. Lembra-se do juguena? Também se lembra do juruparináh que a atacou, filha?

Allenda abriu os olhos, encarando o pai.

- Foi assim que ele matou o juruparináh?

- Sabem, desde aquele dia fiquei intrigado, e me foquei na espécie de nevoa que vi envolvendo Uivo naquele dia. Achei que fosse ilusão, mas depois vi que não era isso. Eu sentia algo diferente nele, e desconfiei que devia ser alguma coisa de demônio. E ele nem sabia. Ele o trouxe não para se proteger, mas proteger você, filha... Eu vi o desespero dele, o medo dele quando julgou que você poderia estar em perigo. Então, sim, se querem perguntar. Tenho reservas quanto a ele, mas confio nele, porque ele já se mostrou antes.

- Que tipos de pais ele tem? – Allenda perguntou após um longo silêncio do grupo, lembrando-se com remorso como ele se mostrava sempre preocupado com sua segurança.

- De tipos que vivem sobre montanhas de gelo onde vivem os demônios, e de tipos que vivem ocultos nas sombras, por dela fazerem parte.

- Entendo... – cismou Allenda, os olhos postos na árvore. – Então um deles não é dessas terras... Me diz, Uivo é fruto de estupro?

Adanu olhou longamente para a filha, os olhos gentis, um sorriso ingênuo bailando no rosto.

- De forma alguma. Esse jovem é fruto de amor de seres nobres; essa é a origem dele. Sobre as altas montanhas há uma raça de seres belos e poderosos, chamados pumayacayas.

- Pumayacayas. ... Parentes de pumas, não?

- Acho que sim... Apesar de serem algo parecidos, são muito diferentes. O pumayacaya é um ser parecido com nossa onça, mas de pelagem marrom claro e rosto nobre, parecido com o dos homens, segundo Tenebe – os olhos subindo para olhar a filha. - É ele esse nefelin estranho, que é ainda mais estranho quando se sabe que sua mãe era uma demônio.

Allenda ficou olhando Adanu, a compreensão brilhando nos olhos.

> Sim, ele não é um pumayacaya, mas um pumacaya, porque tem uma parte dele que é demônio... E foi concebido em amor.

Allenda tirou os olhos de Adanu e os postou novamente em Uivo, que se mantinha ouvindo Tenebe. Seu coração doeu ao ver os gestos dele, que se mostravam tristes e pesados.

- Então, de acordo com os boatos, foi por isso que o demônio estava, está atrás dele. Ele tem uma fraqueza, uma porta de entrada... É um pumayacaya escuro... – atalhou Itanauara.

- Essa é uma verdade! O demônio deve ter sentido o cheiro, mas não sabia de tudo. Ele é mais que isso.

- Quem é esse demônio com o qual Uivo luta? – quis saber Allenda.

- Parece que é um demônio muito velho... – suspirou. – Deve estar querendo energia, acho – desconversou.

- Essa mistura absurda de pessoas trouxe muita confusão, e o que seria força se tornou fraqueza, desnorteamento. Não confio nele – insistiu Itanauara sob os olhares de apoio dos outros, com exceção de Adanu, DenteDeAlho e Ybynété.

Allenda mantinha os olhos distantes, postos em Uivo e Tenebe na borda da luz.

- E os pais... Nunca se falou sobre eles... Ainda estão por aqui? – quis saber Immecole.

- Foram mortos por um grande sombra, segundo contou Tenebe.

- Sei... E por que Uivo foi poupado? – perguntou Ybytu.

- Porque a mãe o protegeu num ninho de cascavéis. As cobras o mantiveram fora da atenção do demônio. Quando o demônio se foi as cobras o mostraram... E um humano o tomou.

- As cobras então têm poder sobre os demônios? Elas podem ocultar coisas deles? – perguntou Ybynété curioso sobre o que Adanu dissera.

- Não, isso não parece ser verdade. O demônio não sabia dele. As cobras apenas levantaram uma leve penugem sobre ele, que em nada ajudaria se ele soubesse de sua existência.

- Tenebe foi o humano, não foi? – perguntou Allenda mantendo os olhos nos dois ainda sentados sob a árvore.

- Sim, foi ele! – confirmou Adanu. – Foi ele quem o salvou.

- Como sabe da história dele, Adanu? Foi Tenebe quem lhe contou?

- Sim, Dana-dana. Tenebe me confidenciou isso há pouco tempo, quando os boatos se tornaram muito pesados.

- Você confia nele, Adanu? Confia mesmo? – perguntou Allenda fixando os olhos no pai.

Adanu deu um sorriso pensativo, os olhos procurando o amigo e seu puma.

- Acha que ele poderia ser contra nós? – perguntou Itanauara. - Ele tem um demônio como parte de sua alma...

- A mãe dele era, e se saiu muito bem. Sim, eu confio nele!

- O deixará seguir conosco, Adanu? – quis saber Immecole.

- Antes de partirmos, mesmo desconfiando, naqueles dias, o que ele poderia ser, eu o convidei para se juntar a nós, e ainda mantenho meu convite – revelou Adanu, para perplexidade de todos.

- E ele não quis se juntar a nós? – perguntou Ybynété.

- Não, não quis. Havia muita dor nele – falou, passando os olhos rapidamente por Allenda, que baixou a cabeça.

- Dá para notar que ele não controla o demônio. Ele não confia em si mesmo, Adanu – contestou Allenda se esforçando em se refazer de toda a dor que embalava. – Uma coisa é compreendê-lo, outra é conviver com alguém tão instável.

- Ele vai com a gente? – perguntou Ybynété com o rosto tranquilo.

- As coisas mudaram um pouco, não? – sorriu pesaroso. – Então, não, ele não irá conosco, ao menos por enquanto – revelou Adanu. - A maior batalha que ele trava, como Allenda mesma viu, é com ele mesmo. Ele sabe disso. Tenho certeza de que ele saberá se controlar. Então, quem sabe, quando ele se tornar quem nasceu para ser, ele retorne.

- Dependendo muito do que ele se tornar... – falou Itanauara. - Sabe o nome dos pais dele?

- Não se sabe, e duvido que saibamos. Essa informação deve ser somente do demônio que o espreita, e ele não os dará. Nomes tem mais poder que simples palavras... Ele o quer fraco!

A conversa parou, todos olhando para Uivo. Ele se levantara e parecia se despedir de Tenebe.

Com um pequeno movimento ele se virou e cumprimentou a todos, voltando-se para a floresta.

- Fico pensando se deveríamos deixá-lo ir embora. Ninguém sabe o que ele pode se decidir a ser – falou Allenda, os olhos presos no nefelin que se perdia no interior escuro da mata, um fio grosso de dor empapando sua alma.

- Também penso assim. A pena é que essa é uma luta em que teríamos como ajudar – sussurrou Adanu.

- Eu não queria... Eu... – Allenda ficou quieta, os olhos perdidos, vendo Tenebe tomar a direção do grupo.

De súbito se levantou depressa.

Tenebe, que voltava cabisbaixo para junto da comitiva, parou, se virando para ver Allenda que corria no encalço de Uivo, um sorriso pendurado no rosto, o coração batendo forte, rezando para que ela o alcançasse.

Devagar Tenebe se aproximou e se sentou com os outros, os olhos fixos na franja da floresta.

O silêncio imperava ali, até que viram Allenda surgir da floresta, se aproximando lentamente em passos desanimados.

- Ele se foi – sussurrou assim que se aproximou. – Não consegui alcançá-lo.

- Que pena – suspirou o curupira. – Teria sido muito bom para ele - sussurrou, vendo a filha sentar-se novamente, uma imensa tristeza toldando sua face.

- Novidades sobre o puma? – perguntou Itanauara, os olhos fixos no velho.

Tenebe a observou com cuidado, e sorriu por fim.

- Sim, como sempre há novidades, sobre tudo o que vive. Mas, nada que deva preocupá-la... – sorriu novamente.

- Você é duvidoso para avaliar isso, não é mesmo? – sorriu ela de volta.

- Tanto quanto qualquer um de vocês...

- Sim, como todos nós... – interveio depressa Adanu. - Ele ainda está buscando o dele. Quem sabe o que cada um de nós pode se tornar ao final do dia? E quanto ao demônio que o segue, ele lhe disse por quê? Sim, Tenebe, eu já contei para todos aqui. Eles sabem da estória de Uivo.

Tenebe suspirou, passando os olhos por todos à beira do fogo. Ficou triste pelo que viu.

- É o avô dele, e ele parece que espera para matá-lo, como quis matar sua própria filha.

A expressão de todos mostrou o quanto aquela informação era estranha e surpreendente.

O silêncio se fez por algum tempo.

- E ele está sozinho – lamentou Ybynété, após ter se virado para a floresta, uma dor exposta na voz e no rosto enquanto mirava triste o fogo. – Ele é nosso amigo, e está sozinho – lamentou.

- Como, como assim? O demônio é o avô dele, e está tentando matá-lo? – se assustou Allenda.

- Sim... Parece que ele estava espreitando os pais para matá-los, quando o velho demônio apareceu. Aí, o avô ficou assistindo a tudo enquanto o demônio os matava.

Um silêncio espesso caiu sobre todos, ao ver o que pesava sobre Uivo.

Adanu observou com cuidado Allenda, e viu o esforço que ela fazia para suprimir a dor que a atingia ao ver a falha que cometera com Uivo. E essa dor não era só de Allenda.

- Pois é... Ato de demônio. Por isso acho que não devemos desejar sua companhia entre nós – reforçou Itanauara, os olhos postos em Allenda e Adanu.

- O que ele está fazendo por esses lados? – perguntou Allenda em voz baixa. – Ele respondeu muito rápido ao chamado.

- Procurando o demônio, caçando os thianahus... – Tenebe revelou.

- Acreditando que nos protege? Por quê? – Adanu interrompeu.

- Acredito que sim, Adanu. Parece que o demônio pensa que somos amigos de Uivo...

Um mal-estar se instalou por todo o acampamento.

- Você contou tudo para ele? – quis saber Adanu.

- Sim, tudo...

- E como ele reagiu?

Tenebe encheu o peito e deixou o ar escapar bem devagarzinho.

- No começo ficou enojado de si mesmo, eu senti. Mas, depois, assimilou isso. Ele disse que agora já estava se acostumando com perdas e solidão... Espero que encontre algo que lhe mostre que não precisa ser assim.

- Ou alguém – Allenda suspirou baixinho. Havia tanta dor e abandono ali que todos baixaram a cabeça.

Adanu ficou cismando o que poderia fazer por Allenda. A cabeça dela estava caída para frente, desnorteada.

- Bem, meus amigos – Adanu chamou a atenção de todos, a voz meio arranhada e rouca, - já descansamos o suficiente e já nos restabelecemos. Caminhamos muito, mas devemos prosseguir – falou se levantando. - Allenda, a fogueira. Os outros, apaguem todos os nossos rastros.

Allenda, com um pequeno movimento, puxou as chamas para si enquanto Itanauara, com um gesto simples, fez nascer touceiras de mato sobre os paus queimados.

Em pouco tempo nada mais havia ali que pudesse denunciá-los, nem mesmo uma grama pisada ou um cheiro abandonado.

Adanu sentiu a mão de Itanauara em seu ombro.

- Ela vai aguentar, Adanu – tentou consolar, vendo Adanu olhar disfarçadamente para a filha que mirava abandonada a floresta onde um demônio rondava, lágrimas de fogo disfarçadas no rosto que ela rapidamente limpava com as costas da mão. Adanu gemeu baixinho, vendo como ela apertava o coração. Então Itanauara o viu suspirar dolorido quando ela se voltou para o acampamento se preparando para avançar com a comitiva.

- Tomara, Itanauara, tomara... Vamos embora então – falou se poderando.

Quando Tenebe viu Itanauara se aproximando começou a levantar a mão, sinalizando que não precisava ser dopado. Mas, ao ver o sorriso jocoso de Itanauara, soube que esse era um prazer a que ela se reservava.

Sorriu, quando o torpor o invadiu.

UIVO E JÁDINA

Estranho como o mundo parece sempre estar atento a nós. Uma esperança quando o desespero cai, um facho de luz quando a escuridão parece mais densa, um sorriso quando a dor parece nos sufocar...

I

Uivo sentiu aquela dor terrível novamente. Já longe do acampamento se deixou quieto, quase na copa de uma árvore, pensativo. A noite avançava, os grilos estrilavam pela floresta, e os animais da noite podiam ser ouvidos buscando alimento.

Devagar reviu cada palavra que Tenebe lhe contara sobre quem era, as coisas se encaixando, lhe indicando as possibilidades de ser.

- Trevas, Escuridão ou Mercator – sussurrou para a noite de poucas estrelas.

Uivo se encolheu mais em sua dor. Sua mente caiu novamente em Allenda, e no ódio incompreensível que ela tinha por ele.

Muito lentamente, como se temendo a dor que acompanhava cada imagem e palavra de Allenda. Às vezes parava e cismava sobre alguma palavra, em seu tom, e nos músculos que usara para proferi-las. Esmiuçava cada memória do rápido encontro com Allenda, como se tivesse uma necessidade de, dentro daquela tortura, buscar algum gesto ou palavra de encorajamento.

Então viu o momento em que se despedira, e os olhos indiferentes da flor-do-mato.

- Não há nada ali – confidenciou para si mesmo. – Preciso tirar você da minha mente, destruir o que de você está em meu coração. Não quero mais isso para mim – lamentou num sussurro pesaroso.

Então foi despertado por um brilho ao longe, que se mostrava acompanhado por ganidos ameaçadores.

Pensou em se afastar, permitindo que as escolhas se realizassem. Mas deixou os ombros caírem, sabendo que não faria isso. Então de tronco em tronco avançou em silêncio, até ver abaixo algo que o desagradou profundamente.

No chão da floresta dois lobisomens haviam encurralado uma jovem flor-do-mato, que olhava para os lados, tentando achar alguma forma de escapar. Mas os lobisomens eram velozes, e lhe fechavam qualquer pequena possibilidade.

Ela estava incendiada, as luzes bruxuleando pelos troncos e folhas mais próximos.

Em total silêncio via o que eles estavam fazendo, porque eles mostravam claramente que aquela não era a primeira vez que atacavam um ser como aquele.

Eles sabiam o que faziam. Logo o fogo dela começaria a enfraquecer.

Uivo saltou, caindo entre os dois lobisomens, logo à frente da flor-do-mato.

Ela deu um grito apavorado, acreditando que um outro ser vinha para disputá-la com os dois, como os dois lobisomens também acreditavam.

Mas então a flor-do-mato compreendeu que ele fora até ali para protegê-la. Rapidamente procurou se proteger atrás dele, vendo que ele nitidamente confrontava os dois lobisomens.

- Vocês são muito covardes. Corra menina, e não olhe para trás – orientou. – Corra como se o demônio estivesse em seus calcanhares.

Os lobisomens avançaram.

Uivo, mergulhando em sua dor por Allenda pouco se importou quando suas sombras explodiram.

Uivo ouviu o grito assustado e apavorado da menina ao ver suas sombras explodirem, como viu a confusão nos olhos dos lobisomens.

- Fuja, menina. Salve a vida que tem – comandou, naquela voz que oferecia poucas esperanças a quem a ouvia.

Com um prazer terrível viu a menina se afastar, e pensou com certo contentamento que ela não iria muito longe.

Saindo do estupor pela transformação de Uivo os dois lobisomens saltaram. Uivo, com um movimento simples, os colheu no ar, suas garras alongadas em sombras. Eles se revolviam e se batiam desesperados, e tentavam rasgar com suas unhas as sombras que os matavam.

Mas Uivo apenas os mantinha ali, à frente de seus olhos, como se os estudasse. Lentamente foi adiantando farpas contra os dois, suspensos em suas garras. Quando elas foram penetrando em seus corpos deixou o horror e o medo terrível que eles mostraram inundar a sua alma.

Assim que os deixou cair subiu no ar, procurando pela menina que fugira.

Sentiu como que um soco em sua mente, depressa se desfazendo dos pensamentos que lhe passavam. Com um sorriso no rosto sombrio se pegou desejando sorte para a menina que corria assustada dentro da noite para junto dos seus. Satisfeito com sua vitória sobre si mesmo se voltou para longe, para um acampamento danatuá.

II

- Melhor, oncinha? – Jádina o cumprimentou assim que ele surgiu na curva da trilha.

- Sabia que eu vinha?

- Senti o cheiro de onça molhada – riu. – E então, como está? – perguntou amável, acompanhando-o para o interior do acampamento.

- Bem melhor do que no outro dia. Sei que ainda tenho um grande caminho para seguir, mas já estou dando meus primeiros passos.

- É mesmo? Você realmente parece mais feliz e confiante. Me conta, o que aconteceu?

- Você é estranha, Jádina – riu. – Há alguns dias queria me matar, e agora me faz...

- Faço o que? Danbara, olhe quem chegou – falou interrompendo seu raciocínio, enquanto a irmã e alguns guerreiros vinham para o lado deles.

Uivo não pode deixar de sorrir. Apesar de ainda não se sentirem seguros com ele, eles o estavam tratando com respeito, até mesmo como parte de uma família. Sem querer sua mente comparou a recepção que tivera na outra comitiva. Abanou a cabeça, espantando esses pensamentos. Ali estava muito bom.

- Então Uivo – Danbara cumprimentou, - como vai? Você parece diferente. Está mais... luminoso – sorriu.

- Ele já ia me contar por que está assim, não ia, Uivo?

Uivo se sentiu um pouco triste. Quando chegara achava que fora uma vitória não ter matado a pequena flor-do-mato, mas agora via que sua vitória podia não ser considerada assim.

- Descobri parte da minha estória. Compreender a si mesmo é parte da cura, não é?

- Ora, que maravilha – parabenizou Danbara. – E o que descobriu de você mesmo? – perguntou.

Uivo nem abrira a boca quando Danbara o interrompeu.

- Desculpa, Uivo, mas eu preciso mesmo ir. Conte tudo para Jádina, e depois ela me conta, se você já tiver ido. Está bem? Akindará, Uivo. Cuide bem dele, Jádina. O menino está evoluindo – riu, se afastando em companhia de mais alguns guerreiros que ela chamara para o seu lado.

- Vamos lá para a beira do regato. Lá você me conta o que descobriu. Mas antes me explica o que você quis dizer quando disse que faço outra coisa com você agora – riu. - O que é?

- Bem, me faz muito bem, Jádina. Quando alguém dá um voto de confiança na gente, de forma totalmente descompromissada, aumenta a crença que temos em nós mesmos. Obrigado, de verdade.

Jádina riu feliz, tomando-o pelo braço.

- Você fala assim, mas e a Allenda? Não é desconhecido que vocês têm algo um com o outro.

- Também achava, mas descobri que é ódio, vindo de uma mágoa, de uma raiva que não entendo.

Então contou resumidamente o que acontecera quando fora ao encontro da comitiva, e a recepção que tivera, principalmente de Allenda.

Jádina ouvia tudo atentamente. Então, quando Uivo terminou de falar, se sentaram com os pés no regato.

- Você tem que entender Allenda, Uivo. Por muito e muito tempo, acho que mais de 100 anos, ela vagou sozinha, nunca se prendendo a alguém. Ela se julgava bem sendo e estando assim, e estava feliz em ser sozinha em seu coração. Então você chegou e mostrou para ela que havia muito vazio ali. Ela precisa de tempo para se acomodar.

- Não tenho todos os verões que ela, mas não puno os outros ao descobrir coisas em mim que apontam que andei enganado.

- Deixe isso passar, se não fica como quando você deixa a folha muito tempo na água, fazendo com que ela fique amarga demais. Agora me conta, que estou morta de curiosidade. Eu bem sei que não vai me contar o que descobriu de você. Respeito isso, porque é a sua estória, ainda mais considerando que o que tem não é a estória completa. Mas, você vai ter que me contar qual foi a vitória que você teve sobre si mesmo.

Uivo parou os olhos nela.

Jádina realmente era lindíssima, e a forma como ela conseguia ver as coisas a tornava ainda mais interessante.

- Eu achei que fosse uma vitória, mas agora não tenho tanta certeza. Foi muito pequena – falou sem-graça, chapinhando a água.

- Mas, mesmo assim, Uivo, você veio até aqui para nos contar. Agradecemos...

- Não vim contar para vocês, Jádina; vim contar para você. A forma como me tratou em nosso último encontro me deu a medida da alma incrível que você é.

- Uivo, Uivo, sabe que eu tenho umas quedinhas por guerreiros grandões, doidões e meio endemoninhados, não sabe? – riu feliz.

- Ora, isso eu gostei de saber...

- É mesmo? – ela o olhou com mais atenção.

- Sim...

- Uivo, não sou de rodeios. Sei que o destino seu é Allenda. Acho você muito interessante e, mesmo que não tenha demonstrado, quer dizer, ter demonstrado o contrário – riu um pouquinho, - confesso que tenho algum sentimento por você. Então...

Uivo a pegou pela cintura e a puxou para si, beijando com carinho os seus lábios. Jádina tremeu um pouco, e então enlaçou seu pescoço, se entregando àquele beijo com que já vinha sonhando há alguns dias.

Quando Uivo a pegou nos braços e a deitou na relva macia na beira do regato, ela apenas sorriu e o puxou contra si.

Danbara abanou a cabeça, vendo de longe os dois nus, brincando na água. Seu coração ficou macio e sua alma se encheu de ternura pelos dois. Como adorava ver sua irmã feliz. Então avaliou como Jádina iria se sentir, quando o coração de Uivo reclamasse seu destino e se voltasse em definitivo para o de Allenda, pois era ali que ele morava. Danbara sorriu, sabendo muito bem que Jádina entendia muito bem isso, e que era adulta demais para se sentir feliz e grata por cada momento luminoso que a vida lhe desse.

- Que bom – suspirou se afastando, deixando ao longe as risadas gostosas que vinham do regato.

No mesmo dia à noite eles levantaram acampamento, e foram mais para o Noroeste, de onde vinham rumores de um contingente de sombras e mantas que, de posse de alguns dominados, avançavam por lá.

Caminharam quase a noite toda, e foi no raiar do dia que os localizaram.

Eles estavam num vale abaixo, onde um extenso brejo se espraiava.

Por vários dias ficaram ali caçando.

Quando Uivo se batia com algum inimigo onde o demônio que era podia se mostrar, todos da comitiva se afastavam, até mesmo Jádina, mesmo sabendo que ele mostrava poder vê-la através de toda aquela escuridão. Mas Jádina sabia bem dos riscos de uma perda de controle, para os dois.

Assim estava a vida de Uivo: quando o demônio se mostrava mais forte ele sumia, se perdendo nas florestas, só retornando quando estava mais tranquilo.

Jádina se ocultou, ocultando até mesmo sua presença de energia, vendo Uivo um pouco ao longe. Sabia que ele vinha se experimentando como demônio quando se afastava da comitiva, parecendo estar feliz com os avanços que vinha experimentando em controlar um mínimo o demônio que era.

Orgulhosa ficou observando-o se poderar um mínimo em demônio, seu corpo sendo envolvido quase totalmente por uma neblina.

Então o viu, desta vez se poderar um pouco mais, a fumaça se tornando um pouco mais densa, enquanto crescia em tamanho.

Quase deu um urro de alegria quando ele, num impulso súbito, explodiu para cima, se perdendo muito além das nuvens.

Com um grande suspiro deixou o sorriso tomar seu rosto, enquanto voltava para o acampamento.

- Ah, tomara que dure mais um pouco – sussurrou um pedido para a terra e para as árvores.

EU TE ACHEI

*Em lembranças me perco, recriando as
linhas que deixei para trás. Não seria
mais fácil deixar essas trouxas num canto
do caminho?*

Arael observou o gigante descendo à sua frente. As lembranças ainda estavam bem embaçadas, porque havia uma mistura das suas lembranças frágeis com as lembranças mais fortes de Árgrila, e por isso resolveu que não iria tomar qualquer atitude. Precisava sentir as emoções do gigante.

Como um aviso deixou as asas não totalmente recolhidas, a mão repousada como que por acaso sobre o cabo da espada.

Mercator mantinha seus olhos nos seus, enquanto descia seu peso sobre o chão macio do campo.

Ela viu uma certa impaciência o tomando, como se fosse uma dor calada, um sentimento conflitante de uma rejeição e a força terrível de uma autoproteção.

Deu de ombros para aqueles sentimentos, sua mão se fechando um pouco mais forte no cabo, as pernas se separando um mínimo possível.

Ele era imenso, ela viu, mesmo sabendo que ele havia diminuído sua altura enquanto descia. Ele era escuro, as asas marrons, o corpo forte como uma torre meio avermelhada. Seu rosto era impressionante, duro e um pouco quadrado. E havia aquela íris totalmente vermelha em tons bem escuros, como sangue coagulado, o que se disfarçava bem na esclera totalmente preta, onde, estranhamente, a pupila era facilmente identificada. Com curiosidade ficou observando, por alguns segundos, as estranhas runas de baixo-relevo que se espalhavam pelo seu corpo, que sentiu que se tornariam mais escuras, guardando similaridade com os pensamentos sombrios que porventura estivesse embalando.

Guardou silêncio sobre sua curiosidade.

- Sei quem você é – ela falou, a voz num tom um pouco distante. – Mercator é o seu nome.

Mercator permaneceu em silêncio. Havia um nítido desconforto nele. Era bem visível que ele se perguntava o que estava fazendo ali.

Arael ficou confusa quando o viu se virar de lado, desfraldar as asas e se preparar para partir.

> Sei que éramos amigos, mesmo que de uma forma estranha – ela se apressou em falar, confusa com sua própria reação.

Quando ele se virou novamente para ela, ela retirou a mão do cabo da espada e cruzou as mãos em frente ao corpo, os olhos semicerrados, curiosa com o que estava acontecendo.

Decididamente ele não viera até ela para algum confronto.

Mercator suspirou fundo, os olhos sérios presos nos olhos da demiana.

> O que quer de mim, Mercator? Por que se mantém próximo?

Vendo que ele permanecia em silêncio, Arael tombou a cabeça meio de lado, examinando-o com atenção.

> Não sou Éfrera, apesar de algumas lembranças dela estarem surgindo em mim. Talvez não por enquanto, porque sou a entrante dela. Mas, em tudo isso, apenas sei que não sou sua inimiga, e espero que não me trate como tal – falou.

Mercator levantou a cabeçorra, examinando o pico de uma montanha que podia ser vista se elevando de uma floresta mais distante.

- Não tenho por que ser seu inimigo, demiana Arael. Tenha cuidado... Seres sombrios rondam esses lugares. O mal aqui os chama de lar – falou explodindo para cima, sumindo das vistas da demiana.

- O mal aqui fez seu lar – cismou nas palavras de Mercator. Sorriu, imaginando se ele se incluía nesse grupo. Mas o sorriso se foi, trocado por um semblante pensativo. Apesar do aspecto terrível e do terror que aqueles olhos maldosos evocavam, não conseguiu ver maldade neles.

Sorriu se elevando no ar, os olhos na alta montanha que chamara a atenção do demônio.

Por mais estranho que pudesse parecer, percebeu que se sentia agora mais centrada, mesmo que ainda se sentisse perdida em tantas lembranças que pareciam memórias de outras pessoas.

- Tempo ao tempo – sussurrou para a montanha, partindo para o Leste.

- Tempo ao tempo, quem sabe – sussurrou Mercator, a face examinando as pedras que rolavam suaves no grosso e rápido regato que descia do degelo acima. O vento estava forte e raivoso, enquanto o caudal despencava numa cachoeira vaporosa da encosta da montanha que, qual uma catedral abandonada, vigiava os extensos vales abaixo.

- Tempo – cismou Medriel, partindo lentamente para o Leste.

A DÂMIA E SEU NOME

Todo ser embala e tem enraizada escuridão na alma, que cresce ou adormece dependendo de como a alimentamos. Resolvi deixar a janela aberta para o sol.

Bem distante do acampamento Uivo desceu, se examinando com cuidado. Satisfeito diminuiu suas sombras, elevando suavemente sua vibração.

Orgulhoso de si mesmo se despoderou, enquanto examinava os morros e vales além.

- Agora sim, está bem melhor.

Uivo se virou rapidamente, os olhos postos no demônio que se adensara. Já o pressentira há muito, e sabia que ele logo se mostraria. E ali estava.

Já vira desses demônios algumas vezes, mas nunca deixava de se surpreender. Afinal, um juguena era um demônio extremamente raro. Eram como seres de sombras indefinidas, como se a própria neblina escura pulsasse. E, quando se deixavam ver, eram como uma pessoa alta e esguia, recoberta de roupas esfiapadas de neblina escura.

Eram até belos seres, se pegou pensando.

Talvez a pessoa mais poderosa das terras baixas. Juguena é um demônio muito antigo, e são muito raros. Eles são como fumaça, que podem transformar em arma. Podem desaparecer num piscar de olhos. Tem uma aparência como de um vulto humano, irregular e pulsante, recoberto de roupas esfiapadas de neblina escura. São muito cruéis, solitários e frios. Eles têm preferência, para saciar a fome, de torturar e se alimentar da dor e desesperança de suas vítimas. - Eu o esperava. O pressenti me vigiando há dois dias, mas tenho certeza de que me vigia a bem mais, não é mesmo?

- Ah, não se sinta em vantagem por ter me percebido. Você acha mesmo que conseguiria isso?

- O que você é, realmente? Você tem algum parentesco com os grandes demônios?

- Ah, fala isso por causa das sombras e farpas e... Não, não sou parente deles – declarou não demonstrando qualquer interesse. - Talvez o Trovão tenha ficado sem ideias quando os criou, ou permitiu que eles procriassem. Quem sabe?

- Então, sua curiosidade sobre mim já está satisfeita? – sorriu com sarcasmo.

- Digamos que o sofrimento que tem pela frente não é do nível que me agrada. Então...

Sem qualquer aviso ele se tornou mais fluído e atacou com enorme potência. Uivo se poderou com rapidez e se esquivou, uma farpa em forma de lâmina no caminho do demônio, que apenas passou por ela, enquanto desferia um golpe contra Uivo, que também não surtiu qualquer efeito.

- Isso vai ser muito interessante – saboreou Uivo, se tomando de mais sombras, sob o olhar divertido do demônio.

Uivo avançou, as sombras se revolvendo e tornando suas formas indistintas, tal como o demônio. No entanto, quando estavam quase se tocando, Uivo se virou um mínimo, tornando uma farpa de que se fazia em um pequeno invólucro de fumaça, onde pulsava uma pequena e tímida luz dourada.

O juguena tentou se esquivar ao ver aquelas sombras estranhas, mas a surpresa do ataque o confundiu, e ele foi atingido.

Uivo se afastou, saboreando a surpresa nos olhos do demônio, que tinha a cara de nevoa voltada para o seu lado, onde um rasgo se recusava a se recompor. Então levantou os olhos para Uivo, que o examinava em paz, controlado.

- Isso você não conhecia, não é mesmo, juguena? E aposto que isso está além da sua capacidade.

- Luz.... Mas, você é um demônio, e a luz...

- Que bom que está surpreso – sorriu na estranha forma. – Mas, confesso que também estou surpreso. Você é uma dêmona.

- Uma dâmia, é o que quis dizer, é isso? – reclamou, mantendo-o sob vigilância.

- Não sabia que dâmia é a fêmea de demônio também – esclareceu.

- Na verdade, demônio que é o masculino de dâmia – esclareceu por sua vez.

- Está certo... Então, como vai ser? – Uivo perguntou, diminuindo um pouco as sombras de que era feito, em sinal de paz.

A velocidade com que a dâmia atacou foi absurda. Não houve ferimento, ou corte, mas uma pressão absurda num lado, que fez Uivo gemer de dor. Depressa se poderou em definitivo como demônio, o que fez com que a dâmia recuasse de seu novo ataque.

- Também tenho meus truques – falou com satisfação, a voz denunciando clara alegria.

- Diferente do seu truque, dâmia, o meu é mortal, enquanto o seu apenas o é contra outros, mas não contra mim – falou, fazendo uma farpa se tomar de uma luz arroxeada, que logo tornou branco prateada. – Ainda não sei qual a cor que causa mais dor, ou mata mais rápido um demônio, ou uma dâmia – explicou, a postura séria e ameaçadora.

- Pois vai ser uma ótima oportunidade para você descobrir que isso e nada são a mesma coisa – falou, logo emitindo uma vibração que fez a luz que Uivo invocara tremeluzir.

Uivo se esquivou e tentou atingir a dâmia, ataque que foi facilmente interceptado e bloqueado, enquanto sentia um golpe terrível no ombro de névoas.

- Entendi – falou tomando distância da dâmia. – Vibração... Vibração, energia, ... Uma forma de luz... Pelo que vejo, há sempre oportunidades para aprender alguma coisa, não é mesmo? – falou, emitindo uma vibração que, apesar de não ser da qualidade da que a dâmia emitira, ainda assim mostrava seu poder.

Uivo não pode deixar de sorrir, ao ver que a dâmia tornava uma farpa de sombra de uma coloração bem mais clara que seu normal, e julgou que ela tinha bem mais poder que as farpas e lanças normais que usava.

- Sempre podemos aprender, quando estamos dispostos a isso – ela declarou.

E, sem qualquer aviso, a dâmia se adensou bem mais, e se mostrou como uma juguena. Ela era alta e esguia, a boca grande e os olhos negros, os cabelos longos e cheios, totalmente lisos. Ela estava vestida com uma pequena saia de couro e um sutiã do mesmo material, e nada mais. Ela ainda tinha um halo em volta da cabeça, formada pelas sombras, como se fosse um disco, que desconfiou que poderia rapidamente envolver todo seu rosto em brumas, protegendo-o de qualquer ataque bem como de qualquer olhar mais curioso.

Em reconhecimento Uivo se despoderou, se mostrando em sua forma pumacaya.

Receosos, os dois foram se aproximando.

- A forma que escolheu é bem... hã, bonita – Uivo elogiou.

Ela riu, um riso aberto e franco.

- Que bom que gostou. A sua forma também não é ruim – riu. – Gosto disso – confessou.

- De que?

- De conversar com alguém – falou com simplicidade.

- Sabe, não quero lutar com você.

- Por que não? – espantou-se a dâmia.

- Vocês são raros, e sinto que o mundo precisa de vocês. Bem, em resumo não quero lutar com você.

- Mas, uma luta só é boa quando o inimigo é digno de partilhá-la, não é?

- A amizade, dâmia, é mais digna de partilha...

- Pode ser vista como fraqueza.

- Pode, mas sabe que não é. Na verdade, demonstra poder, força...

- Sobre...

- Sobre instintos, sobre uma natureza que nos torna menores do que somos, que nos obriga a nos mostrarmos menores do que realmente somos.

- Viu? Fraqueza – riu abertamente.

- Você se despoderou primeiro. Não tem receio de que eu a ataque?

- De jeito algum. Eu conheço você; sei o quanto é nobre. Além disso, quem disse que uma juguena é um ser despoderado? – riu novamente, para confusão de Uivo, que acabou relaxando novamente ao ver o jeito tranquilo da dâmia.

- E você, dâmia, é nobre?

- Quando dou minha palavra, sim.

- E então?

- Então o que? – riu tranquila.

- Ora, dá sua palavra de que não vai me atacar?

- Vamos ver, né? E meu nome não é dâmia, é LuaEscura. E você, Uivo, não é?

- Sim, esse é meu nome... Vem me observando?

- Claro que sim. Seu crescimento como demônio chamou a minha atenção.

Uivo a observou com mais interesse. Já lutara com alguns poucos juguenas, e aquele era o primeiro com quem podia conversar. E isso era muito interessante.

- Você, sem dúvida, é bem mais do que poderia ter pensado, ou mesmo imaginado.

- Uma crítica?

- De forma alguma... Uma agradável surpresa... – sorriu.

- Ora, isso é bom? – riu, se desfazendo rapidamente no ar.

SAUDADES

O coração sabe. Acredite...

I

- Pai, não acha que estamos nos arriscando? – Allenda perguntou, sentando-se ao seu lado.

- Do que está falando, filha?

- Ora, de Uivo...

- Ah, claro... – sorriu. – E por que estaríamos nos arriscando, Allenda?

- Ele desapareceu. Já faz muito tempo que não aparece, pai. Não seria aconselhável mantê-lo sob vigilância?

- Seria, filha. Mas nós o tratamos como inimigo em nosso último encontro. Nós o tratamos mal demais, filha. Nós o expulsamos, não se lembra?

- Eu sei. Mas, tudo era novidade, e a gente estava perdido e... Ele é nobre e...

Adanu viu as mãos dela tristes brincando com um talo de grama. Até mesmo suas tatus estavam quase sumidas. Suspirou fundo, aquietando a dor que ia no seu coração.

- Jádina? – ele sussurrou penalizado.

- Saudades, pai – ela confessou tão baixinho que Adanu sentiu um grande peso caindo em seu coração. Então decidiu que realmente tinha que fazer alguma coisa.

- Você está certa, minha filha. Quando se olha para a comitiva é fácil ver que há uma dívida e uma dor que não deviam estar conosco. Até mesmo Itanauara sente isso.

Adanu sentiu sua alma gritar quando viu uma lágrima fria e sem fogo cair no chão, entre os pés de Allenda.

A puxou para si, num terno e sentido abraço.

- Vai chamá-lo?

- É preciso, não é mesmo? Ele precisa saber que não o abandonamos e que sentimos sua falta, não precisa? Não gostaria que ele se forçasse a se esquecer de nós.

- Aiiiiiii... – Allenda gemeu, o rosto pesado no ombro do pai.

- Allenda, se lembra de quantas vezes te contei sobre mim e sua mãe, como a gente se estranhava, sempre e sempre? – perguntou afastando-a um pouco e sondando seus olhos com intenso carinho.

- Me lembro sim... Como conseguiram? – murmurou, subindo os olhos para o pai.

- Nós aprendemos a nos olhar nos olhos.... Bem, agora – falou se levantando, - preciso achar o Tenebe. Tem algumas coisas que a gente tem que arrumar – falou se afastando sem precisar olhar para trás para saber que uns olhinhos haviam se enchido de luz.

- Eu também venho pensando nisso, nesses últimos dias – Tenebe confessou, observando os olhos de fogo brando de Adanu. Vejo a comitiva, e sinto que esse peso não está só em mim; vejo Allenda, e vejo que a saudade não é só minha – sussurrou. – O que quer que eu faça?

- Que o chame. Sei lá, invente algo. Que seja só entre vocês, mas precisamos ter uma chance de... de nos desculparmos.

- Ele ainda não é um demônio resolvido – Tenebe lembrou.

Adanu abaixou a cabeça, os olhos perdidos no chão.

- Talvez não. Mas as notícias chegam. Parece que ele está conseguindo grandes coisas como demônio junto à... Danbara.

- Jádina e Uivo?

- Temo pela minha filha, Tenebe. Tudo nela está se desfazendo, ruindo, se apagando. Eu não fazia ideia de quão forte era a ligação dos dois, ... ou dela, ao menos.

- Uivo é forte, Adanu, e eu o vi se quebrar e se refazer. Eu conheço a sua dor, e ele conhece a dor de Allenda. Mas, sabe que eles ainda vão se estranhar por um bom tempo, se a gente conseguir acertar um pouco as coisas, não sabe?

- Sei. Mas, eu dei a receita para Allenda, para se conter quando esses momentos de enfrentamento se apresentarem.

- É mesmo? E o que aconselhou? – perguntou, um sorriso curioso nos lábios.

- Os olhos, Tenebe.

- Bom conselho, meu amigo. Isso foi bom... – sorriu satisfeito. – Bem – falou se levantando, - vou ver se consigo fazer ele vir até nós. Talvez uma conversa sobre um juguena com quem ele vem andando...

II

No vigésimo dia, quando Jádina e Uivo estavam abraçados num canto mais reservado, ouviram um pio ecoar além do monte ao pé do qual estavam.

Jádina o viu primeiro, sobrevoando o acampamento. Seu coração pulsou fracamente, e soube que o dia que receava havia chegado.

- Temos que ir, Uivo. A ave desceu no acampamento. Ela está procurando por você.

- Mas, por que está dizendo isso?

- Apenas sei que ela te procura. Vamos, rápido. É a linha do destino se desenrolando. Você deve se apresentar a ele – incentivou, se vestindo rapidamente. Assim que Uivo já estava apresentável deu-lhe um longo e demorado beijo, e o puxou carinhosamente em direção ao acampamento.

Juntos subiram o monte, de onde podiam avistar o acampamento.

- Jádina... Eu, eu não sei se...

- Agora você deve ir, Uivo. Tudo vai dar certo, você vai ver – falou, empurrando-o com suavidade.

- Mas eu não sei o que...

- Vá... – pediu com um sorriso triste no rosto.

Por algum tempo Uivo ficou observando-a com intenso carinho, suas mãos agarradas nas dela.

- Está bem, eu vou. Mas vou voltar...

- Eu sei que vai, meu querido. Agora vai...

De cima do monte, com o coração silencioso, ela ficou observando-o. Viu os passos o carregarem pesados para longe, e de quando em quando sorria para o rosto abatido quando se virava para vê-la.

Ela sorria e abanava as mãos, desejando parecer confiante e feliz, satisfeita por ele, daquela distância, não conseguir ver as lágrimas que desciam pelo seu rosto.

Pelos modos dele ela imaginou que ele também desconfiava que o destino o chamava para um caminho que colocaria um fora do alcance do outro.

Então se virou e se afastou, se afundando para os lados da cachoeira.

ADEUS, JÁDINA

*De quantas pessoas incríveis precisamos
para construir o nosso mundo?*

Uivo suspirou, confuso e com receio do que o futuro atirava aos seus pés, se perguntando o que estaria envolto naquele convite. Jádina, Danbara e os outros do danush, que estavam reunidos ali com ele, pareciam certos de que o chamado estava sendo feito por Allenda.

Uivo sondou o céu azul coalhado de nuvens magras e rápidas, temendo se deixar enovelar em uma esperança vã. Mas, em sua alma, ficava aquela pequena voz que lhe cochichava, sem descanso: pode ser dela, pode ser dela...

Como sua alma adoraria que isso fosse verdade...

- O mensageiro é do danush de Adanu, não é? – Danbara perguntou para Uivo, observando a face triste do amigo e o pássaro que aguardava uma resposta, num galho mais baixo de uma araucária ao seu lado.

- Sim... Tenebe pede a minha presença – falou se aproximando dela.

- E vai?

Uivo mexeu as orelhas, como fazia apenas quando ficava tenso. Danbara viu os olhos dele, pousando sobre uma figura silenciosa que descia um morro em direção a eles. Pelos modos ele sofreu por ela parecer abatida e pensativa.

- Gostaria de ficar, mas...

- Eu sinto um chamado de Allenda – Danbara engoliu em seco. – Estou certa?

- Não sei, Danbara. Mas sim, ela vai estar lá...

- Eu sei que ela vai estar lá, Uivo, e minha irmã também sabe. Não deve se martirizar ou se sentir culpado. Minha irmã é forte... – falou, a voz tomando uma suave nota de dor. - Ela sabia, desde o começo. Vai dar tudo certo, para vocês dois... – falou, vendo que Jádina se aproximava lentamente.

> Quanto a você – falou se dirigindo para o pássaro, - vá e avise que ele vai atender ao chamado do danush.

Jádina se aproximou dos dois. Com suavidade segurou o braço de Uivo, se abraçando nele, observando-o pelo canto dos olhos enquanto ele seguia a partida do pássaro. Sorriu ao ver aqueles olhos que tanto conhecia, vendo ali apenas saudades de uma flor-do-mato. Quando estava com ele sentia essa dor, essa falta. O abraçava com força, tentando ser o que ele procurava, mas a alma dele sabia a diferença, e ela entendia isso, essas linhas que o Trovão tecia.

- Você deve ir, Uivo – sussurrou com a voz gentil e macia.

- Eu não sei bem se quero... – murmurou, vendo todos os que estavam ao lado o olharem como uma despedida silenciosa, enquanto se afastavam.

- Sabe sim, meu bem. E você deve ir, para não ser uma pessoa amarga e chata. Foram dias maravilhosos, esses que tive com você, Uivo. Obrigada. E não precisa ficar com receios. Se você e Allenda se acertarem, vou ser sua amiga do coração. Mas, se não voltarem agora, e enquanto não voltarem, você é meu – ela riu, ficando bem abraçadinha com ele.

Uivo deixou seus olhos escorrerem pela paisagem, logo se fixando nos olhos de Jádina, tentando guardar cada pequena linha daquele rosto que tanto lhe representava.

> Sabe, fico feliz por você, meu grande amigo – Jádina falou.

- Não, você está pensando errado, Jádina. É o Tenebe que me chama. Vou ver o que ele quer, e volto logo.

- Não, não será assim, e estará tudo bem – falou se apertando nele. - Vocês homens são meio tapados para algumas coisas, e coisas do coração é uma delas. Allenda, meu querido Uivo, é ela que te chama. E, de todo o meu coração, espero que realmente tudo se acerte entre vocês. Juntos você poderão ser tudo o que vieram para ser, você vai ver. Agora, meu querido, você deve ir...

- Não, eu ainda...

- Meu querido, por enquanto o nosso tempo aqui acabou – falou se abraçando em sua cintura, levando-o para frente da comitiva, que havia se posicionado na entrada do acampamento, como se aguardando para se despedir dele. – Cuide de sua alma. Então, vá e lute por ela.

- Então hoje se vai nosso lobinho endemoninhado – falou Danbara se aproximando dos dois, parados à frente da comitiva. – Foi uma honra imensa estar com você, Uivo. Você faz parte de nós, e sempre será bem-vindo, você sabe. Vá em paz, meu amigo. Akindará.

- Akinda... – devolveu Uivo sem conseguir completar a frase, a voz embargada, um sorriso doloroso preso no rosto.

> Akindará, Uivo... – sussurrou Jádina em despedida, dando-lhe um beijo demorado.

Uivo a estreitou em seus braços, o olhar luminoso posto em Danbara e nos outros, os quais olhava com carinho.

Então, ainda segurando Jádina pela cintura, se virou para a comitiva, seus olhos percorrendo cada um deles, que aprendera a amar como irmãos.

- Agradeço demais a vocês, que me receberam tão bem, apesar de todos os riscos. Vocês são minha família, e sempre estarei por perto para vocês. Se cuidem, se cuidem bem.

Uivo sorriu, perdido nos murmúrios e sussurros de despedidas esperançadas, de sorrisos carinhosos de apoio, de abanos de mão de um até logo.

Então lentamente tocou seu coração e depois a testa, levando os dedos após para o grupo reunido, como sinal de profunda amizade.

> E quanto a você, Jádina, eu... – falou se virando para ela. Mas a voz falhou. Deixou os ombros caírem, porque, por mais que tentasse, ela não saía.

Ela riu e lhe deu um beijo forte e demorado.

- Eu sei, meu bem, eu sei. Também o tenho de uma forma especial demais. Que nossos caminhos se cruzem muitas e muitas vezes. Akindará, Akindará – se despediu.

Com um peso estranho na alma Uivo soltou as mãos de Jádina e se virou, encarando as distâncias que percorreria, encarando um futuro incerto que o aguardava.

- *Um caminho começa com um passo, e mais outro, e mais outro. O caminho que sigo é meu, feito por mim...* – sussurrou para si mesmo, buscando vencer a indecisão que o martirizava.

Com relutância Uivo foi se afastando lentamente, sentindo uma dor estranha em todo o seu ser. Era como se houvesse um cordão luminoso ligando-o com aquele grupo, que mais feria sua alma quanto mais ele era esticado.

Na beira da floresta parou e se virou para trás, observando o grupo acima no monte. O coração bateu forte quando eles levantaram as mãos em despedida, e latejou dolorido vendo-os se afastarem, permanecendo apenas Jádina, que ficou olhando-o, esperando para ir-se quando ele se fosse.

Suspirou pesado, amargo. Ali estava novamente mais um daqueles caminhos cruzados, onde uma decisão moldava o futuro. Que futuro ele realmente desejava?, se questionou. Então imaginou algumas possibilidades, e se perguntou qual deveria ser.

De súbito se virou e entrou na floresta, liberando-a para que ela seguisse o caminho dela.

Notícias estão vindo, e todos estão falando disso. Há um demônio de poder do nosso lado, dizem as pessoas. E ele está com o danush de danbara. E isso está trazendo imensos riscos, pois levantou uma curiosidade mórbida das pessoas, e uma curiosidade perigosa nos demônios, que estão se acercando daquele danush cada vez mais. Por isso preciso me certificar de que eles ficarão em paz, protegidos, ao menos dessa curiosidade insana e incompreensível.

PAZ DE NUVENS

Montanhas cogumeladas, sufocadas pelo tempo, impedidas de vagar livre pelo mundo. Eu via isso, e me revoltei. Por muito tempo me perdi, me esquivei, mergulhei. Tempo... O tempo é um senhor estranho: te sufoca e te desespera, enquanto bem lentamente consome seu corpo e malha sua alma.

I

No meio do caminho, dentro da floresta, Uivo parou. Seus pensamentos estavam confusos, e precisava se recompor.

Deixar Jádina tinha o sentimento de deixar para trás uma parte do que era, seus pensamentos se esticando até o sorriso guardado dela, enquanto se perguntava o que era tão importante para ser convocado para o danush de Adanu. Afinal, não o haviam expulsado?

Devagar inspirou profundamente, prestando atenção em seu coração e nos montes e montanhas que se estendiam abaixo.

- "Eu sinto um chamado de Allenda", se lembrou das palavras de Danbara. Tentou controlar o fogo que a esperança fez crescer em seu coração.

Confuso se sentou de frente para o vale. Ali estava. Por mais que negasse, era Allenda que seu coração e sua alma pediam. Então se pegou pensando em Jádina, e balançou a cabeça.

- Se não houver esperança, vou-me embora de vez – decidiu. – Jádina não merece isso, ter uma parcela de uma pessoa, sempre esperando um gesto, um sorriso – disse para as montanhas, levantando-se decidido.

Porém freou o pé que se dispunha a levar seu corpo e sua alma pelos caminhos que lentamente se mostravam. Se virou para as montanhas de onde viera e ficou pensativo, observando o lugar onde estava o danush, se dizendo o quanto era estranho que o demônio que tinha em sua alma merecesse tanto carinho, respeito e confiança.

- Parentes esquecidos, anjos, pessoas, demônios e... amores - sorriu. – Bem, vamos ver onde isso vai levar. Vai ser um longo caminho – falou, sentindo um certo prazer ao se decidir em ir tão lentamente.

II

- Ele veio, ele veio – falou Allenda se aproximando rápido de Adanu, a voz preocupada e afoita. O curupira observou os olhos em brasa da filha, a pele avermelhada e as tatus renascidas.

- Filha, se acalme, sim? – pediu observando-a com preocupação. – Sabe, eu tenho receio de termos sido precipitados em trazê-lo aqui.

- A gente precisava, pai – ela tentou se tranquilizar, seguindo por entre as folhas e galhos do local por onde se daria a aproximação dele. – Tenebe já deve saber que ele está vindo, não sabe?

- Sim, filha. Mas pedi para ele se atrasar um pouco em ter com ele, para dar-nos uma chance de consertarmos o estrago. Vamos? – convidou, tomando o caminho do local onde sabia que ele seria parado.

- Ora, e o que veio fazer aqui, demônio? – perguntou Itanauara bloqueando o caminho de Uivo.

Uivo a observou tranquilo, parando a alguns passos da mãe-da-mata.

- Fique tranquila, Itanauara. Não é por vontade minha que vim. Apenas respondo a um chamado de Tenebe. Tentei chamá-lo para conversarmos sem incomodar vocês, mas não consegui me fazer ouvir. Então tive que vir. Ele me disse que teve autorização de Adanu. Ele não lhe disse? – sorriu, agora os olhos se estreitando, vendo que toda a comitiva se aproximava, uma estranha expectativa de sua vinda nos olhos de todos. Procurou por Tenebe, Adanu, e também por Allenda, mas eles não estavam ali.

Tenebe parou a alguma distância, oculto da vista de todos, temeroso ao ver que a paciência de Uivo para com a má vontade de Itanauara parecia estar bem rala.

Sem dar importância à atitude de Uivo, sem se virar Itanauara chamou por Adanu, que logo se mostrou vindo da beirada do acampamento, acompanhado de Allenda.

Uivo sentiu com um soco dentro de seu cérebro quando a viu. Não acreditara mais que iria sentir tudo aquilo, toda aquela onda desesperada por ela quando a visse. Mas, ali estava tudo de volta, e aumentada.

Num ímpeto pensou em se virar e ir embora, bem rápido, fugindo daquela presença que tanto aprisionava seus pensamentos e sua alma.

Respirou profundamente, tentando parecer frio e distante.

Uivo suspirou lentamente e olhou para o céu azul de poucas nuvens que deslizavam sem pressa, se esfiapando lentamente, se desfazendo no anil. Respirou fundo novamente. A paz do céu contrastava terrivelmente com o que se passava na terra, e dentro de seu coração. Aqui não conseguia encontrar a paz como a das nuvens. Seu coração se apertou dolorosamente, temendo que algo acontecesse que afastasse Allenda ainda mais, descobrindo como era intensa a necessidade que tinha de, ao menos, poder tê-la ao seu alcance.

- Que bom que veio, Uivo – cumprimentou Adanu amistosamente se postando ao lado de Itanauara. – Tenebe logo estará aqui, apesar de você ter sido chamado por minha insistência. Como você está?

- Melhorando – falou, o jeito manso e arredio, os olhos disfarçados em Allenda. – Me esforço, a cada dia...

Então Ybynété apareceu e, com passadas largas, logo o pegou nos braços e o levantou do chão.

- Que saudade, meu amigo – falou o gigante com um enorme sorriso no rosto.

Uivo riu, feliz e solto.

> Também senti muitas saudades, grandão. Como você está, meu amigo?

- Melhor agora Uivo - falou devolvendo-o com cuidado para o chão. - Eu senti muito a sua falta. Ainda continua fraquinho, né? – ele riu, batendo nas costas de Uivo, que teve que se esforçar para não sair do lugar. – Eu vou ficar aqui, Uivo – falou se afastando um pouco para o lado, onde se deixou cair sentado no chão, se acomodando feliz. - Aqui todo mundo está preocupado com você. A gente queria te ver, e pedir desculpas, não é?

Adanu riu e abanou a cabeça. Por fim, vendo que Ybynété já fizera o serviço por todos, relaxou. Até mesmo Tenebe, vendo que tudo fora posto abaixo, surgiu na trilha, se aproximando depressa.

- É, isso mesmo – Adanu confessou. – Falhamos com você, Uivo.

Tenebe, vendo que tudo descambava, sem perda de tempo acelerou o passo e se aproximou, parando na frente de Uivo.

- Que bom que veio, meu filho – falou depois que saiu do longo abraço. – Como estava com saudades, Uivo. Ouvimos notícias, mas não é a mesma coisa que estar assim com você.

Adanu viu o carinho nos olhos do amigo, a resposta nos olhos de Uivo. Sorriu cheio de paz.

- A gente ficou sabendo que você fez amizade com um juguena – falou Ybynété sentado no chão.

Adanu abanou a cabeça novamente. A inocência de Ybynété era até bonita, mas era embaraçosa demais – se rendeu com um sorriso amarelo no rosto grande.

– É sim... – Tenebe pegou o gancho. - Foi o mesmo que atacou você e a Allenda, algum tempo atrás?

- Sim, foi o mesmo – concordou.

- Então, agora, por sua causa, além do demônio que está nos cercando, ainda tem um juguena por perto? – exasperou-se Itanauara consternada. – Há mais alguma novidade que queira nos contar?

- Acho que não, Itanauara. Mas, acho que a juguena não será um risco.

- A juguena? – interveio Allenda se adiantando um passo e se postando ao lado de Adanu e Itanauara. – Então é uma fêmea?

- Sim, ela é uma dâmia.

- E por que ela não é um risco?

- Acho que estamos nos entendendo...

- Ora, que bacana. Então estão se entendendo... Um clima?

Uivo a observou atentamente, o semblante pesado, avaliando cada tom da pergunta feita. Sentiu aquela raiva contida, raiva que poderia colocar tudo a perder, se é que ainda havia alguma coisa a ser salva.

- Não, Allenda, não há qualquer clima – rebateu, a voz saindo com um tom cansado. - Talvez uma amizade, ou ao menos uma compreensão. Uma promessa de paz, espero.

- Que bom, Uivo, que bom – cumprimentou Tenebe, olhando aflito para a comitiva. – A paz sempre é desejável.

- Mesmo que se tenha que partir para a guerra para garanti-la – sibilou Itanauara.

- Se assim se mostrar necessário – Uivo falou se empertigando, os olhos pregados em Itanauara.

Ao ver a reação de enfrentamento de Itanauara, Allenda se adiantou depressa.

- Você não acha que está deixando tudo mais confuso, Uivo? – xingou Allenda com desdém se aproximando um pouco mais dele. – As amizades estranhas que está cultivando...

- Amizades... – sussurrou, o jeito triste e pensativo. – Há já um bom tempo que não sei mais o que é isso, nobre Allenda... Ao menos de alguns...

Allenda inspirou fundo e demorado, os olhos presos nos de Uivo.

- Achei que tivesse encontrado essa amizade, e algo mais, nos braços da Jádina – espetou com fel.

Adanu meneou a cabeça desesperado, os olhos em Tenebe, que tinha os olhos arregalados, vendo tudo se perder.

- Foi um erro tremendo ter vindo. A gente se fala em outro momento, pai. Akindará para vocês...

- Esse seu jeito de bom moço passa arrogância – Allenda falou, impedindo-o de se ir, - como se achando o melhor guerreiro, o imortal, o insuperável, o irresistível.

- Aceito sua crítica. Mas, da forma como está me agredindo, a arrogância aqui é sua.

- Então vai, volta para a Jádina, ou para essa juguena que quase nos matou. Vocês se dão muito bem...

- Como pode se achar com direitos? – Uivo ergueu a cabeça, a voz se tornando dura, a mágoa surgindo forte. – Você me repeliu, atacou, desprezou, me empurrando repetidas vezes para longe de você. Sei que ama a liberdade que tem, e que se recusa a ver que pode ser livre com alguém. Mas não, levantou uma defesa e destrói quem se aproxima. Que direito acha que tem?

Adanu baixou a cabeça, desconsolado.

- E você? Você não tem o direito de ficar com raiva de mim, e de me afastar de você.

- Que loucura é essa? Se você procura me fazer mal, eu tenho sim todo o direito.

Tenebe, de seu canto, observava com atenção os dois. Apesar de todo seu medo pela forma que as coisas estavam se desenvolvendo, e pelo receio de que tudo desandasse de vez, não pôde evitar um olhar divertido. Os dois, sempre que se encontravam, ficavam assim, discutindo. Mas, o que lhe dava esperanças é que parecia haver uma certa necessidade deles de ficarem sempre próximos. Eles ficavam apagados quando longe um do outro, mas quando se aproximavam era tanta energia que eles simplesmente se perdiam nela.

Porém, ao ver como Allenda estava se inflamando, o que poderia rapidamente causar uma resposta em Uivo, ia se intrometer quando algo lhe chamou a atenção.

De súbito, ao ver alguns movimentos suspeitos à direita, deixou seus pensamentos de lado. Algo ia acontecer, percebeu nitidamente ao ver como Adanu se aproximava lentamente de Uivo, o que não passou despercebido a este.

Com cuidado examinou os outros, e os viu tão confusos quanto ele com a atitude de Adanu.

Allenda olhou detidamente para Uivo, e após para Adanu, que se mostrava impaciente, observando o pumacaya.

De repente seus olhos se abriram em pânico, ao entender o que estava para acontecer. Se preparava para entrar no caminho do pai quando ele simplesmente avançou antes que pudesse interceptá-lo.

Sem qualquer aviso Adanu havia se jogado para frente, a mão em chamas procurando o pescoço do puma.

Uivo apenas se desviou, enquanto Allenda gritava horrorizada.

- Uou, uou, uouuuuu... – disparou Itanauara com os olhos presos à frente de Adanu.

Adanu estacou o movimento, volvendo os olhos para os lados de Uivo como todos os outros, que agora estavam em prontidão.

O grupo estava todo em alerta, observando o demônio que se mostrava. Murmúrios de surpresa e receios encheram o ar. Era a primeira vez que viam no que Uivo estava se tornando, e a surpresa era enorme, e a preocupação toldava o rosto de todos, com exceção de Ybynété, que continuava placidamente sentado no mesmo lugar.

Num repente à frente deles estava um enorme demônio, com quase duas vezes a altura do curupira, feito de sombras que se revolviam. Numa rapidez absurda a sombra de Uivo havia se adensado e bloqueado, desviando em um segundo momento o punho de Adanu, enquanto pontas afiadas feitas de um negro brilhante se mostravam ameaçadoras e prontas para atacar o curupira de muitos lados, caso ele insistisse no ataque.

- Pai, pai, pai... Isso é loucura. É o Uivo... Paiiii – Allenda gritou desesperada com o que estava vendo.

- Não se intrometam – falou alto Adanu. – Está tudo bem... Está tudo bem Allenda. Confie em mim – pediu, afastando

ArrancaToco com um gesto, que observava os dois tomado de confusão.

Aparentando não entender o que acontecia com seus amigos, o grande ArrancaToco se deitou ao lado de FuraTerra, que olhava tudo com grande despreocupação.

Sem perceber Allenda correu para o lado de Tenebe, aflita, desnorteada.

- Tenebe, você sabe por que isso? – chorou desesperada, os olhos se voltando para o demônio e para o curupira em chamas.

Tenebe a abraçou, os olhos perdidos nos dois que se estudavam.

- Seu pai deve ter algum motivo, Allenda. Se acalme – sussurrou com a voz mais calma que conseguiu. - Ele deve estar fazendo isso para você e Uivo. Vamos confiar nele, está bem? Está bem?

- Está bem, está bem – ela concordou, mantendo os dois sob um olhar de dor.

Adanu, francamente como guerreiro, se voltou definitivamente para Uivo, que pareceu crescer sobre Adanu, ignorando o fogo que crepitava ameaçador.

Nos semblantes de todos havia confusão pela atitude de Adanu, e preocupação com o que se mostrava em Uivo. Todos estavam atentos, prontos a se poderarem e atacar, com exceção de Ybynété, que os observava sentado no mesmo lugar; de Tenebe, que observava amargurado e de Allenda que, de nervosa e apavorada, torcia as suas mãos.

Tenebe meneou a cabeça, preocupado. De certa forma sabia que, mais cedo ou mais tarde, Adanu iria obrigar Uivo a se decidir. Torcia para que Uivo soubesse se controlar.

De súbito Itanauara se adiantou, a seta pronta no arco.

O demônio Uivo se manteve tranquilo, ignorando a ponta da seta que Itanauara apontava para a sua têmpora, perigosamente inerte no arco esticado.

O som das chamas no punho de Adanu sussurravam no ar.

- Então é verdade, não é mesmo? Um demônio te tocou e te despertou, e com eles agora se alia – Adanu acusou em reconhecimento, se afastando e observando Uivo com viva atenção.

A neblina se revolvia em torno do puma, que parecia tomado por um esforço supremo para se controlar.

Sem qualquer anúncio Adanu atacou novamente, a faca ígnea cortando a neblina enquanto avançava com violência a perna contra o estômago do demônio. A neblina espessa de que Uivo se envolvia emitiu um fiapo de escuridão, lançando a seta de Itanauara para longe. Assim que Adanu tocou o chão farpas negras se alongaram em uma velocidade absurda na direção dele, parando à pouca distância deste. Subitamente as farpas se fizeram mais largas e, tomando Adanu, o lançaram para o lado. Depressa como um suspiro o ser de sombras se afastou, mantendo distância de Adanu que já se levantara e da comitiva, sob os olhos espantados de todos, que não sabiam como reagir àquilo.

Adanu avançou outra vez, e mais e mais, acompanhando a criatura que recuava e se esquivava dele.

Em vários momentos as farpas quase tocavam em Adanu, mas, como que por mágica, recuavam indecisas, a criatura apenas insistindo em se esquivar.

Itanauara, que vinha mantendo duas tensas flechas no arco, aliviou a pressão e deixou-se apenas a observar. Via com clareza o quanto o demônio tentava se controlar para não ferir quem quer que fosse.

Allenda suspirou forte e se adiantou, se pondo a alguma distância de Adanu. Agora entendia o que seu pai estava fazendo, o que ele obrigava Uivo a fazer, que estava insistindo em mostrar. Pesarosa e apavorada de que as coisas pudessem fugir do controle, em silêncio embalava uma reza.

No entanto, ficou aliviada quando Adanu parou os ataques, observando o demônio da distância que ele se dava.

> Você é um demônio, não é mesmo, Uivo? – Adanu acusou.

- Sim, é verdade - respondeu Uivo por fim com grande sacrifício, numa voz estranha como uma tempestade baixa nas montanhas. - Eu estava morrendo, e ele se aproximou. A morte despertou algo...

- O que foi despertado sempre esteve em você, Uivo – falou Adanu, diminuindo o fogo que era, em sinal de paz.

- E como se sente, puma? – perguntou Allenda vendo a sombra em torno de Uivo ir diminuindo lentamente.

- Eu estou controlando cada vez mais o que foi despertado. Minha mãe tinha essa capacidade de controlar sua face negra. Eu já convivia com isso, mas em dose pequena. Estou me acostumando com esse aumento.

- A verdade é que não me sinto confortável com sua presença.

Todos viram a dor se espalhar no rosto do nefelin. Uma dor sentida, uma dor cheia de desamparo e mágoa, de se sentir impotente frente a uma tempestade invocada.

- E por que não, Allenda?

O coração de Tenebe se encolheu ao sentir uma grande dor naquela voz.

- Além do que você pode se tornar, o seu avô demônio deve estar à sua espreita, e agora há uma juguena. Confesso que o que você é, e esses tipos que o acompanham, me deixam um pouco nervosa.

— Você está enganada – objetou Tenebe. – E você sabe. Ele vai vencer isso.

— E como sabe, humano?

— Por que ele decidiu isso...

— É isso mesmo, demônio? – perguntou Allenda, os olhos em brasa fixos em Uivo.

Uivo inspirou forte, os olhos se perdendo além, no azul do céu. Havia um peso em sua alma, uma dor que o fazia quase desistir de tudo.

— Essa é a minha decisão!!! – sussurrou, deixando o ar escapar como se pudesse levar embora a sua dor.

— Que seja forte para mantê-la, demônio – desafiou Itanauara.

Uivo baixou os olhos, o peso se mostrando em seus ombros. Levantou os olhos e passou por todos, uma dor solidão se insinuando em sua alma.

— Que sigam em paz, protegidos, e que suas batalhas sejam... magníficas. Não sei por que insisto em ter com vocês, mas vocês estão certos em me repudiar – falou, uma dor intensa na voz, apesar de todo o controle que tentava imprimir nela.

— Não acredito em você, demônio. Você é fraco e não merece crédito – acusou Itanauara se poderando de súbito, para surpresa de todos.

Repentinamente, sem que pudesse se controlar, Uivo sentiu o demônio assomando de vez, em uma explosão súbita e feroz.

Sentia agora que tudo explodia, como uma dolorida pontada de dor e revolta. Ali estava tudo transformado: dor, solidão, rejeição, a distância de Allenda, tudo, tudo compondo um ódio que se avolumava e que gritava que iria consumir tudo.

Era repudiado, atacado, desprezado. Longe seria mantido, e nunca mais poderia se aproximar daquela que tanta falta lhe fazia. Então, não mais sentiria falta de quem quer que fosse, se ouviu dizendo a si mesmo na solidão que se adensava em escuridão.

– *Que morram todos, que desapareçam* – sentiu prazer ao pensar nisso.

Todos os que estavam ali, ao perceberem o poder escuro que subitamente crescia em Uivo e se revolvia poderoso em volta dele, e que era ele, se poderaram, se preparando para o que estava para acontecer. O ódio subiu de forma abrupta, e tudo estava para ser destruído.

E foi então que o demônio parou seus olhos em Allenda, em seus olhos, em sua alma, no fogo que era ela.

O mundo foi se refazendo, até que o ódio demente se foi, deixando apenas aquela agonia magoada.

Aprisionado em uma dor sentida foi se despoderando, até ser apenas Uivo.

Com um sorriso viu que todos se despoderavam desconfiados, mantendo-se alertas, até mesmo Itanauara.

Uivo inspirou lentamente, tentando ignorar aquelas estranhas pontadas no peito.

Devagar Uivo olhou para Tenebe, para Allenda e para Adanu, que cumprimentou com um pequeno movimento da cabeça.

Devagar levantou a cabeça, o rosto sério e o semblante parecendo um pouco distante.

> Siga em paz, danush de Adanu – murmurou, a voz fria e indiferente, resignada. – A partir de hoje não precisarão mais observarem com receios o horizonte e as montanhas, e os vales e as fendas das cavernas. Não precisarão mais se preocuparem com

minha presença – sorriu um sorriso de despedida. - Akindará! Vocês estão livres de mim...

Então se virou, os passos lentos e pesados se distanciando.

Tenebe correu e segurou aflito o braço de Uivo.

- Meu filho, mas... Para onde vai?

- Está na hora de reconhecer o que realmente sou, e o que causo. Demônio sou, meu querido pai. Mas, serei demônio longe daqui. Como eu devia ter feito há um bom tempo, vou subir as montanhas...

- O que? – se assustou.

- Fique em paz – tranquilizou com um sorriso distante. - Não vou me aliar a eles... Se causo tanto medo aqui, que eu leve esse medo para longe daqui. Que seus dias sejam grandiosos, meu pai – falou para consternação do humano, sentindo aquelas mãos carinhosas pesando trêmulas em seus ombros. Então, com um sorriso se despediu, tomando um caminho que o levaria para dentro de um vale sombreado.

Tenebe se virou para a comitiva, uma revolta contida nos olhos, soterrada por uma dor que não conseguia exprimir.

- Se ele se for, Allenda, ele nunca mais atenderá qualquer chamado, como não poderá ser encontrado – falou Adanu tomado de preocupação, os olhos esperançosos postos na filha.

- Que vá, que suma. É muita dor – respondeu, um amargor escorrendo da voz, denunciando a dor que estava em seu coração. – Assim, eu terei paz.

- Você ainda não entendeu, Allenda? Se ele se for você nunca mais terá paz, e se destruirá. Eu sei, eu passei isso com sua mãe, e felizmente eu percebi a tempo e nos salvei. Eu olhei nos olhos dela, e eu vi que era ali que eu existia.

Allenda levantou os olhos doloridos para o pai. Então os voltou para o caminho que Uivo tomava, agora se fazendo como demônio, momento em que viu uma bela dâmia jurupari se antecipando para cortar o caminho de Uivo, bem mais à frente. Se ele a escolhesse, poderia viver com isso, se disse, mesmo sabendo que estava se enganando ao pensar assim. Então imaginou a vida como seria, sendo uma verdade definitiva que Uivo não estaria mais nela.

Foi nesse momento que algo a atingiu, e viu que seu futuro, assim, não teria qualquer valor.

Subitamente, como se levasse um soco, Allenda entendeu que todo seu mundo iria ruir se desistisse de Uivo.

- Uivo? – gritou, quase sem pensar no que fazia, correndo atrás dele.

Mas ele já estava longe, evoluindo depressa pelo caminho, em demônio se fazendo rapidamente.

Sem pensar Allenda tomou uma seta em chamas e disparou com a maior força que podia imprimir no arco. E mais uma e mais outra. As setas silvaram alto no ar, e o demônio parou, se voltando para o lado. Havia uma dor imensa ali, pensando que Allenda tentava atingi-lo.

Porém, ao vê-las passando à sua esquerda, voltou os olhos para trás e a viu pequenina, em brasa. Assim que prestou atenção nela sentiu a dor que a agoniava, e seu coração gritou.

Quase que de forma instantânea o demônio surgiu a alguns metros de Allenda, os olhos altivos e distantes se mostrando enquanto se despoderava.

- Não precisa me mandar embora, flor-do-mato, eu já estava indo – falou assim que ela se aproximou, indeciso sobre o motivo que o fazia continuar ali, apesar de, no fundo, saber que o último olhar nela seria como um trunfo contra o mal que tentava viver e crescer dentro dele. - Que a felicidade acompanhe seus passos.

Então, como ela continuasse em silêncio, os olhos presos nos seus, sentiu seu rosto se contrair e seus olhos doerem. Com um sorriso meneou a cabeça em despedida, começando a se virar novamente para seu caminho, as sombras se adensando muito rápido, mostrando seu desejo de sumir depressa dali.

- Não, Uivo, por favor... – Allenda gritou, um lamento mais como um gemido.

Uivo parou, as sombras farfalhando e se enrodilhando nervosas à sua volta, aguardando, impaciente para se ir. A longa tortura o estava destruindo, sabia.

> Não, não é isso... Por favor... Não posso deixar você ir. Se você se for, eu juro que vou sair para te procurar, e não vou descansar até te achar, mesmo que eu tenha que subir as montanhas. A guerra deixará de ser importante, como tudo o mais – sussurrou aflita. – Por favor... – gemeu.

Uivo se deixou ouvindo aquela voz agora suave e gentil, apesar de tomada de urgência e dor, bem perto de si. Devagar se voltou definitivamente para ela e a encarou.

Ela parecia nervosa, aflita, a mente fervilhando, procurando palavras, as mãos se batendo nervosas e suaves nas coxas.

Allenda olhou diretamente em seus olhos, que mesmo vermelhos e irradiando assuntos sombrios, lhe dizia de luz e afetos, de coração grande e ardente. Seu coração se iluminou com o que via ali, e entendeu o que seu pai tanto insistira em lhe mostrar.

> É que... Sei que as coisas entre nós são muito complicadas, e nem sei por que, porque não é assim que eu gostaria que estivéssemos. O que quero dizer é que... Gosto de ter você por perto – declarou, as mãos agora se esfregando

nervosas. – Não quero os meus dias sem... – a voz se foi, os olhos grandes presos em Uivo, o desespero ameaçando tomá-la de vez. – Eu não iria suportar...

Os que assistiam deram pequenos pigarros e se viraram, como se nada tivessem com aquilo, cada um se afastando e procurando se ocupar de alguma outra coisa.

Ybynété, que não se mexera desde que se sentara perto de onde Uivo estivera, sorria abertamente, feliz demais com o que via. De vez em quando ele batia as mãos fazendo um som de tambor ecoar no ar, feliz da vida.

Tenebe viu seu coração renascer ao ver o gigante monstruoso e gentil perto de Allenda, ao ver a preocupação nela, e ver o quanto rapidamente Uivo se despoderava.

- Eu, ... – a voz falhou, e Uivo, totalmente despoderado, trocou o apoio das pernas. – Eu... – pigarreou nervoso, impaciente para dizer o que tinha na alma. – Sei que os apavoro, que os deixo inseguros e, para meu desgosto, a você também. Eu... eu vou resolver isso, eu estou verdadeiramente tentando.

Allenda notou a sua voz dolorida, como se implorasse para ouvir uma promessa de que tudo estaria bem, que tudo estava se resolvendo.

- Eu sei, eu sei... E quero ajudar...

- Tenho a minha luta com o que sou, e contra os demônios que me procuram. Luz... Eu...

Então ela viu os olhos dele pesarem, e o futuro a desesperou. Sabia o que ele estava pretendendo. O que mais poderia pretender, quando todos o abandonavam, quando ela própria o abandonava? Era o que ele sentia, e ele abria seu coração sobre isso.

- Eu não o abandonei, Uivo. Nunca! – sussurrou num fio de voz. – Nem seus amigos aqui. Olhe direito, Uivo... Estamos aqui com você. Talvez Itanauara não, e alguns outros – sorriu com os olhos luminosos. – Mas eu estou aqui, aceito isso agora, porque... porque... – Allenda adiantou um passo, colocando-o ao alcance. - Ah, por favor, não me deixe... – falou nervosa e desesperada numa voz que quase não se podia ouvir. – Eu não vou conseguir ir em frente sem você...

- Ahhhhhh... – Uivo esgarçou um sorriso gentil e imenso, os olhos fixos em Allenda. E havia uma aura luminosa, que fez Tenebe suspirar aliviado, os olhos duros em Adanu, que sorria abandonado. Com uma crítica velada no rosto Tenebe se postou ao lado de Adanu.

Allenda se aproximou um pouco mais de Uivo, os olhos em fogo, uma lágrima de brasa rolando no rosto.

- Não vá para longe, não vá para as montanhas sem nós..., sem mim... – pediu, segurando seus pulsos em um mudo pedido.

- Não sei o que vai ser de mim, Allenda – falou, a voz embargada e tão baixinha que quase não se conseguia ouvir, - mas vou lutar para... para poder ficar perto... perto de você, se...

- Vai ser ótimo... Digo, vai ser muito bom você conseguir e... Eu vou gostar muito disso... – falou, o corpo começando a se tornar um pouco avermelhado, as mãos caindo ao lado do corpo. – Vai ser meio complicado ainda, mas... É que...

Uivo suspirou forte, um sorriso há muito tempo não visto se insinuando em seu rosto, acompanhando o sorriso redescoberto de Allenda.

- Obrigado... Esperança, Allenda, é o começo de um caminho para sair da escuridão...

Allenda, meio sem-jeito, se aproximou e deu um beijo em Uivo. Devagar se afastou, as mãos cruzadas atrás.

O pessoal de trás pigarreou.

Adanu ralhou com eles.

Viram Uivo feliz como uma criança.

Então, meio indeciso, tocou com prazer os próprios lábios, os olhos abandonados em Allenda. Devagar se aproximou e segurou o queixo de Allenda. Allenda suspirou quando Uivo se endireitou, uma luz renovada no rosto.

Por alguns segundos os dois ficaram sorrindo abandonados, um observando detidamente o outro, felizes pelo que se abria.

Então, com lentidão abanou a cabeça em despedida. Porém, na beira da mata se virou, e ficou alguns segundos observando Allenda. Era fácil ver um enorme sorriso em seu rosto, que rapidamente se transformava em sombras densas.

E então ele se virou e se foi, um som de um suspiro parecendo ecoar nas profundezas da mata.

Allenda ainda ficou longo tempo parada ali, depois que ele se foi, e não pode deixar de sorrir ao ver a bela dâmia retornando chateada, o que foi um grande bônus. Quando ArrancaToco se aproximou e tocou sua mão ela pareceu acordar.

Com um largo sorriso se virou e passou perto de Tenebe e Adanu como se não estivessem ali.

Adanu cutucou Tenebe, que sorria abandonado.

- Acho que agora vai dar certo – comemorou.

- Ufa... Foi muito arriscado a forma como atacou Uivo – Tenebe elogiou. – Combinou com Itanauara também?

- É, ela aceitou ajudar. Acho que para ela foi bem mais fácil – sorriu.

- Muito arriscado... – Tenebe suspirou.

Adanu abraçou o amigo pelo ombro, os olhos ainda presos na boca da floresta por onde Uivo se fora.

- Todos precisavam ver, Tenebe. Todos precisavam ver o demônio, todos precisavam ver o poder dele, e saber que Uivo era ainda mais poderoso que isso. Ah, era o único jeito de mostrar que Uivo podia se controlar, e obrigá-lo a escolher o demônio que quer ser. Todos aqui precisavam saber disso, Allenda precisava saber disso. Temos que ajudar nosso amiguinho nessa luta, não é mesmo?

A DÂMIA JUGUENA – uma canção no vento

Vejo a escuridão em mim e nos outros, até mesmo em toda a vida que toco com os meus sentidos. Ah, mas é a luz que me cativa e que me enche de inimaginável encantamento.

Uivo já vinha sentindo sua presença de longa distância. Sua identificação estava difícil, o que o levou a acreditar, por um curto período, se tratar de um anjo ou de um demônio. Em um momento se perguntou se não seria o demônio que o caçava. Por fim, viu que não era ele. Em seu íntimo, sentia que era algo diferente.

Então, não muito certo das intenções da criatura, caminhou diretamente para um setor isolado onde poderia se defender, e atacar, sem que houvesse qualquer risco a outros.

Durante um bom tempo ficou aguardando, sentado numa pedra de onde podia ver o cocuruto de um grande monte pedregoso, bem além do qual se encontrava a comitiva. De repente, enquanto passava os olhos pelas imediações, notou que havia um setor da floresta que os pássaros e bichos estavam mantendo sob vigilância distante.

Se virou para o lugar ostensivamente. Havia uma árvore seca e de braços torcidos à sua frente, e um pouco além, o monte o ser estava. Fixou sua atenção naquele lugar, sinalizando que já tinha conhecimento de sua presença.

Então viu algo se adensar, e na hora percebeu o perigo em que se encontrava, e tudo o mais que cercava aquele lugar.

Olhou para o monte, se recriminando por não ter procurado um lugar bem mais distante.

- Sei o que se pergunta, e a dor que te ronda se torturando por não ter ido para um lugar mais distante dos seus amigos – ouviu aquela voz estranha que parecia tão perto de si enquanto o juguena se aproximava como uma neblina escura, em curtos e suaves arrancos.

- E estou certo? – perguntou reconhecendo com surpresa ser a dâmia LuaEscura, o que não o deixou muito tranquilo, por não conhecer com certeza o que a movia.

Uivo ficou ainda mais tenso ao ver a criatura parar e se virar para onde estava a comitiva, como se cismasse sobre ela. Então relaxou ao ver que ela não demonstrava qualquer interesse por aqueles lados.

- Não, não está certo. Eles não me interessam, e nem você, pelos motivos que pensa.

Uivo suspirou aliviado, e a olhou confuso, apenas se acautelando enquanto ela voltava a se aproximar.

> Sabe, prefiro que se podere em demônio. Me sentiria bem mais confortável – pediu, parando à curta distância. – Ao menos nesse primeiro momento.

Sem qualquer palavra Uivo se poderou, envolvendo-se em neblina que passou a enrodilhar em torno de si, como uma ameaça velada.

Estranhamente notou que o ser pareceu realmente ter ficado bem mais tranquilo, voltando a se aproximar.

Então, a poucos passos de distância parou, os olhos fixos em Uivo.

> Estar na presença de seres humanos ou qualquer outro ser é muito incômodo, e às vezes, até mesmo doloroso. Sabe, fome, desejos...

- Veio me atacar, LuaEscura?

- Não vim com essa intenção. Lhe dou minha palavra – sorriu, tomando a mesma forma da juguena do encontro anterior.

- Ora, agora fico mais tranquilo. Você acaba de empenhar sua palavra – sorriu.

Então Uivo amenizou a forma do demônio, deixando-a bem mais suave. Era como uma neblina sobre a serra, tranquila e em paz. A dâmia sorriu, em agradecimento.

- Obrigada pela consideração – falou, a voz calma, se isso podia ser falado daquele ser. – Você, Uivo, por acaso sabe o que é um dahrar?

- Dahrar? Não, nunca ouvi falar... Por quê?

- Porque é o que você é, é o que nós somos - revelou. - Pensei que nunca veria alguém assim. Confesso que, te vendo, estranhamente me sinto mais...

- *Dahar...* – Uivo cismou, sentindo um calor se espalhar pelo seu ser, como um reconhecimento de uma natureza.

Devagar suspirou, passando rapidamente os olhos pelo azul do céu e pelas copas das árvores, logo voltando para o estranho demônio, que parecia ser bem mais do que pensara a princípio.

> Em paz?

A risada que ouviu foi muito estranha, fazendo sua alma gelar. Havia muita maldade nela.

- Eu diria algo mais como... como.... Agradecimento?

- Hummm? Agradecimento? Pelas estórias que ouvi achei que uma juguena nunca poderia ter tal sentimento.

- Dahrar... – ela sibilou com suavidade, como se pensasse sobre cada sílaba. – Dahrar é um ser antigo de poder, ao qual muitos desejam destruir, por medo. Sabe, Uivo, falam muitas coisas sobre nós, e o medo está em cada sílaba. Somos maus sim, de uma maldade que nos... deixa felizes, apesar de todo o tempo que existo. Mas, como somos tão poucos, as estórias permanecem...

- Sempre achei que eu fosse um nefelin...

- Nefelin é muito, muito limitado comparado conosco.

Uivo ficou por algum tempo cismando sobre o que ouvira, e decidiu que isso mudava pouca coisa.

Após avaliar rapidamente tudo o que ouvira e que lhe fora revelado, decidiu que isso pouca importância tinha. Por fim deu de ombros, aceitando com facilidade ser um dahrar, o que quer que isso fosse, e não um nefelin.

- Sim, entendo. Como entendo que você é rara, que somos raros - refez.

- Sim, mas um dia já fomos muitos. Isso foi antes do dilúvio acontecido na sexta era, invocado pelo próprio Trovão. Contam que ele ficou horrorizado com os dahrars.

- Eu já tinha ouvido isso sobre um dilúvio, mas não falaram que fora invocado contra um ser em especial.

- Na verdade não foi só pelos dahrars, mas ele foi um item muito importante para a invocação do dilúvio – falou, se encostando numa árvore retorcida e seca.

- Parece que não deu muito certo, não é? Ao menos para nós, dahrars, que ainda continuamos aqui.

- Quase desaparecemos. Se ainda existimos, existimos em um número muito pequeno, que pouco peso faz na balança.

- Mas, se temos assim todo esse poder, como disse, então um de nós se movendo pode fazer muita diferença.

LuaEscura o observou atentamente.

- Se tivermos um propósito, algo além de ficar assombrando lugares isolados e inóspitos, tenho que concordar com você – ela sussurrou, pensativa.

- Propósito, intenção.... Mas, e os seus pais, LuaEscura. Onde eles estão? – perguntou escorregando da pedra e se encostando nela, ficando bem de frente para a juguena.

- Mortos... Os matei quando me poderei pela segunda vez. Eles não tinham respeito, nem mesmo pela sua filha...

Uivo pigarreou, constrangido pelo rumo da conversa.

- Bem, você disse agradecimento. Pelo que deveria estar agradecida?

- Por mostrar possibilidades. Vi que você é respeitado, e as pessoas não se afastam de você, não te renegam. Elas têm esperança em você, como aquela flor-do-mato. Então, há possibilidades...

- A viu outras vezes? – perguntou, uma sensação de perigo se insinuando.

- Sim – sorriu em paz. – Mas, fique tranquilo, dahrar, não os examinei com não outras intenções do que entender como você se posicionou com eles, com os outros. Vi quando aquele curupira fingiu em insistir em te atacar, e vi como ela... te deseja... Sabe, para viver ao lado... – suspirou. – Todos eles têm um sentimento gostoso com você...

- Ora, quem diria, héim? Uma juguena romântica – sorriu por sua vez.

- E quem não é, demônio? – sorriu também, agora totalmente leve.

- Sempre há possibilidades de sermos maiores do que nos foi ensinado, desejado ou esperado – Uivo sussurrou.

- Estou percebendo isso nesses últimos dias, e de certa forma, isso me conforta.

- Que bom, que bom. Fico feliz por você, LuaEscura. Esperança é algo que...

A dâmia o olhou, vendo que ele procurava pela palavra certa, notando que ele deixava o demônio e se poderava como pumacaya, tão em paz estava.

- Que ilumina os dias à frente?

- Você é surpreendente, LuaEscura – sorriu satisfeito. – Mas, vem cá, o que quer dizer, realmente, ser um dahrar?

- Dahrar é um nefelin, mas um nefelin diferente. Os nefelins são o resultado do cruzamento das pessoas com os homens, e também dos anjos e, muito raramente, de demônios com seres humanos. Também tem os nefelins, resultado do cruzamento de pessoas com pessoas. Eles possuem poderes, mas são poderes pequenos. Já os dahrars são um outro nível, num nível que até mesmo Tupã ficou por longo tempo se perguntando se não deveria exterminá-los em definitivo, como exterminara os gigantes.

- O que são os dahrars? – perguntou novamente, a preocupação exposta na voz.

- São muito raros e, quando surgem, devem ser vistos como algo à parte. As pessoas e seres humanos com os quais conviveu e convive sentem isso em suas almas, mesmo que não se deem conta disso. Dahrars são o resultado do cruzamento de anjos e pessoas entre si e, em alguns momentos, porque isso para eles é de extrema dificuldade, de demônios com pessoas, o que ainda é mais raro. Mas essas pessoas com quem cruzam, se forem as pessoas demônios ou fantasmas, dará nascimento a seres de maior poder ainda.

Uivo baixou a cabeça, os pensamentos latejando, febrilmente relembrando tudo o que lhe aconteceu desde longos tempos. E ali, sempre, aquele medo e distanciamento, com exceção de Tenebe.

- Entendo... Você disse que as pessoas me querem bem... Sim, amigos eu tenho, apesar de saber como lutam com os medos que se enovelam à minha volta, como se fizessem parte das sombras com que me visto.

- Diferente de mim, não sabia que isso era possível – sorriu.

Uivo sorriu de volta, vendo que havia agora um sorriso pensativo e, até mesmo, triste, no semblante da juguena.

- Dahrar, então é isso que sou... – sussurrou.

- Dahrar é apenas um nome, uma palavra. Você é o que você é, o que se decidir ser.

- Todos vocês, os juguenas, são dahrars, não são?

- Somos, somos sim. Meu pai era um anjo, e minha mãe era uma juruparináh – revelou.

- Anjo? Mas os anjos...

- Meu pai era um sujeito maldoso, amargo. Ele era um anjo caído, um vigilante, cheio de remorso, medo e maldade. Digamos que nasceu anjo e morreu demônio.

Uivo ficou observando-a por algum tempo, e sorriu por fim.

– Sabe que estou quase te abraçando, não sabe? – perguntou fazendo uma cara de moleque.

- Se tentar, te ataco – sorriu ela amigável.

- Somos muitos, LuaEscura?

- Não, não somos. Somos muito raros, por isso incompreendidos, muito mais por nós mesmos. Sabe, você teve muita sorte por não ter sido criado pelos demônios.

- Acho que sim. Havia muito amor entre meus pais.

- Como sabe? – perguntou, uma certa descrença encorpada na voz. – Eu ouvi por aí que seus pais morreram quando você era um curumim não entendido do mundo.

- Mas não sei disso pelo curumim. Eu sei disso porque eu estava lá, minha amiga...

- Ah, que bom... Amiga, nunca fui chamada assim. Meu raro amigo, se precisar, me chame. Eu te ouvirei... – prometeu, a voz sumindo enquanto o ser desaparecia no ar, que agora se tomava de luz.

Uivo alçou os olhos, a vista alcançando longe, até uma nuvem que parecia ter a forma de uma enorme asa branca.

- Como a vida joga, afinal? – cismou para a nuvem, um som como uma canção reboando suave por entre as árvores.

A MENINA BRUXA

Eu vejo dedos magros e escuros que se esticam das sombras e temem a luz, e penso sobre a luz e a escuridão. Mas, há algo mais: que anel é esse que ostenta? Eu o vi há muito tempo, e naqueles dias ele pertencia a um anjo. Era você?

I

- Então você é o dimon?

Uivo parou o copo de hidromel à meio caminho da boca e virou o rosto para encarar o sujeito que o interpelava, parado ao seu lado, todo empertigado.

Devagar tomou um gole da bebida e apoiou o copo no balcão, sem tirar os olhos dele.

Era um humano, um dos poucos que já vira por aqueles lados, nos vilarejos do norte. Ele estava bem-vestido. Apesar de ser um entre as pessoas parecia ter se dado muito bem, aparentando ser alguém de alguma importância. Sem dúvida era um político.

- Dimon... Meio demônio, é isso?

- Isso mesmo. Metade demônio com mais metade de outra coisa. Todos estão cientes de suas andanças por aqui. Você veio por causa do prêmio?

- Não, não vim por causa do prêmio – falou, tomando lentamente sua bebida. – Por curiosidade, prêmio para que?

- Ora, para acabar com os feiticeiros desgraçados que vivem no brejo seco. Tem uma família de feiticeiros por lá, e eles estão acabando com os nossos animais. Eles sacrificam tudo o que acham e...

- Bem, se é sobre bruxos, então não sou mesmo alguém interessado em seu prêmio – falou, fazendo o pagamento da bebida e se virando para o homem. – Eles não me incomodam, e já estão nesse mundo desde o seu começo, eu acho. Eu sou apenas alguém que caça demônios e os seus dominados, que estão descendo as montanhas.

- Tudo tem seu preço, não tem? E eles também têm algo de demônio, que é o que parece te interessar... Nós temos ouvido falar sobre você, que está caçando demônios nessa região. Então que tal pegar esse serviço?

- Não, obrigado. Como disse, estou fazendo o serviço de proteger essas terras de invasores estrangeiros, serviço que vocês deveriam estar fazendo... – falou, um sorriso pendurado no rosto.

- E por que deveríamos? Eles estão passando bem longe. Eles não estão nos incomodando...

- Por enquanto. Várias aldeias já foram destruídas por eles e...

- Se tentarem algo contra nós, então teremos motivos para nos defender e...

- Como sabem se defender desses feiticeiros – Uivo interrompeu o outro por sua vez, a voz saindo com uma nota de deboche. – Então, meu amigo, boa sorte para vocês....

- Esses invasores são bem diferentes desses feiticeiros. Os feiticeiros dominam nossas mentes, fazendo alguns de nós fazermos coisas que não faríamos e... Não conseguimos nos aproximar e...

Uivo apoiou a mão sobre o ombro do outro e rodou a vista pelos que estavam na taberna, que se mostravam muito interessados na conversa. Porém, vendo que nada seria decidido, a maioria logo se voltou para o que fazia antes.

- Quando vocês encontrarem os demônios invasores, meu amigo, verão que seus bruxos são muito bonzinhos e amigáveis – sorriu.

Se levantou da banqueta, bateu no ombro do homem em despedida e saiu, pouco se importando com ele, que aumentara a voz e lhe falava em algum aumento do prêmio.

Na porta do estabelecimento se espreguiçou, flexionando os músculos, enquanto examinava a rua apinhada de pessoas apressadas. Sorriu satisfeito ouvindo risadas de crianças e os sons de vozes animadas.

> *Uma família de bruxos* – sorriu, já colocando alguma distância da taverna, tomando a direção do portão do norte. Em suas andanças por aquele lugar já ouvira alguma coisa sobre ela. Pelo que ouvira se tratava de uma família de três pessoas, uma mãe e um casal de filhos. Sorriu ao pensar que, se toda a maldade que estivesse no mundo fosse apenas de capturar e sacrificar pequenos animais, era quase certo que o mundo estaria bem melhor.

O dia realmente estava bem movimentado. Havia uma profusão de pessoas, entrando e saindo do vilarejo. O sol estava a meio pino, e a temperatura estava bem agradável. A rua era calçada, e bem arborizada.

Uivo inspirou forte, se deixando mergulhar na energia daquele lugar, nos rostos das pessoas que pareciam felizes e satisfeitas.

Já via a alguma distância o portão do norte quando viu uma pessoa apontar em uma esquina. De imediato sentiu que havia algo diferente nessa pessoa, e em sua mente veio a figura de uma bruxa.

Aquela devia ser a garota da família.

Uivo a observou enquanto se aproximava dela, que avançava no meio das outras pessoas que, logo que a viam, tomando ciência de sua presença, mantinham dela uma discreta distância, esquivando-se e abrindo um estreito espaço em torno dela. Ela continuava a caminhar, aparentemente até mesmo satisfeita por ser deixada em paz. Ela era uma mulher bonita, e tinha em torno de si uma aura de mistério e força. Seu olhar mostrava que não era uma pessoa que se intimidava facilmente.

De súbito Uivo sentiu que titubeava. Sua alma se apertou.

Se forçando a continuar a caminhar se sentiu como se estivesse suspenso no ar. Com cuidado ficou observando a garota, procurando ver se ela havia conjurado alguma magia contra ele, o que logo descartou.

Ela avançava pelo caminho que as pessoas deixavam para ela, como se ignorasse a presença de todos ali, inclusive a dele. Uivo observou que sentia uma pressão suave em seu peito, quanto mais se aproximava dela. Observou os outros, e viu que todos pareciam agir naturalmente, o que indicava que o que quer que estivesse sentindo, era algo só com ele. Intrigado, pensou em se proteger, mas acabou, com um sorriso, aceitando a energia da menina.

Percebeu que seu olhar ficou um pouco enevoado, a respiração pesada. Respirou fundo, assimilando a energia que recebia, e tudo se acalmou.

Sem querer chamar a atenção sobre si a examinou com discrição.

Ela tinha um porte altivo e se movia como uma brisa no campo. Ela vestia uma roupa colorida. A saia, que ia até o meio das panturrilhas, parecia ser de um tecido bem leve, pois flutuava ao sabor do vento que zanzava por aquele local, e se movia de acordo com seus movimentos. Os cabelos dela eram cheios, de uma cor dourado-avermelhados; a pele era bronzeada, as pernas longas e bem torneadas; os seios macios e médios; o corpo feito com curvas estonteantes. Sua atitude, enquanto caminhava entre as pessoas, transparecia confiança, tanto que até sugeria arrogância. E havia aquele olhar, o olhar franco e desdenhoso da impressão que causava.

Tudo nela o atingia como uma onda que ritmava suavemente na praia.

Com cuidado mediu a energia da garota, se perguntando novamente se não havia algo de intencional na magia que ela causava, porque essa era a natureza delas.

A influência dela agora estava mais forte.

> *Realmente, há algo de demônio em sua descendência* – conferiu, pois seus sentidos estavam abertos para identificar esse tipo de ser. – *Anaqueras, sem dúvida...*

Com cuidado mediu a energia em torno da garota, vendo que estava espalhada, que não estava focada e direcionada para alguém em especial. Ele apenas sentia o poder que emanava da menina. Agora entendia a confusão e medo dos que moravam ali naquela vila. Devia ser interessante ver o que acontecia quando ela direcionava intencionalmente sua atenção sobre alguém, pensou elevando sobre si uma pequena e imperceptível armadura de energia.

Devagar empurrou tudo para o fundo de sua alma e focou seus olhos para o que o cercava, prestando atenção nos detalhes das outras coisas. Deixou seus olhos passearem por tudo na aldeia e se abandonou olhando para alguns lobos na orla da floresta, que ficava além dos morros sobre a vila, de onde eles os olhavam com fúria e desconfiança. Estranhou vendo que a atenção raivosa deles estava sobre a garota, e que ela tinha consciência da presença deles, e do estado de espírito que eles apresentavam.

> *Devem ter perdido alguém, ou alguma cria, para essa família* – cismou, diminuindo os passos, constatando com

preocupação que as energias daquele lugar estavam se tornando um pouco caóticas, percebeu.

Inspirou fundo, lentamente se enchendo de poder, que trazia do chão, das pedras, do ar e, principalmente, do sol. Com prazer sorriu, afagando um peso de maldade que se imiscuía em sua mente.

Devagar e com cuidado para que não fosse percebido e colocasse as pessoas e a garota em atenção contra si se poderou um pouco como pumacaya, sentindo que o poder que sentia sobre si se amainava.

Voltou novamente sua atenção para os lobos ao longe, e os mandou embora., dizendo que tentar aplacar suas dores apenas faria com que fossem aumentadas, e que para se protegerem apenas deveriam manter distância daquelas pessoas.

De repente percebeu que havia uma atenção sobre si. Seu pequeno poderamento e seu contato com os lobos não haviam passado despercebidos. Com curiosidade viu que os olhos e a atenção da garota agora estavam sobre ele, e que havia um nível aumentado de interesse por parte dela.

Sorriu e deu de ombros ao ver que muitas pessoas também haviam notado o interesse da garota, e que agora o observavam discretamente, tentando avaliar se ele era algum aliado dos bruxos, ou algum outro mago que viera ter com ela.

- Um caso raro de uma descendente de um anaquera com uma flor-de-fogo. Me lembro que muitos disseram que é praticamente impossível que as crias de seres assim sobrevivessem, mas aqui está. Já que sobreviveram, devem então ser seres soberbos e perigosos. Que interessante... – cismou, caminhando lentamente em sua direção, os dois diminuindo cada vez mais a distância que os separavam, notando que ela o mantinha sob discreta atenção.

Disfarçadamente a observou com cuidado. Uma aura de energia se intensificava nela, ela parecendo estar se preparando para um confronto.

Com tranquilidade a observou, como quando se observa algo apenas surgido, algo sem a mínima importância, ao perceber que a atitude que ela apresentava era apenas... defesa. Ainda mantendo os olhos fixos na garota deixou o sorriso pendurado no canto dos lábios.

> *O medo não deve ser o que dita nossa vida* – suspirou, tentando tranquilizar a menina.

Com um pequeno sorriso dobrou a esquina, sem se virar para trás, sentindo o peso de olhares sobre suas costas.

Tinha que continuar seu caminho.

Sabia o quanto era muito perigoso se envolver com as feiticeiras.

OS BRUXOS

Eu os vi reunidos, e não lhes vi maldade.
A maldade que todos viam era apenas
medo dos que os observavam, eu senti.

A mãe observou com muita atenção a pequena névoa escura em torno da criatura, mostrando a penugem para os filhos.

Então, satisfeita, se endireitou, os olhos pensativos postos na filha.

Trília revolveu a água enfeitiçada e desfez a visão do estranho ser.

- Ele não é um dimon. Ele é um demônio – a mãe sussurrou maravilhada. – Eu já vi algo assim, há muito e muito tempo atrás. Mas, aquele era só um demônio, e este parece ser algo mais. Que estranho – cismou, pensando sobre a imagem que vira no tacho. - Por que o deixou ir? - perguntou a mulher, observando com curiosidade a filha mais nova.

- Ah, ele acha que conseguiu se isolar de mim – sorriu. – Mas, agora eu já sei o seu nome. Ele não poderá se esconder de mim.

- Sempre arrogante – cuspiu o irmão. – Isso ainda vai te derrubar, você vai ver, maninha.

- Pare de jogar praga sobre sua irmã – repreendeu a mãe. – Não devemos nos enfraquecer – avisou. - Traga o filhote – ordenou a mãe para a moça. – Precisamos estar fortes...

- Não vou pegar nenhum animal para ser morto – a menina avisou com tranquilidade.

A mãe bufou, parecendo cansada.

- Vá e traga – ordenou para o filho.

- Mas é ela...

- Sem reclamar! – rilhou. – Não quero discussão agora. Apenas vá e traga-o – ordenou, a mente ainda um pouco distante.

Aproveitadora – o rapaz rilhou os dentes para a garota, se levantando e indo até o poço profundo onde o filhote de lobo estava amarrado no pescoço por um fio longo de cipó. Com brutalidade o puxou e, sem se incomodar com os gritos e protestos do animal, o puxou para fora e o atordoou com uma pancada na cabeça.

Trília observou tudo acontecendo com total desprezo.

Trília era uma bruxa de tez clara de corpo esguio. Os braços eram longos e seus olhos eram de um verde bem forte. A cabeleira era de um vermelho fogo que o sol se tomava de tons dourados quando incidia nele. Moveu a cabeça num movimento brusco, o que fez sua cabeleira se mover arredia, parecendo que chama haviam brotado à sua volta.

Apesar de seus olhos confiantes e firmes, era bem claro que ela não tinha a confiança do irmão. Até mesmo sua mãe a tinha em pouca conta, frente ao filho. Ela era a mais nova dos dois filhos, ambos bruxos.

A feiticeira tirou os olhos da mãe e do irmão e os colocou no serrilhado das montanhas no sul.

- Vocês são imbecis – murmurou baixinho, cuspindo no ar. - Isso não é necessário, vocês sabem, não sabem? – debochou, falando agora um pouco mais alto para ser ouvida. – A energia está no ar. E é só usar...

- Depende, Trília – sorriu a mãe com repreensão nos olhos. – Você pode saber que está no ar, e até mesmo saber os nomes das coisas, mas seu feitiço ainda será o mais fraco. Precisamos do medo, do terror da morte, para fazer contato com o outro lado. Você consegue isso com suas folhas e seus nomes e com sua respiração? – riu com desdém, vendo o filho se aproximar arrastando atrás de si o pequeno animal desmaiado.

- Com certeza bem mais que vocês... – riu por sua vez, sem tirar os olhos do que estavam fazendo.

Trília estava na porta da casa observando incomodada o pequeno lobo que o irmão despertara e passara a torturar, para aumentar o seu terror até que ele, tomado de intenso terror, novamente desmaiou. Assim que sentiram que ele estava terrivelmente mortificado o lançaram para dentro de um caldeirão de barro, que estava sobre uma fogueira viva.

A água ainda estava morna, mas assim que seu corpo a tocou o animalzinho despertou. Depressa desceram uma pesada tampa de pedra, e ficaram dando gritos de prazer.

- Então maninha, não vem ajudar? – debochou seu irmão Túnis sob os olhos reprovadores da mãe, fazendo força para manter a tampa no lugar.

> É... Não gosta mesmo de nenhum feitiço que use animais? – riu, pegando do chão uma pesada pedra.

Trília o observou, e se viu novamente surpreendida com a enorme força que ele tinha.

- Isso só porque gosta de usar o feitiço depois que ele está pronto – falou com azedume a mãe.

– É uma preguiça só – Túnis reclamou, bufando por levantar o peso.

- Não precisamos disso para fazermos nossos feitiços... – replicou. Com naturalidade falou o encanto, e a cobra que vinha se esgueirando para o seu lado, enviada pelo seu irmão, parou e, após alguns segundos, voltou para o lugar de onde viera.

Túnis, sem qualquer dificuldade, pôs a pesada pedra sobre a tampa da vasilha. Ignorando os ganidos fortes e apavorados do filhote atiçaram ainda mais o fogo. Sentados ao lado, totalmente concentrados, a mãe e o filho ficaram aguardando. Os sons de unhas arranhando desesperadamente as paredes da vasilha de barro, e os ganidos e lamentos que se tornavam cada vez mais apavorados faziam a alegria deles.

A água ferveu, os ganidos de pânico foram se transformando em lamentos dolorosos, que foram ficando cada vez mais baixos, até que o silêncio se fez.

Aguardaram mais, até que o único som que ouviram foi o da água borbulhando.

Trília se aproximou silenciosamente, sob o olhar de gozação do irmão e da mãe.

Então os bruxos abriram a vasilha e retiraram os pedaços de pele, que lançaram fora. Os ossos dividiram entre si, como também a água que dividiram em três cabacinhas, das quais cada um se apossou.

O feitiço da invisibilidade e da visão estava pronto.

PAIXÃO DE SOMBRA E FOGO

Minha alma se contorce, e vejo que quando se quer tanto bem, mal faz. Por que amar diz sobre solidão e medo de perda?

- E então minha filha, como se sente?

Adanu a observou com carinho, sentando-se ao seu lado no grosso galho, vários metros acima do solo, de onde podiam ver o nascer do sol ao longe, do outro lado do vale. O aperto em seu coração lhe dizia que algo muito importante tramava o destino da filha.

- Por que pergunta isso, meu pai? – Ela se virou, encarando-o com tranquilidade.

- Conheço sua vontade, sua alma. Vejo suas mudanças, e gostaria de saber como está com elas...

- Como? Mudei como?

- Ah, preciso mesmo enumerar? Já faz tempo que isso vem acontecendo. Perdeu muito do seu jeito de moleca, de luz. Está mais...

- Adulta? – ela sorriu abatida.

- Mais pensativa, minha filha – corrigiu ele com carinho. – Antes eu estava apavorado – confessou. – Você estava apagada. Mas agora, está apenas pensativa, aguardando. Você está em paz, eu diria.

- Como assim, pai?

- Havia uma tensão em você, não desejando nem mesmo encarar o que o seu coração gritava.

Allenda o observou por alguns segundos, e sorriu.

- Ah, isso... Eu lutei muito tempo contra isso, porque achava que era uma prisão perigosa, que poderia me ferir demais, e que não era nada importante para a minha vida. Mas, eu estava enganada. Só rezo para que ele consiga – respondeu fazendo um jeito casual.

- Ele vai sim, filha. O que ele sente por você é algo muito grande. Ele é forte, mas com você ele fica... mais... mais forte – sorriu, sem encontrar a palavra certa. - Fico feliz por, finalmente, seu coração ter aceitado de vez o que sente – falou com suavidade.

- O caminho ainda é muito longo, e as sombras são corruptoras. Ele sabe, e teme isso. Porém, confesso que tenho medo, pai – falou com o semblante distraído.

- Claro que sim, filha. E estão certos os dois ao verem o caminho assim. Vocês têm que estar em vigília constante – falou. – Allenda, não estou me intrometendo. Sei muito bem que é capaz de determinar seu destino. Sabe, sempre respeitei suas decisões, por mais difíceis que fossem. Mas o destino sempre abre caminhos, que mesmo que não queiramos, não temos como não seguir.

- Ah, pai, mas está tudo bem. Sério!!! Então, não se preocupe. Eu estou bem, pai.

Allenda parou o olhar nas montanhas brilhantes sob o sol forte de verão. A vida estava elegante, viva, vibrante. Sua alma se agigantou ao pensar naqueles olhos que tanto a dominavam. Sua garganta se apertou e seus olhos ficaram pesados. Como precisava dos carinhos daqueles braços, como precisava sentir aquela respiração, como precisava sentir que tinha alguém, que o tinha...

E então ele surgiu abaixo, ignorante da presença dos dois. Contra sua vontade suas tatus se iluminaram e seu rosto ameaçou se inflamar.

De esguelha viu que Adanu, após observá-la por alguns instantes, seguia os movimentos de Uivo.

- Ele sabe? Digo, ele sabe realmente, de verdade, sem rodeios, o que você sente? Ele sabe, de todo o coração, o amor imenso que a domina, filha?

Allenda o observou, os olhos em fresta, o desconforto emergindo, os músculos tensos.

- Há coisas que não precisam ser ditas, Adanu – sorriu.

- Se engana, filha. As coisas boas e importantes precisam sempre serem ditas, muitas vezes repetidas. Faz muito bem para quem diz, e mais ainda para quem ouve. Elas são como faróis na escuridão, como lamparinas na trilha escura, como afagos que guardamos no coração. Eu não cansava de dizer para sua mãe, e não me cansava de me sentir intensamente feliz quando ela me dizia o quanto sua luz via a minha.

- Sei que é assim, pai. Mas, tudo tem seu tempo. É bom ele sofrer um pouquinho ainda – sorriu satisfeita e com cara de moleca.

Adanu abanou a cabeça, sorridente.

- Vocês e suas brincadeiras. Quando se atacam, agora, porque sei que isso ainda acontece, espero que seja de uma forma mais... amena. Héim?

- Foi assim com você e mamãe?

Adanu sorriu por alguns segundos, sua mente revendo sua pequena estória.

- Claro que foi... Você estava para nascer quando ela me deu uma última flechada – riu feliz. – Brincadeira, a gente já tinha parado com isso há muito tempo – riu gostoso. – Uivo é um bom guerreiro... – Adanu sorriu condescendente. – Independente, indisciplinado e arrogante, muitas vezes. Mas é poderoso, e sua alma é forte e nobre. Confie nele, minha filha. Ele não pode ser o que você quer que ele seja, mas você pode ajudá-lo a se tornar mais forte no que ele é. Se tentar mudá-lo, vai perdê-lo, como sei que, se ele forçar você a ser o que não é, tudo acaba, não é mesmo? Ele é demônio, e precisa ser em sua completude. Você é a única que pode ajudá-lo nisso. Vamos dar apoio a vocês, mas a peça importante sempre será você.

Allenda ficou em silêncio, observando os olhos amorosos do pai.

Relaxou.

- Você está certo, meu pai. Obrigada! Acha mesmo que ele pode se controlar, ser completo em paz? – perguntou com uma pontada de amargura, desesperada por qualquer palavra de esperança.

Adanu riu, um riso baixo e demorado, satisfeito.

- Minha filha, ... Ainda não viu que ele não é como os outros? Sua alma o viu, sua alma o escolheu. No fundo você o conhece.

- E em que isso pode ajudá-lo?

Adanu parou um momento, examinando a pergunta da filha.

- Acesso, filha – respondeu por fim. – Ele está usando você, somando-se a você, com sua luz achando o caminho para ficar em paz consigo mesmo.

- Não vejo assim. Ele apenas está perdido, por enquanto. Além disso, quanto mais se conhece alguém, mais fácil fica de mantê-lo à distância. Nunca quis ficar presa a ninguém, como nunca quis alguém preso a mim. Sei que tenho que lutar contra isso e...

- Sim, realmente era assim, não é mesmo? – Adanu sorriu. – Mas tudo some quando ele está perto, não é mesmo? Filha, é difícil mudar, pensamos. Ah, mas é fácil demais quando olhamos nos olhos do outro, não é mesmo?

- Um pouco.... Mas, então tudo muda, sabe? Ele é petulante demais, pai. Às vezes penso que nunca poderia construir algo com alguém como ele. E, para falar a verdade, talvez ainda se passem centenas de anos até que eu sinta necessidade de um companheiro. Ele luta contra o demônio dele, eu luto contra o meu demônio, ... que é ele.

- Que é ele – Adanu repetiu com um sorriso. Então, vendo a repreensão nos olhos da filha, se esforçou em ficar sério. – Sabe, nunca imaginei que minha filha iria ficar flutuando em sua opinião sobre alguém. Se solte minha filha. Será melhor para vocês dois. Confiança se recebe quando também ela é ofertada sem compromisso.

- Será mesmo? – refutou a ideia, saltando para o chão e afastando-se pensativa, sob os olhos sorridentes de Adanu.

Allenda, confusa com tudo o que vinha sentindo e com as palavras do pai, desceu os montes em direção ao rio. Ainda estava um pouco distante do rio quando sentiu um braço puxando-a para as sombras.

Ela encarou Uivo, que mantinha os olhos fixos nos seus. Allenda não recuou. A temperatura aumentou levemente, sem que ela se desse conta. Uivo se aproximou um pouco mais. Allenda engoliu em seco, os olhos presos nos de Uivo.

- Cuidado com o que pretende, puma – avisou, a voz meio embargada. – Você pode se queimar.

Uivo não falou nada. Apenas tomou sua nuca e a puxou contra si, as bocas se tocando suavemente. Allenda insinuou uma resistência, que Uivo quebrou facilmente. Então Allenda se colou nele, as bocas se dando. Allenda foi se incandescendo. Uivo se afastou e ficou observando-a com carinho.

Allenda ficou envergonhada, diminuindo rapidamente a temperatura. Uivo, então, se tomou de uma suave sombra e a tomou mais uma vez nos braços. A temperatura explodiu, fogo e sombras se tocando, luz e penumbra, e risos maravilhados.

Por muito tempo ficaram deitados ali, apenas abraçados. O fogo se abrandou e a sombra se desfez.

Em paz Allenda mergulhou num sono profundo.

Em suas visões uma grande onda vinha por sobre as montanhas, feita de neblinas e sombras densas.

Allenda ia virar-se, fugir, afastar-se, quando sentiu algo diferente, como um toque em sua alma. As imagens foram se sucedendo, enchendo os espaços de seus sonhos. Vapores flutuavam, enquanto as nuvens mostravam que tinham vontades próprias.

Havia um som enchendo aquele mundo, e ela conhecia aquela voz. Um corpo sobre uma árvore, acocorado, observando-a, cuidando dela, ela pressentia. Feliz, ria desses cuidados, porque eram acalento para sua alma. Era bom ser cuidada.

Depois um rio, ela nua mergulhando. Ele surgia na margem e logo estavam sobre a grama, se amando. Sua energia crescia, e crescia.

Então algo estranho aconteceu. Sua energia, tamanha era a descarga que sentira, parecia que ia destruí-la. Sua mente confusa tentou uma resistência carinhosa, mas se tornou pânico ao perceber que estava presa, e que suas energias estavam diminuindo rapidamente.

Gritou que devia parar, que a deixasse ir, mas nada aconteceu. Tentou sacar sua adaga, só para descobrir que seus braços pesavam com o peso de uma montanha.

Uma lágrima rolou, ao ver que sempre estivera certa, que amar era doloroso e cruel.

Sua resistência foi diminuindo, até que se foi...

A morte era mais agradável do que supunha, se disse enquanto prestava atenção nos suspiros que dava, cada vez com mais dificuldade, procurando identificar qual seria o último. Amar realmente era doloroso demais.

Suas visões se perderam, sua mente vasculhando possibilidades, e o não amar lhe pareceu a mais terrível delas.

Então o viu nos seus sonhos. A forma como vagava no mundo, a correção do que defendia, o demônio que vergava com sua própria vontade, como a mãe fizera por amor. Seu coração cresceu, ao ver as sombras em luz se mesclarem. Os olhos vermelhos se aproximaram, e havia um carinho tão profundo, e um amor tão imponente naqueles olhos, que sua alma simplesmente se expandiu.

Não tinha mais como negar sua necessidade de Uivo.

- Amo você, Uivo, com tudo o que sou – sussurrou dentro daquela nuvem onde se perdera. – Amar você me faz maior do que sou... – suspirou.

UIVO E O ALIMENTO ESCURO

Eu vi sua alma, e ela me deixou confuso.
Por que ela destruiu o meu mundo?

I

- Você viu mesmo isso? – perguntou Itanauara lançando mais um pedaço de pau na fogueira, os olhos passando por Adanu, que ouvia o relato de Allenda em silêncio.

A noite estava vestida de um ar frio, o que tornava os sons um pouco mais pesados. Barulhos ao longe, sons de animais e sons da floresta. Adanu manteve os olhos fechados mais um pouco, sondando as redondezas, procurando por outros sons não tão amigáveis. Abriu os olhos, satisfeito pelo mal estar distante deles.

- Sim... Eu estava fazendo a ronda quando ouvi ruídos ao longe. Quando cheguei vi que era Uivo. Ele estava atacando um grupo avançado dos thianahus. Bem, atacando é muito suave. Ele os estava trucidando com requintes de crueldade – relatou, lembrando a figura de sombras parecendo se lambuzar com tanto ódio e medo.

- Ele a viu? – Adanu interrogou.

- Sim... – Allenda sussurrou. – Assim que matou, estripou o último – se corrigiu, - ele se virou para mim. Me olhou por alguns segundos e simplesmente sumiu.

Adanu baixou os olhos, a preocupação latente em seu rosto.

Allenda sondou o rosto de Tenebe, e viu dor nos franzidos da testa do velho humano.

- Ele pode vir para cá? – Immecole perguntou, os olhos sondando as sombras da floresta que se moviam pressagas, abanadas pelas chamas da fogueira.

- Tenho certeza de que ele vinha para cá quando encontrou o grupo de thianahus. Eles faziam parte do grupo que estava nos procurando – Allenda declarou. - Ele não deve demorar.

- Eu o vi ao largo do acampamento. Vocês também – Atanua murmurou. – Aqui esses demônios estão mais ativos. É o Uivo que os mantém um pouco à distância da comitiva. Não vai demorar e logo ele vai estar entre nós.

- Sim, também acho que ele deve aparecer por aqui – declarou Adanu, os olhos duros e um pouco rubros, falando diretamente para Tenebe. – O que podemos esperar? Itanauara? – perguntou se virando para a mãe-da-mata.

Itanauara se mexeu um pouco. Não gostava de colocar sua atenção muito próxima de Uivo, nem de qualquer demônio. A energia era pesada demais.

Com um pouco de relutância esticou seus sentidos pelo chão e pelas matas, até encontrar a energia do lobo demônio.

- Ele não é nenhum risco para a comitiva – falou após avaliar a energia ao lado dos lugares onde ele estava, abrindo lentamente os olhos. – Aqui a família dele, aqui o que ele mais ama – falou passando os olhos por Allenda. – Ele fará de tudo para proteger essa família.

- Até mesmo se perder na escuridão? – gemeu Allenda.

- Ele não vai se perder na escuridão – Tenebe declarou com a voz suave e confiante. - Sabemos que ele está avançando bem ao nosso lado há algum tempo, agindo como um escudo protetor. Ele não nos fará mal - declarou com tranquilidade.

- Eu sei, Tenebe – Adanu suspirou. - E quanto a você, Allenda, por favor, aquiete seu lado guerreiro. Quando o encontrar, será com Uivo que se encontrará. Olhe em seus olhos e aquiete a guerreira, está bem?

- Vou tentar, pai. Mas é que a maldade que...

- Allenda... – ralhou Adanu, pedindo concentração.

- Ah, está bem, eu prometo que vou tentar.

Vendo os olhos duros de Adanu ainda fixos em sobre si, Allenda bufou baixinho.

> Está certo... Vou tentar com bastante força. Certo?

- Melhor – Adanu concordou.

De repente Allenda se levantou, se voltando para um lado da floresta, para onde todos também se voltaram atentos.

Algo se aproximava. Ainda estava um pouco distante, e vinha avançando de forma clara, anunciando abertamente sua aproximação.

- Uivo está vindo - Allenda alertou. - Vou recebê-lo.

- Acha aconselhável, Allenda? - perguntou Adanu, a voz pausada e tranquila.

- Sim, muito aconselhável. Fui eu que vi a sua batalha.

II

Uivo parou ao confirmar que Allenda estava muito chateada. Não queria brigar, não queria discussões, não queria se arriscar a despertar o que trazia consigo. Mas bem sabia que havia despertado a face guerreira e nobre de Allenda.

Com um suspiro aspirou o ar frio da noite e examinou a linha do horizonte, onde palidamente o dia se anunciava timidamente.

- O que veio fazer aqui, Uivo?

- Vim te procurar, Allenda. Eu... Eu queria me explicar, explicar o que...

- Consegue mesmo explicar o que vi? O que senti em você?

- Sim... Eles estavam procurando cercar vocês...

- Sabíamos deles. Eles não teriam qualquer chance.

- Sim, eu sei.... Mas, eu estava lá... Então... – tentou se explicar novamente, os olhos se voltando para as figuras próximas que o mantinham sob atenção.

- Explicar... Uivo, lá eu não vi você, eu vi o demônio, se alimentando da dor e do medo. Se alimentando... – falou com indignação. - Eu vi o monstro, o demônio antigo que carrega, e que anseia ser você – vociferou Allenda. Allenda respirou fundo, vendo as sombras da fogueira em torno de Uivo, o que tornava sua figura cheia de ameaças. - O seu demônio é um demônio das profundezas que só procura o mal, que só deseja a solidão e a destruição, pouco se importando com a vida, e você se deixou dominar por ele. Não vê que ele está tentando tomar você, se fortalecer com o medo e o terror que te oferece como alimento, com a maldade que causa, nas dores que causa?

- Sua opinião... - falou Uivo.

- Minha opinião? Eu vi o prazer que te tomava enquanto torturava e trucidava aqueles coloridos.

- Inimigos que nos tratariam sem qualquer piedade - sussurrou, os modos parecendo desanimados, cansados.

- Inimigos, sim.... Mas isso não nos dá o direito de sermos demônios. Uma guerra limpa, uma batalha justa, é assim que deve ser. Não podemos perder o que somos, pois assim, o mundo será destruído.

- Algumas guerras não possuem almas...

Allenda abanou a cabeça, desconsolada.

- Você vira as costas, pouca importância dando. Sei que, quando o demônio assumir, porque vai assumir, você não virá em paz como agora. Você pode vencer o que é, Uivo?

Uivo encarou cada um da comitiva que se formara em arco. Ali a dúvida, a indecisão sobre como tratá-lo, na pergunta que cada um trazia no rosto. Em alguns a certeza cruel de que se tornaria definitivamente demônio e, em outros, a esperança de que ele poderia vencer a sua natureza, e isso porque confiavam nele. Medo e esperança; desprezo e cuidados, preocupação com ele.

Em paz sorriu para todos. Devagar voltou os olhos para encarar Allenda.

- Então é isso... Você não acredita que eu tenha alguma chance de vencer...

- Eu sei que você tem. Mas, e você? Você acha que tem?

- Teria mais...

Allenda não falou nada. Apenas ficou ali, parada, encarando Uivo, como um desafio. Por fim, suspirou.

- Você, você é o mais importante nessa estória. O seu querer tem que ser imenso. Tem que acreditar nisso, Uivo. Não vê que não é a vítima? Você é o mestre da escuridão, o senhor das sombras.

- Não precisa temer, Allenda. Se eu não vencer, nunca mais me verão...

- Então é isso? É essa luta fraca que se promete, que me promete? - gritou avançando um passo e golpeando o peito de Uivo. - É esse futuro escuro que nos dá? Você não é tão fraco para aceitar isso – falou, o nervosismo à flor da pele. - Eu espero mais de você. Eu espero o guerreiro, espero a luta insana, a luta desesperada. Eu quero o seu compromisso total – gritou tomada de raiva.

A comitiva ficou em silêncio, observando. Todos entendiam o desespero que tomava Allenda.

Ybynété gemeu baixinho ao ver a face dolorida de Uivo, examinando o rosto de Allenda. Havia tanta dor e desespero ali que seu coração ficou menor.

Adanu viu o exato momento em que Allenda se decidiu. Pensou em impedi-la, mas ela foi rápida demais.

Allenda explodiu em fogo e girou. As chamas subiram e se enrodilharam, crepitando e estalando com fúria. Na for que a tomava, e na determinação de obrigar Uivo a enxergar, ao completar o giro já estava ao lado do nefelin. A seta de fogo penetrou fundo no braço de Uivo, que havia visto de relance o movimento da flor-do-mato e havia girado minimamente o corpo, deixando o braço para a seta.

Com um gemido de revolta agachou-se e, girando, suas garras rasgaram o ar com extrema velocidade, cravando-se com crueldade na perna de Allenda. Num movimento brusco se levantou e a atirou longe, por cima da fogueira.

Allenda, ignorando a dor, caiu em pé, os olhos injetados presos em Uivo.

Tomada de ódio tirou as chamas da fogueira e atingiu Uivo com elas.

- Uivo!!! Allenda!!! Vocês estão loucos? – gritou Adanu em pé, totalmente incendiado, circundado por toda a comitiva.

Uivo parou o avanço contra Allenda, que tinha o arco apontado para ele, e olhou a si mesmo, totalmente envolto em uma espessa neblina.

Sob os olhares da comitiva Uivo, num enorme esforço, se controlou. A neblina recuou e, por fim, desapareceu.

A tristeza o abateu. Seus olhos procuraram Tenebe, que o olhava enternecido.

- Vocês ainda vão se matar - Adanu recriminou.
- Ela atacou... - reclamou Uivo.

- Você cruzou o meu caminho – cuspiu, a seta apontada para o coração do nefelin. - Você é uma ameaça muito grande a todos, mas principalmente a você - retrucou guardando a seta e recolhendo o arco. – Aprenda a controlar seu demônio, mesmo quando for atacado. Não foi você que eu ataquei, foi o demônio. Deixe-o vir à tona e enfrente-o de uma vez por todas. Eu te ajudo, eu estou aqui – gritou. – Deixe de se alimentar com o que o demônio te oferece.

Sem dizer mais nada ela se virou abruptamente e, ignorando a dor, com dignidade se afastou, deixando-os ali, parados, confusos.

Adanu sorriu e se aproximou de Uivo.

- Tão bem quanto eu, você sabe que ela está certa. Ela espera o melhor de você. Ela quer ter esperanças, Uivo.

- Esperança. Esperança e saudade... Palavras bonitas, que podem fazer a gente ir avançando um passo por vez. Eu sei, Adanu, que ela merece muito mais de mim do que estou conseguindo. Sei que ela está certa. Mas...

- Sei o quanto essa luta é desumana, Uivo. Sei que vai conseguir, por você e por ela. Apenas esteja atento às promessas vazias da escuridão, que espera uma oportunidade para imperar. Ouça o seu coração, sempre o seu coração, e o coração dela...

Uivo encheu o peito, o olhar silencioso e distante, um sorriso esperançoso no rosto.

- Obrigado, Adanu – sorriu com suavidade. – Obrigado meus amigos. Que o Trovão esteja no caminho que escolherem. Não menos que o meu melhor que eu puder sonhar... Diga a ela, por favor: não menos que o meu melhor que eu puder sonhar – recitou se despedindo, voltando pelo caminho que viera.

Adanu ficou parado, observando Uivo se distanciando.

- Há certas coisas que não está em nós decidir - falou com curiosidade, mais para si mesmo, observando uma espécie de aura extremamente tênue em torno do puma. Com pesar viu que a aura dele estava em conflito.

Franzindo o cenho procurou por Tenebe. A dor do amigo bateu em seu peito, e teve pena dele.

Então entrou sob o dossel de ramos espaçosos que haviam arrumado para eles e se abraçou apertado em Allenda, que chorava silenciosamente em frente à pequena fogueira improvisada no chão.

UMA DEMIANA E UMA JUGUENA

Ligações que se estendem, que se tocam,
que se procuram pelo tempo ou se fazem,
novas que são. Vida, vida que se procura,
que cresce quando se encontra.

I

Medriel a seguia de longe, quando percebeu o pulso de energia mais ao norte, perto das Montanhas Frias.

- A juguena – reconheceu seu lugar tenente, atento às montanhas distantes. – Possibilidades?

- Eu acho que sim – sussurrou Medriel, atento ao caminho que a demiana seguia pelo céu. Ela iria passar perto, mas não perto o suficiente para que pudessem as duas ter conhecimento uma da outra.

- Pode ser um risco. A juguena ainda não está pronta – alertou o tenente.

- Talvez nunca esteja, meu irmão, a não ser que demos uma ajudinha. Então, acho que está na hora de uma pequena providência – falou, o ar pensativo. – Vá e diminua um pouco o arco de atenção da nossa amiga dêmona – despediu o amigo.

Assim que Medriel percebeu que o arco de atenção da juguena estava sutilmente diminuído, Medriel deu um toque rápido e suave na mente de Arael.

Arael percebeu um pequeno pulso de energia ao longe, para os lados das Montanhas Frias.

Em resposta ao toque ela aliviou o voo e pendeu um pouco seu caminho para aqueles lugares. Ficou intrigada: era claramente um pulso escuro, mas que parecia confuso, como se houvesse uma luz boiando naquelas sombras. Com bastante cuidado estendeu sua energia para alguns cristais que estavam ao lado, encravados na face da montanha, próximo à estranha figura.

Seu corpo se arrepiou ao ver o que era aquele ser. Era um ser de grande poder, escuro, raro. Rapidamente ocultou ainda mais sua energia, se preparando para se bater com aquele ser.

Sorrateira foi se aproximando pelo lado oposto da face da montanha onde a criatura estava alojada. Porém, quanto mais se aproximava, mais sua vontade de enfrentamento amainava. Ficou curiosa com a sua própria reação. Aquela era uma juguena, reconheceu em suas velhas memórias, e era ainda mais rara, por ser uma dêmona. E ainda havia aquelas pequenas mechas de luz que podia sentir nas sombras que a vestiam e que insistiam em lhe dizer que aquele ser não era tudo o que aparentava.

Resolveu se arriscar.

II

LuaEscura sentiu como que um baque ao ver a figura se elevar suave sobre os picos das montanhas mais para o Sul da sua posição. E viu que aquela figura estava atenta a ela.

Ao sentir o pulso daquela energia teve a certeza de que se tratava de uma demiana guerreira.

Devagar se ergueu, mostrando à demiana que já a havia percebido.

Como precaução estendeu alguns milímetros suas farpas, como resposta à mão da demiana que se aproximava, apoiada no cabo da espada.

- O que viu que a modificou? – Arael perguntou, assim que se aproximou o suficiente, flutuando à frente da face da montanha gelada.

- Por que pergunta isso? – estranhou.

- Essas luzes que vejo em você... E você não se poderou...

- E nem você, e nem mesmo sacou completamente a espada. O que te segura pode ser o mesmo que me segura – cismou, sondando a demiana, vendo suas vestes e cabelos de fogo se revolvendo na tempestade que se batia contra a montanha.

- Não entendo por quê. Sinto seu demônio, mas sinto algo mais que não consigo definir.

- Entendo. Sabe, também sinto que algo está acontecendo, empurrando, exigindo – reclamou, sondando bem mais além da montanha e a toda a sua volta.

- Por que diz isso, dêmona? – Arael estranhou.

- É estranho, mas venho observando há algum tempo que há pessoas e seres que estão se colocando em meu caminho, como se assim fossem postos. E não são pessoas que querem me fazer mal...

Arael sentiu algo escorrendo em seu coração, e viu razão no que a outra dissera. Sentira algo estranho, ao perceber a figura da dêmona na encosta da montanha.

> Vejo que está sentindo o mesmo que eu, demiana – reconheceu os sinais no ser que flutuava à sua frente, acima dos imensos precipícios. Como amostra de boas intenções recolheu suas farpas. Com uma pequena satisfação viu a demiana tirar a mão da espada, deixando-a pendente ao lado do corpo.

- Agora que falou, vejo que há verdade nisso. Acho que também senti o mesmo. Mas sabe de uma coisa? Pode ser interessante – sorriu se aproximando. – Eu me chamo Arael, e sou uma caída.

- E eu sou LuaEscura, e sou uma dahrar, uma juguena.

- Estranho, mas eu achei que te conhecia – falou a juguena se sentando sobre uma pedra, o que a ocultava um pouco da tempestade.

- Eu também... Pelas memorias que tenho acho que já nos batemos em algum momento.

A juguena abriu os olhos, surpresa.

- Ora, eu te conheço. Onde está Árgrila? – reconheceu de súbito a bela figura. – Sei que você é outra, que ocupa o corpo dela. Você é uma entrante, é isso?

- Sim, sou uma entrante – confirmou, tomando assento em uma outra pedra, também ao resguardo da tempestade.

Arael, vendo o silêncio cheio de perguntas de LuaEscura, não conseguiu não sorrir.

> Eu era Éfrera. Ainda não tenho todas as suas memórias, mas estou começando a me lembrar.

- Éfrera... Ah... – murmurou LuaEscura, se voltando definitivamente para Arael. – Há muitas estórias sobre Éfrera, e são todas muito honrosas.

- Obrigada – murmurou Arael, também fazendo frente para LuaEscura, totalmente curiosa sobre a outra. – Pelas memórias de Árgrila, acredito que nos batemos acho que umas duas vezes. É isso?

- Sim... – sorriu LuaEscura. - Tenho marcas desses confrontos. Não são fáceis de se ver, porque não tenho um corpo como o seu.

- Mas as minhas são fáceis – sorriu Arael levantando o lado esquerdo da roupa, mostrando a cintura, onde se podia ver uma cicatriz quase indelével de um grande ferimento.

- É... desse eu me lembro – riu LuaEscura mostrando o rosto feliz e luminoso.

Arael achou a risada estranha, como rochas explodindo para baixo de uma montanha. Era estranha aquela risada, até mesmo sombria, mas via que era surpreendentemente tocada de luz.

> E, no seu ombro direito deve ter uma outra. Eu tenho três marcas de espada.

Com desenvoltura Arael viu a dêmona abrir suas sombras no lado direito. Perto do seio se via uma cicatriz. Era larga e parecia ser profunda. Era um pouco difícil de ver, porque as neblinas não paravam de se revolver.

- Sim, agora a memória de Árgrila se mostrou. Foi uma bela batalha. Dura, forte, poderosa, mas bela.

- Foi sim, Arael. Foi uma bela batalha. Ouvi sobre você enquanto Éfrera, que caçava um demônio solitário. Então era você que caçava o velho Mercator? É verdade?

- Sim, foi assim mesmo no começo. Mas, ... Algo mudou quando nos encontramos.

- Ouvi isso também... Vocês se tornaram amigos.

- Pois é. Estranho, não é? Parece que estou sendo atraída para os demônios – sorriu.

- E eu, pelos que gostam mais da luz – suspirou. – Mas, demiana, estou aprendendo algo estranho. É frágil ainda, mas eu percebo, de quando em quando, que luz e escuridão são ilusões. Tudo é apenas resultado de escolhas, mas sinto que até mesmo elas são ilusões. Não é estranho?

Arael prestou mais atenção em LuaEscura, os olhos em fresta, os pensamentos se alongando.

- Até que não, LuaEscura. Talvez isso aconteça apenas porque estamos evoluindo. Fique em paz – cumprimentou se levantando, olhando para os vales que se estendiam bem abaixo, nas vertentes das montanhas. Lá parecia que a tempestade não corria. – Tendavar, LuaEscura.

LuaEscura ficou observando Arael, cismando que realmente as coisas estavam muito estranhas. Nem mesmo se surpreendia que ela, uma dêmona, fosse cumprimentada como luz.

- Tendavar, Arael. Que nossos caminhos se cruzem novamente. Vai ser bom... – soprou na esteira do vento que a demiana se preparava para tomar.

- Vai sim, LuaEscura – sorriu se elevando rápido contra o céu azul, e segundos depois, tomada de energia, despencando dele em alta velocidade em direção aos vales abaixo. LuaEscura não pode deixar de sorrir quando ouviu um grito alegre da demiana, repleta de energia e luz enquanto caía do céu.

ESTRANHO AMIGO

*Me pergunto por que a textura da flor e
da sua alma são tão parecidas. Sempre
em mente...*

Arael desceu rente à face da montanha, aumentando cada vez mais sua velocidade. Então, quando faltavam apenas alguns metros para atingir o solo, abriu fortemente as asas e parou de súbito, pedras, folhas e galhos sendo atirados para longe no impacto do vento que socou o solo.

Arael baixou e tocou o chão, a mente se tornando mais sólida, se recompondo mais rapidamente. O encontro com LuaEscura tinha obrigado suas lembranças a se mostrarem mais fortemente, e mais fortemente sendo acolhidas.

- Mercator – inspirou o ar frio do inverno que se anunciava.

Então voltou os olhos para as montanhas distantes, e seu coração deu um pulso pesado ao identificar uma solidão dolorida numa das farpas da cadeia.

Devagar, indecisa sobre o que pensava fazer, se elevou e muito lentamente tomou aquela direção.

De longe, bem acima da montanha, o viu, e no mesmo instante soube que ele sabia de sua presença.

Devagar desceu a alguns metros dele.

- O que a traz aqui, vigilante?

- Não sei – Arael declarou com sinceridade.

Arael sentiu um pulso no coração ao ver, entre os dedos dele, uma pequena flor azul, que ele segurava com imenso cuidado e carinho.

Mantendo os olhos sobre Mercator se sentou, o corpo virado para ele, prestando muita atenção nele, e no que carregava.

> Eu conheço essa flor. A chamávamos de flor-dos-anjos – murmurou.

- É apenas uma flor azul.

- Mas esse é o nome dela – declarou com a voz pensativa. – Porém, muitos agora, acho que por sua causa, a chamam de santesmas...

- Santesmas? – ele perguntou, se fixando interessado na flor.

- Sim... Santesmas, "a que se lembra", ou só Denarizz, "a que chama". Porém, os que moram logo ali abaixo, nos pés dessas montanhas e que sabem que vem muito por aqui, a batizaram em sua homenagem com um outro nome.

- E qual seria, vigilante?

- SempreEmMente

- SempreEmMente? Por que lhe deram esse nome?

- Porque eles entendem esse nome como "ao coração do demônio solitário".

- São todos nomes e frases idiotas e sem sentido – falou atirando para o lado a pequena flor.

- Pode ser, pode não ser.

- O que realmente quer, vigilante? Não preciso de sua presença. Ou acaso veio para terminar algum serviço que tenha esquecido?

Arael inspirou profundamente, sentindo a espada pulsar, colada em sua coxa. Por alguns míseros segundos considerou se aquela seria uma razão. Então sorriu, sabendo que aquele pensamento lhe surgira apenas por diversão.

Devagar se levantou.

- Não, Mercator... Não vim para terminar qualquer serviço que seja, porque não trago pendências. Apenas vim porque, ... porque...

Indecisa ficou cismando sobre o que a trouxera ali, enquanto varria com os olhos as distâncias.

> Acho que vim pelo mesmo motivo que o impediu de me atacar, como ataca qualquer um que se aproxima.

- E qual seria, vigilante? – desafiou.

- Estranho não sabermos, não é mesmo, Mercator? Sei que fui Éfrera, e que fui morta quando estava em sua companhia. Mas, o que quer que eu sentia, parece que ainda persiste.

- Então deve ter cuidado, deve se afastar, para que não acabe como da última vez, não é mesmo? – falou, observando sem interesse seus enormes pés pousados sobre a montanha.

- Quem sabe? No entanto, o que sei é que sinto que eu confiava em você, como sei que não tinha qualquer outro que pudesse, realmente, chamar de amigo – sorriu em despedida, se elevando alguns centímetros do solo e deslizando para o vazio encostado na face da montanha. – Fique em paz, estranho amigo... – saudou, se deixando cair suavemente.

Mercator ficou ruminando a despedida da demiana: "estranho amigo...".

Olhou ao lado.

Com imenso cuidado pegou a florzinha que antes atirara, refazendo com carinho uma das pétalas que se machucara na queda, os olhos pensativos na pequena figura que fazia um longo e suave arco acima das florestas ao longe.

- SempreEmMente – sussurrou...

Então, com um movimento suave das mãos, como se tudo o que era estivesse imerso em pensamentos silenciosos, fez surgir largo espaço a toda a volta, a tudo colorindo com as pequenas e suaves flores azuis.

UIVO E OS FEITICEIROS

*Vi a alma de vocês, e não vi bem o que as
move. Talvez mereçam continuar, porque
me permitiram continuar o meu caminho.*

Uivo ficou parado, observando a mulher à sua frente. Balançou a cabeça desconsolado ao confirmar que se tratava da mesma bruxa que vira alguns dias atrás. Ela parecia curiosa, e ainda mostrava a mesma arrogância e o mesmo desprezo de antes.

- Está bem... Então esse é o seu território. É por isso que a gente fica se esbarrando tanto, é isso?

- Sim e não, ser estranho. Aqui realmente é onde eu e minha família habitamos, mas isso não nos pertence, porque aqui tudo é a mãe terra. E quanto a nós, não estamos nos esbarrando. Eu o tenho observado, porque fiquei curiosa quanto a você.

- Ora, ora... Não sei se eu devia me sentir...

Uivo sentiu num estilhaço o ataque.

Em uma reação se fez demônio, porque aquele não era um ataque comum, mas um ataque negro, extremamente perigoso. Duvidava que, se não estivesse um pouco desperto como demônio, poderia sobreviver a ele. Movimentos ao lado, e viu que dois bruxos o haviam cercado, aproveitando-se da distração que a que conhecera providenciara. Eram uma mulher e um rapaz, provavelmente a família que ela havia mencionado. De repente os dois atacaram, somando suas forças com o da menina. Era como um terrível mal-estar e uma dor que tentava se insinuar em seu corpo. Os três se posicionaram em um círculo à sua volta, sussurrando encantos, trabalhando contra ele.

Num exame rápido viu que haviam usado algum feitiço de invisibilidade e que ainda tentavam tocar sua mente para distraí-lo enquanto se aproximavam.

Num movimento súbito, sabendo que teria pouco tempo, identificou o ponto mais importante daquelas personagens, e atacou, avançando como um corisco alguns passos.

O rapaz se dobrou de agonia quando Uivo o atingiu e o segurou com extrema violência contra um grosso tronco de árvore musgosa.

Como dedos as palavras das bruxas tentavam atingi-lo, mas Uivo se fechou ainda mais em uma couraça escura que invocou, forçando mais sua escuridão bem próxima do bruxo.

O bruxo gemeu dolorosamente e se bateu por alguns segundos. Então simplesmente desabou nas garras de Uivo, onde ficou pendurado como um trapo.

Então as duas mulheres se afastaram depressa, como um pedido de trégua, frente à terrível ameaça que Uivo havia anunciado contra o jovem bruxo que capturara, ao encostar em sua alma a escuridão invocada.

Fazendo da escuridão garras longas, com um movimento brusco pegou o rapaz e o levantou à frente das mulheres, que gemeram ao ver a ruína que o rapaz mostrava, pois que ele estava desmaiado e parecendo um farrapo sem vida.

- Por favor, senhor, é o meu filho – suplicou a mulher mais velha, as mãos esticadas em sua direção, as palmas para cima. - Nós só tínhamos curiosidade e...

- Mentiras e enganações – Uivo rugiu baixinho e controlado, deixando transparecer claramente a ameaça em cada letra. – Vejo seus corações. Não julguem indecisão como fraqueza, porque é fácil decidir sobre quem ataca – falou para horror das bruxas, que se encolheram ao ver as garras se fechando um pouco mais sobre o jovem, que se contorceu debilmente.

Então, com desprezo, Uivo o lançou aos pés delas.

Enquanto se agachavam para examiná-lo Uivo já estava bem à frente deles, imenso, a neblina se revolvendo ameaçadora, pensativo sobre o que deveria fazer com eles.

E elas perceberam a indecisão dele. Em total silêncio, tendo o cuidado de não o encarar, puxaram suavemente o rapaz, afastando-se dois passos para longe dele.

Mas esse movimento carregou algo em Uivo, que pareceu se decidir sobre eles.

Quando se aproximou o suficiente ele notou uma presença ao lado. Tenso, ficou aguardando, pois sabia bem quem era.

> LuaEscura.... Veio participar do que reservo para esses três bruxos?

- Uivo, Uivo, eu conheço esses bruxos aí – ela falou surgindo ao seu lado mostrando os modos tranquilos, vendo que o rapaz já mostrava sinais de estar se recompondo. Com desdém passou os olhos pelas três pessoas agachadas, uma abraçada à outra. – Eles não são os "maus" que entende. Sinta-os e verá que estou certa. Mas, o que o fez se decidir em matá-los? – perguntou vendo o olhar de desafio na bruxa mais jovem, que não arredava os olhos de Uivo.

- Porque era o que desejavam para mim. Por que devo deixar que continuem vivos para tentar outra vez?

- Acho que não vão tentar mais. Eles recuaram quando viram que você não estava criando medo para eles se divertirem. Você já adquiriu o respeito deles, e o medo também, ao menos da mãe e do jovem - sorriu. – Mas, você pode fazê-los escravos – sugeriu, girando no ar em torno dos bruxos.

- Melhor me matar, se pensa realmente em me tornar escrava – falou a menina se levantando, mostrando os olhos furiosos de indignação e raiva. Então, sem perda de tempo invocou poderes e confrontou os dois demônios.

A mãe ergueu a cabeça e começou a recitar conjurações e maldições enquanto Túnis, ainda fraco pelo ataque sofrido, se esforçou em ficar um pouco desperto, juntando suas parcas forças às energias das duas, a sua mente revolvendo a energia do ar.

- Acho que não deviam ter feito isso – riu LuaEscura vendo Uivo tornar mais forte sua proteção, tal como ela fazia.

Para horror de Túnis e Trília, num movimento súbito Uivo avançou o braço e segurou a cabeça da mãe entre as garras. A mulher gritou de dor e quase desfaleceu ao ser assim atingida. Túnis, assombrado com tamanho poder e ante a possível perda da mãe, calou suas forças e olhou suplicante para Uivo.

- Aceitamos o que for, mas deixe nossa mãe em paz – pediu.

Uivo o observou por um momento, e por fim soltou a mulher, que desabou no chão como um saco de pedras, sendo rapidamente amparada e cuidada pelos dois filhos.

- Nunca serei escrava – rugiu Trília baixinho, sob o olhar divertido de LuaEscura.

- Pois sou eu que não quero escravos, não quero penduricalhos – Uivo falou suavizando seu empoderamento como demônio. – Além disso, vejo valor em vocês. Não lhes quero mal. Vão embora – ordenou.

Trília o observou com curiosidade, diminuindo a energia com que tentava se cercar.

- Eu te procurei porque fiquei curiosa quando do nosso primeiro encontro, e agora vejo que eu estava certa. Os dois se precipitaram ao tentar atacá-lo – falou, passando um olhar de reprimenda na mãe no irmão. - Não quero ser contra você, ou vocês – falou se dirigindo também para LuaEscura.

- Que fofo – LuaEscura riu. – Ela não está mentindo, e não está com medo – observou divertida. - Acho que ela está oferecendo aliança... – falou, os olhos examinando a aura de Trília.

- Sou forte e muito poderosa e...

- É fraca – falou Uivo com indiferença.

- Por agora, mas eu estou aprendendo, e logo serei muito poderosa – reclamou, vendo sua família se perfilar ao seu lado. – Juntos nós somos poderosos – declarou.

Canvas, que ainda se refazia, se adiantou, o olhar mostrando nítido interesse nos dois demônios.

- Agora eu vejo... – gemeu tentando aliviar suas dores. - Ouvi estórias de uma juguena e de um demônio. São vocês... – falou surpresa, se voltando para os filhos. Então encarou novamente os dois, maravilhada.

> A guerra? É sobre ela? É sobre o que ouvimos dos danatuás? – perguntou.

LuaEscura viu como a energia dos três havia subido com essa declaração. Nitidamente era o que eles desejavam.

- Eu não sou danatuá, por enquanto – riu LuaEscura descendo e se posicionando ao lado de Uivo. – Mas ele sim, é um guerreiro danatuá, porque o coração e a vontade dele estão num dos grupos de danatuá que se desloca.

- Sou Canvas, e estes são meus filhos, Túnis e Trília – apresentou.

Trília olhou revoltada para a mãe, e LuaEscura sorriu.

- Se tem tanto cuidado com nomes de poder, menina – falou, atenta à face da garota, - aconselho arrumar um outro, porque esse já é bem conhecido – sorriu para a menina que mordia os lábios inferiores.

- Sem dúvida é o que eu vou fazer – ela murmurou. – E vou tomar o cuidado de não contar para ninguém...

- Bem, então sei que iremos nos encontrar, porque também somos danatuás – declarou Túnis se recompondo em toda sua altura, apesar de ainda se mostrar enfraquecido. - Virá contra nós? – perguntou para Uivo, franzindo os cenhos.

- Não irei... Apenas vão embora. Agora! – ordenou novamente, se voltando para encarar LuaEscura.

LuaEscura viu com prazer o filho examinar discretamente a mãe para saber se precisaria ajudá-la, se dando por satisfeito ao ver que ela já estava recuperada. O viu observar Uivo discretamente com curiosidade, e soube que ele também percebera que ele tivera muito cuidado em apenas lhes infringir dor, mas nenhum dano.

Túnis sorriu agradecido.

A menina pareceu ter comungado o conhecimento com o irmão, porque seu olhar estava mais tranquilo quando fixou Uivo por alguns segundos. Com majestade observou os dois, e os cumprimentou com um leve mover da cabeça. Então os três, lentamente, desapareceram na estrada.

- Você nunca teve intenção de matá-los, e vi que eles também descobriram isso. Mas gostou de ver o medo neles, não gostou? Pode confessar, porque realmente estava muito gostosa a atmosfera em torno deles. Acho que eles nunca passaram tanto aperto assim.

- Se eu tivesse visto que não iriam me deixar em paz, então é provável que eles não iriam sair daqui com vida. Já tenho inimigos demais – sorriu. – E você, o que a trouxe para estes lados?

- Ah, sei lá... Acho que vontade de conversar um pouco – sorriu também, se despoderando e se mostrando como juruparináh. – Mas, vem cá, você viu que a mais nova delas controlou bem o medo, não viu?

- Vi sim... Ela vai ser a mais forte deles, e bem rápido. Ela vê mais aspectos da energia do que os outros.

- Tudo bem, tudo bem. Agora me fala a verdade. O que te segurou?

Uivo parou na estrada, observando o sorriso moleque na cara da juruparináh. Realmente, havia um enorme prazer ali. Ela queria ouvir a confissão de Uivo, e não iria desistir facilmente.

Uivo não pôde deixar de sorrir mais abertamente.

- Eles nem sempre foram assim... – falou, agora totalmente pumacaya. – Quando me liguei na mãe e no filho vi que sofreram muitas perseguições, muitas necessidades. O mundo não foi gentil com eles. Eles apenas usaram seus dons para se defenderem. E essa defesa acabou até mesmo se parecendo com arrogância, para manter os outros à distância.

- Ah, eu sabia... E lá vem novamente esse coração. O que pretende fazer então, coração mole? Vai procurá-los, não é mesmo?

- Sim... Eles têm poder, e uma guerra está para ser declarada. Eles precisam de uma família de verdade, nem que essa família seja uma família de guerreiras. Não se disseram danatuás?

- Você está certo. Eu acho que uma família de guerreiros seria melhor aceita por eles – LuaEscura sorriu, pensativa.

- Então, quer ir junto, LuaEscura? – convidou.

- Agora?

- Não, agora não. Mais tarde. Por enquanto, está vendo o que vejo, mais para o noroeste?

LuaEscura ficou em silêncio, voltada para a direção que Uivo apontara. Lentamente um imenso sorriso foi se desenhando em seu rosto. Ao longe, progredindo por entre ravinas e vales largos viu grupos de thianahus, bonecos e alguns mantas.

Uivo se poderou levemente como demônio enquanto seguia o prazer de NuvemEscura que se poderava como juguena.

- Finalmente um pouco de diversão – a juguena sorriu, a estranha voz se espalhando pelos montes.

Trília chamou a atenção da mãe e do irmão, apontando-lhes os dois demônios acima das copas das árvores, que voavam para o noroeste.

- Até parece que estão passeando – a mãe cismou, tirando os olhos do alto e voltando-os para a trilha que se aprofundava na floresta.

ALIADOS

Ao observar o mal eu me perdi em seus olhos, porque não vi maldade lá. Entranhando me concentrei mais, porque a escuridão tinha que existir ali. Como pode, quando se observa mais profundamente a negrura, haver tanta luz ali?

A reação foi tal como esperada. As energias subiram de súbito. Era como uma parede, uma massa endurecida que armazenava uma raiva imperiosa, que facilmente poderia ser disparada.

Os três buxos se puseram em linha assim que os dois demônios de neblinas foram descendo lentamente na frente da casa.

Uivo estudou rapidamente os três animais que se emparelhavam com cada uma das pessoas ali. Eram três queixadas, os maiores que já tinha visto. Apesar de serem menores que um ardun, sem dúvida pareciam mais poderosos que os queixados com que já tivera contato.

Os animais os observaram e acabaram se deitando aos pés das pessoas, parecendo ter percebido antes de algumas delas que ali não havia qualquer perigo.

LuaEscura examinou a residência, e viu que Uivo também percebera o cuidado ali depositado.

Havia uma grande e variada horta, como havia flores bem cuidadas por toda a propriedade.

Uivo levantou os olhos, logo se despoderando para pumacaya, mantendo-se vestido com sua armadura negra. As árvores ali eram enormes e pareciam vibrar de energia.

Quando estavam no alto, se dirigindo para aqueles lados, fora fácil perceber que havia uma energia muito intensa ali, e não era uma energia escura.

- Uma última batalha? – Trília se posicionou à frente de Uivo, se tomando de uma energia mais dura.

- Trília, quer parar com isso? – a mãe ralhou. – Não viu que eles deixaram a forma demônio?

- Essa Trília sempre procurando encrenca – debochou Túnis, se mostrando tranquilo à frente dos dois. - Acho que devemos começar do zero, não é mesmo? - propôs, convidando com a mão em leque para que se sentassem no largo banco de madeira do jardim, em frente à uma imensa e portentosa árvore.

Uivo e LuaEscura sorriram, aceitando o convite.

- Então, se não é para uma batalha, por que vieram?

- Trília, quer parar com isso? – repreendeu a mãe.

Uivo a observou disfarçadamente, e viu o motivo de sempre manter as defesas elevadas. Sempre tivera que se defender dos assédios e das tentativas de abuso, e tivera que aprender bem rápido.

- Não lhes quero mal, muito menos a você, Trília. Acho que temos dores demais, e pessoas assim, quando se encontram, não se entendem muito bem – falou, a voz gentil, apesar de manter uma certa dureza.

- Duvido... Vocês são demônios... Que dores podem ter? – estranhou.

- Não aceitação, ataques das pessoas que menos esperamos, confusão, nossa própria natureza criando reações... Alguém bem mais sábio que eu me disse uma vez que o uso da força é apenas para encobrir um medo oculto e não reconhecido...

Canvas baixou os olhos, examinando a grama recém-aparada. Nunca pensara em ouvir uma verdade assim de um demônio. Mas, aquele não era apenas um demônio – sussurrou para si mesma, levantando os olhos e examinando a energia de Trília.

Sorriu.

Apesar de todo azedume que ela se esforçava em mostrar na face, via o quanto sua energia estava mais organizada e equilibrada na presença daqueles dois.

Finalmente ela encontrara a quem respeitar.

- Que não seja uma batalha então – Trília acabou aceitando. – E então?

- Vocês se disseram danatuás – falou, a voz tranquila.

- Ao menos manifestaram esse desejo – falou LuaEscura, um sorriso pendurado no rosto.

– Há um danush a Oeste daqui – Uivo continuou, - a vários quilômetros além da montanha da serra. Esse danush é uma semente, pensada assim para ir arregimentando e crescendo com seres de valor e honra.

- Quem comanda esse Danush, Uivo? – perguntou Canvas.

- Adanu é o seu comandante.

LuaEscura viu a face de Trília se iluminar, enquanto sua postura se mostrava mais tensa, como no aguardo de algo importante.

- E vocês tem autoridade para convidar pessoas para se unirem à essa comitiva? – Trília perguntou, visivelmente interessada.

- Eu conheço Adanu. Sei que assim que eles os ver, lhes reconhecerá valor. Então sim, eu os estou convidando...

- Aceitamos – falou Túnis, tomado de energia. – Uma vez tentamos encontrar esse mesmo danush para oferecermos nossos serviços, mas não conseguimos, nem com artes mágicas – contou, os modos rápidos e felizes.

- Há um mago no meio deles – Uivo explicou. – Por isso só podem ser encontrados quando assim se decidem.

- E quando iremos até eles?

- Eu estou indo para lá agora – Uivo falou.

- Irá também, LuaEscura? – Canvas quis saber.

- Não, não por agora. Tenho outros assuntos mais ao Norte.

- Então? Aceitam o convite?

Canvas se virou e examinou os filhos, e sorriu.

Sem responder a Uivo Canvas se levantou e, com um gesto, a casa se fechou completamente e o fogo do fogão e da lareira sumiram. Barulhos de vasilhas se amontoando, de águas sendo libertas e do ar sendo espremido se fizeram ouvir. Então como se cercado de cuidados, toda a casa foi se embrulhando, se arrumando em uma pequena caixa de madeira com ferrolhos e aros de metal, que ficou pacífica sobre o solo que rapidamente se recuperava, como se nada mais tivesse ocupado sua superfície.

- Pensa em voltar algum dia, mãe? – Trília perguntou, uma estranheza em seu rosto.

- Não sei filha. Vamos para a guerra para podermos ter um lar para retornar, não é mesmo? Se não for aqui, em algum outro lugar. Mas, aqui, fica a lembrança...

Então Canvas novamente se virou para a caixa de madeira, depositada sobre a terra, um pouco distante deles.

Um buraco se fez aos pés de uma paineira, e dentro dele a caixa com as construções e seus pertences ficou oculta, quando o buraco se fechou com terras e matos.

No mesmo momento Trília se virou para os campos ao redor, e todos os animais ali foram postos em liberdade.

Os que ainda estavam sentados se levantaram, momento em que, como um leve chiado, o banco se desfez.

Com um estalo dos dedos de Túnis, após já estarem montados nos queixadas, árvores foram surgindo, no princípio um pouco esmaecidas. Mas logo um pequeno bosque se firmou e fez daquele lugar seu lar.

- Tudo volta ao que era – Canvas recitou, abrindo os olhos e suspirando, já parecendo sentir saudades daquele lugar onde por tantos anos vivera, onde tivera os filhos, onde os vira crescer e se tornarem poderosos.

Os três então, parados, ficaram olhando os dois demônios, esperando o momento da partida.

O SACRIFÍCIO

*Eu devo ter ido longe demais, e agora o
que sou me assombra.*

I

A comitiva se defendia contra o ataque de alguns mantas e sombras que invadiam aqueles lados, empurrando seus bonecos.

Allenda gritou feliz quando viu Uivo saltando da floresta, logo se perfilando e lutando ao lado deles.

Allenda quase não se conteve quando Uivo abriu caminho e passou rapidamente ao seu lado, não sem antes tocar seu rosto com imenso carinho. Mas esse encontro foi breve, porque o nefelin partiu apressado para combater alguns mantas que procuravam se amontoar sobre Ybynété.

Allenda passou os olhos rapidamente pelas duas figuras femininas e uma masculina que vira surgir ao seu lado, todos em fogo, montados em incendiados queixadas.

Sorriu, vendo o quanto eram majestosos aqueles animais.

Sem poder se segurar soltou um grito selvagem e alegre de poder.

Com energia renovada aparou um golpe pesado, e viu que os recém-chegados rapidamente partiram para um lado, onde o ataque parecia mais agressivo.

- São bruxos – sorriu mais animada com um reforço daqueles, vendo como os três trabalhavam magicamente com o fogo, fazendo dele esferas explosivas ou línguas de fogo que varriam a área em torno deles. – São anaqueras e caiporas – sorriu maravilhada. Então voltou novamente a atenção para a batalha, sempre sondando onde Uivo estava.

De vez em quando se encontrava com Uivo, e ela sorria feliz ao vê-lo lutando como pumacaya ao seu lado.

Tudo estava bem, e logo a batalha terminaria. Ainda havia muitos deles, mas eles diminuíam visivelmente.

Tudo parecia bem, até que dois sombras se abateram sobre Allenda.

Allenda até conseguiria se defender de um, mas dois a estavam minando rapidamente.

Quando Uivo se virou para ver o que estava acontecendo com ela, ele urrou em desespero.

Adanu, que corria para ajudá-la ficou horrorizado, vendo um deles, num arranque, se enrolar nela. Ainda estava tentando assimilar aquela visão quando os dois sombras começaram a puxá-la para cima.

Adanu olhou para trás ao ouvir gritos terríveis e apavorados, vindo para o seu lado.

Enquanto corria na direção de Allenda virou o rosto para a direita e o viu. Uivo avançava como um alucinado, seu corpo de puma se revolvendo e se escondendo rápida e raivosamente em espessas sombras, farpas longas e terríveis se alongando velozmente para o alto.

O impacto foi terrível. O sombra que carregava Allenda foi impedido de subir e afastado do outro pelas farpas, que lentamente iam rasgando-o, enquanto ele guinchava de dor.

Adanu parou vendo o demônio se agigantar, desesperado por Allenda, temendo o terrível demônio que parecia possuído de urgência e de uma violência desmedida. Em silêncio ficou olhando para o alto, rezando para que o demônio enlouquecido poupasse e trouxesse sua filha com vida.

Foi então que viu o que Allenda vira no outro dia. Uma penugem escura, que deveria ser feita de dor e medo, escapava do sombra, e era imediatamente sugada pelas sombras do demônio, que parecia ficar ainda mais apavorante com esse novo suprimento.

Com horror viu quando esse demônio, que segurava o sombra que escondia Allenda, avançou suas farpas que, como uma boca de dentes afiados, se prendiam em seus lados, abrindo-o lentamente enquanto o forçava para baixo.

E novamente pode ver as sombras de medo e dor que ele sugava.

Quando tocaram o solo o demônio abriu o outro de súbito, libertando Allenda, que lentamente era envolvida e colocada suavemente no solo por teias de sombras serpenteantes.

Com um urro estranho e profundo de ódio o demônio estraçalhou rapidamente o sombra.

Adanu, parado a alguns metros da cena terrível, examinou o redor, procurando identificar qualquer outro perigo que estivesse indo contra sua filha.

Foi com uma dor imensa que viu o demônio se virar para encarar, a ele a parte da comitiva que estava mais próxima. Havia no demônio desafio, havia desprezo e ódio, as sombras se revolvendo nervosas como se tivessem vida própria.

- Ninguém se aproxima – Adanu ordenou, os olhos postos no demônio e em sua filha.

Adanu estranhou quando três pessoas se perfilaram ao seu lado, montados em seus queixadas. Eram as duas mulheres e o rapaz que haviam vindo com Uivo, reconheceu, como reconheceu uma aura diferenciada de poder neles.

E eles se mostravam extremamente calmos, observando o demônio.

Então Allenda gemeu.

Adanu foi impedido pelos outros de se aproximar do demônio, que se voltara depressa para Allenda. Apreensivos viram quando ele ficou atento a um ferimento em seu lado, possivelmente feito quando o demônio a perfurou com seu esporão envenenado.

Adanu gritou de raiva, se inflamando e se preparando para ir contra o demônio que penetrava o ferimento com uma das farpas, imaginando que o demônio estava sugando a energia dela como fizera com os dois demônios.

Todos se prepararam para enfrentar o demônio quando ele se virou para encará-los, os olhos maldosos e desafiadores no pequeno grupo.

- Não é o que pensam, o que parece ser. Ele a está amparando – ouviu a estranha mulher mais velha falar com muita calma, e até com um certo prazer, ao ver a apreensão que varria os que observavam o desenrolar daquela cena. – Não ponham tudo a perder – alertou com a voz tomando uma nota imperiosa.

Tenebe, que a observava, viu que ela acabara de usar uma voz de comando que só um bruxo saberia como usar.

Sorriu satisfeito.

Com a batalha ao lado tendo se encerrado, lentamente todos foram retornando, formando uma linha à frente do demônio, confusos com o que viam.

Itanauara, ciente da linha fina que impedia Adanu de atacar o demônio, pois temia que ele, ao se ver atacado pudesse dar cabo de Allenda rapidamente, se postou ao lado de Adanu, no momento de ouvir a observação da bruxa. Assim alertada rapidamente entendeu o que estava acontecendo.

- Ela está certa. Olhem, ele não a está matando, ele está tirando o veneno. É o veneno que ele está tirando dela – gritou tomada de urgência.

Ao ouvir isso Adanu se mostrou confuso. Com o coração apertado prestou atenção no que o demônio fazia, adiantando um pouco o rosto, os olhos em fresta. Suspirou aliviado ao ver que, realmente, do ferimento da filha algo saía, como uma gosma fina e negra. Allenda soltou um gemido de dor e arriou pesado sobre as tiras de escuridão com as quais o demônio sustentava sua cabeça, quando a gosma escura foi toda retirada.

Seu corpo, que crepitava violentamente, devagar foi se aquietando, o fogo diminuindo, mostrando-se agora apenas como uma imensa brasa ardente.

Nesse momento o demônio, que mantinha todos sob atenção, fixou-se em Allenda e examinou a face da flor-do-mato.

O demônio ficou ainda algum tempo, imenso ao lado dela, parecendo indeciso sobre o que fazer.

Então, após descer sua cabeça com imenso carinho ao chão, subitamente apenas sumiu no ar.

II

- Você não pode deixar isso acontecer, Uivo – Allenda estava irritada.

- Mas, você estava em perigo. Ele estava te matando – justificou.

- E se eu tivesse mesmo morrido, se você não tivesse conseguido me salvar, o que seria? – sua voz estava cheia de dor e desespero. – O que aconteceria com você?

Adanu tirou os olhos dos dois, tal como os outros da comitiva, tentando ignorar a dor aveludada que oprimia seu coração.

Em seu íntimo sorriu, ao saber até onde Uivo iria para manter sua filha a salvo, mas se recolheu, temendo pensar nas consequências se em algum momento ele falhasse nisso. No entanto, agora ouvia isso da própria filha, mostrando bem o desespero que ela tinha na alma.

Em silêncio colocou uma mão no ombro de Tenebe, que tinha a cabeça arriada, quase tocando o chão.

Havia dor demais ali.

Uivo olhou para os lados, para as serras que se afundavam para o horizonte como um oceano suave.

Ali estava toda a dor e apreensão, toda a inconstância do futuro, a luz e a escuridão, e tudo só dependia de uma decisão firme de sua parte. Mas, era quando o demônio surgia que tudo se revolvia e os significados antes tão claros se perdiam. Como poderia fugir daquela armadilha? Sabia bem que o mundo do demônio era uma ilusão, mas, como fugir dela quando, como demônio, era toda a realidade que tinha?

- É bem provável que eu ficasse parecido com um demônio sobre o qual sussurram, escondido sobre as montanhas – murmurou muito baixinho. – Eu faria de tudo para não ser perigo para ninguém.

Allenda baixou os olhos, as lágrimas escorrendo suaves de seus olhos, sem fogo, sem calor, mas apenas dor e amor.

Levantou a cabeça e encarou Uivo, suas mãos tomando seu rosto. Suas mãos, que acariciavam nervosamente a face de Uivo, se tomaram de mais urgência, como se quisesse tirar dele tudo o que o oprimia.

- Uivo, Uivo, meu querido Uivo. Olha, eu sei que posso viver com a dor de continuar sem você, porque o amor que lhe tenho é... imenso demais. É nele que eu continuaria – murmurou, os olhos cheios e amorosos nele pregados. - Mas você tem um demônio dentro de você, essa escuridão confusa e perdida, cheia de ilusões que lhe tira as esperanças, que fica lhe gritando sem descanso que não vai conseguir, e que sempre tenta te arrastar para as velhas e escuras masmorras. Esse demônio não tem raiva ou ódio, ele é feito de puro medo. Gostaria de repartir essas trevas com você, meu amor, mas... só o que me sobrou é te empurrar, e ficar sussurrando no meio de seus tormentos que eu sei que vai conseguir vencer essa batalha terrível – rezou, afastando sua testa da dele, ainda acariciando com suavidade seu rosto.

Uivo levantou os olhos e passou-os pela comitiva, e então os voltou para Allenda. Havia um desespero ali, um pedido intenso de esperança. Então ficou se perguntando por que ela era tão importante para ele, tão desesperadamente importante para ele, ao ponto de ter a certeza absoluta de que, sem ela, acabaria como um demônio de que muitos já ouviram falar, que fica solitário sobre as montanhas, louco e repudiado, murmurando coisas sem nexo, tendo como companhia apenas as pequenas flores que cria, mesmo sem saber. E seus olhos viram os olhos dela, e eles o encheram de luz. Amor, sua alma sussurrou. Observou seu coração, e ali também estava, e sabia o quanto amor e ódio eram a mesma coisa, um sentimento de mesma intensidade.

Com cuidado e paixão tomou suas mãos, os olhos suaves e doloridos nos olhos dela.

- Amor, Allenda...

O rosto dela parou, os olhos vasculhando os dele, tentando entender o que ele falara. Algo se alterara em Uivo, ela percebeu claramente, como parece ter acontecido com Tenebe, porque agora ele estava com a cabeça erguida, atento a Uivo.

> Eu vejo você, Allenda, e agora entendo como você dá paz ao demônio que sou. O amor faz isso – sussurrou. – Eu estava tentando enfrentar, vencer essa natureza. Mas, não é isso, não é assim que ele se aquieta e se prende em alguma flor do caminho.

- Se lutar contra essa sua natureza só a fará crescer – ela falou, os olhos agora luminosos presos nos dele, as mãos apertando com carinho as dele entre as suas. – Amor e respeito, de sua parte, pela sua face escura...

Tenebe, maravilhado com o que ouvira, virou-se para Adanu, que assistia tudo em paz, mostrando um sorriso pequeno e abandonado no rosto.

Respeito e amor, Uivo cismou com dor, ainda podendo sentir o prazer terrível do demônio ao se alimentar do medo e horror daqueles que destruía.

> Me contaram que você estava novamente se alimentando da energia escura. Não pode fazer isso, Uivo – ela gemeu, ansiosa para que ele entendesse isso.

- Eu entendo, Allenda, realmente eu entendo. E, tenho certeza, que ele sabe que para ser forte não precisará mais do medo e da dor. Sei que ele encontrou algo bem mais forte. Você, Allenda, é a armadilha de fogo que trago no meu peito, para abrandar a escuridão, para aplacar a dor e o medo. Você, minha luz, apenas reforça o que sou.

Allenda respirou fundo e forçado, o seu coração batendo forte.

- O que você disse, agora, é o início da compreensão, mas continuam como são, apenas palavras. A grande verdade aqui, Uivo, é que eu não posso e não aceito ser a sua fraqueza. Eu tenho que ser a sua força...

- E como pretende...

A fúria com que ela atacou foi surpreendente. A adaga em brasa atingiu seu lado. Pego de surpresa o pumacaya assomou num átimo.

- Puxa vida. Mas, ela é doida... – reclamou Adanu tomado de irritação dando um tapa sonoro em sua perna.

- Ai, ai... – gemeu Tenebe desconsolado.

– Mas, por que ela não para com isso? É por diversão, Tenebe? – Adanu perguntou totalmente desconsolado.

- Tem que ter algo de diversão nisso sim, sem dúvida – sussurrou assombrado, se ajeitando para o lado quando os três bruxos que vieram com Uivo se sentaram ao lado deles, atentos à luta dos dois.

- É sempre assim? É assim eu eles mostram que se amam? – riu a mulher mais velha. – Ah, meu nome é Canvas, e sou uma bruxa – se apresentou ainda sorridente. – E esta é a minha filha, Trília e este é o meu filho Túnis. Trília é a mais nova – apresentou, sem tirar os olhos do que se desenrolava um pouco à frente.

- Anaquera e caipora? – perguntou Tenebe.

- Anaquera e flor-do-fogo – respondeu Canvas, a voz distante, admirando o combate dos dois. – A parte do meu filho é caipora – sorriu.

- Prazer – Túnis respondeu com lentidão, meio aéreo, também atento à Allenda e à Uivo.

- O prazer é nosso – Trília respondeu do mesmo modo disperso, um sorriso pendurado no rosto.

Com interesse viram Allenda ser suspensa no ar antes de ser rudemente lançada para longe.

Adanu e os outros se mostraram ainda mais preocupados.

- Tenebe, as sombras estão também no pumacaya. Acho que foi isso que a Allenda viu – Adanu gemeu, todos sentando-se novamente. – O demônio avançou um passo...

- Observem – avisou Trília. – Não deixem seus olhos enganarem vocês.

Tenebe observou a garota, um sorriso no rosto. Então se voltou novamente para a contenda.

Uivo se esquivou das setas disparadas pela flor-do-mato momentos antes de ser atingido duramente por Allenda, que avançou ligeira. Com um poderoso soco Allenda o empurrou violentamente contra o chão.

Uivo se virou e a lançou no ar.

Nem bem ela tocara no solo já estava em pé. Com uma fúria desmedida ela incendiou uma pesada tora de madeira e a atirou contra ele. O impacto foi violento e ele sentiu o golpe, o pelo se crestando enquanto permanecia embaixo da madeira em chamas. Abanando com violência a cabeça apoiou as mãos no tronco e o impulsionou para longe. Com um salto ergueu-se no momento exato em que Allenda se aproximava veloz. Num movimento simples esquivou-se do golpe flamejante se agachando, ao mesmo tempo em que passava por trás dela e, ignorando a dor, agarrou seu pescoço por inteiro e o apertou, enquanto a outra mão apoiava-se em sua coluna e enfiava as garras em sua cintura.

- Uiiiii... – Trília gemeu, como se tivesse sido ela a atingida.

Allenda se debateu com ferocidade. Com um movimento determinado e fulminante tomou uma de suas flechas e a enfiou em seu braço. Ele urrou de surpresa e dor e a soltou.

- Nossa... Isso é bom demais... – sorriu Túnis. Adanu o observou, e abanou a cabeça um pouco desconsolado com a juventude.

- Você não é o demônio, você não é isso... – Allenda xingou, se apoiando nas pernas e se preparando para novo embate.

- E demônios não são pessoas? – ele perguntou com um riso malicioso no rosto.

- São, mas não você. Ninguém sabe o que você é de verdade, e aposto que nem mesmo você sabe. Mas eu sei que você não é o demônio que acredita ser.

- Está errada... Eu sei quem sou. Gostar ou não disso, sou eu que decido.

Com um safanão quebrou a flecha e se preparou para atacá-la. Ela se posicionou para aguentar o contra-ataque.

- Quando envolve a mim também, essa decisão também é minha – vociferou.

Em silêncio ouviram passos sobre as folhas do caminho. Quietos, os dois aguardaram por Ybynété, que olhou os dois com indiferença e um certo divertimento.

- Vocês ainda vão se matar. Pelo Trovão... Não são mais curumins para ficarem se divertindo assim – brincou entre sorrisos, se afastando na direção dos outros que o olhavam espantados.

Allenda ficou meio sem-graça, relembrando os modos divertidos de Ybynété.

- Hum, sabe... Não quero mais lutar contra você e acho...

Uivo não conseguiu terminar de falar. Das quatro setas disparadas em sequência duas atingiram seu ombro. Por entre a dor a viu disparando contra si, os olhos vidrados, totalmente concentrada.

Aproveitando-se da confusão de Uivo Allenda o atingiu rudemente no estômago, mandando-o contra uma grossa árvore.

Com um galeio brusco Uivo se levantou e retirou as setas, os olhos duros postos nos de Allenda.

- Não sou seu inimigo...

- Você acha que não, demônio. É inimigo do que espero... Então, enquanto não se controlar será meu inimigo – falou avançando novamente contra o pumacaya.

Allenda viu o movimento de Uivo para bloqueá-la. Com uma ginga rápida escorregou de joelhos em sua direção e girou no chão, uma seta cravando na coxa de Uivo. Assim que se alçou por trás dele, pegou outra seta, buscando cravar no ombro do oponente.

Mas a ponta atingiu algo estranho, uma neblina espessa que parecia uma couraça.

Nesse momento até mesmo os três bruxos, que estavam tranquilos, se tornaram mais atentos e preocupados. Eles bem sabiam o perigo daquele demônio.

O grito morreu na garganta de Allenda quando se sentiu presa em sombras, que pareciam dispostas a dar cabo de sua vida.

Inflamando-se com violência conseguiu esticar um braço e atingir a lateral de Uivo, que a lançou longe.

Allenda observou com desdém os ferimentos de garra em seu flanco.

Sem aviso correu na direção do demônio, que a colheu no ar e a prensou contra uma parede de rochas. Allenda se remexeu, tentando se libertar, mas quanto mais ela se esforçava mais era prensada, e a dor aumentava. À frente os olhos vermelhos envoltos em neblina cinza encaravam-na curioso.

- Aí está você, demônio. Você é o meu Uivo, você está me ouvindo? Você não precisa de dor, você não precisa de medo. Olhe o Uivo, e sinta-se feliz por ser ele. Você não precisa de nada mais – gritou rápida, a voz cheia de esperança por finalmente sentir que podia tocar o demônio.

- Eu sei quem você é. Eu vejo você, flor-do-mato – todos ouviram aquela sentença reboando naquela voz estranha e cavernosa. Mas, todos também viam que não havia ódio ou raiva ali, mas apenas reconhecimento. - Você venceu – o demônio capitulou, soltando-a com suavidade, um sorriso triste e abandonado na cara de sombras. – Faça o que pretende... – falou naquela voz grave e solitária, que parecia ecoar dentro de uma caverna profunda.

Allenda sorriu, a mão buscando uma nova seta.

Com movimentos lentos tirou-a da aljava e a pressionou no pescoço de Uivo, agora um pumacaya, que apenas a olhava, em paz, tranquilo.

Allenda titubeou, os olhos presos nos dele. E então viu o nefelin, um puma e um demônio suave, todos os três juntos e mesclados, os olhos gentis observando-a de volta. Ele não lutaria, soube, nem mesmo pela sua vida. E saber disso a confundiu e fez a dor no peito aumentar, juntamente com uma esperança que fez seu coração se tornar maior.

Bem devagar voltou com a seta para a aljava.

O silêncio era grande, a brisa tocando suave as folhas das árvores e o alto capim além.

Ybynété se refestelou no chão, mascando uma haste de capim, mantendo os dois sob um tranquilo e divertido olhar.

- Deixe o meu Uivo em paz, demônio, ou seja ele, como quero que seja, completo como ele é, com ou sem a minha presença – falou num fio de voz. – Eu respeito você, eu também vejo você.

- Não pode exigir que eu aceite a vida sem você, Allenda...

Allenda sentiu seu coração ficar imenso. Ali, na sua frente, Uivo não era mais só o Uivo. Ali estava o nefelin, o pumacaya e o próprio demônio, misturados. E havia amor em todos aqueles olhos.

Tomada de alegria se abraçou forte nele, sentindo sombras gentis roçando em sua pele, uma garra tocando suave em seu rosto, e a respiração suave de Uivo.

- Eu sei, Uivo, eu sei.... Mas precisamos aprender isso, eu e você. Não podemos aceitar nos destruir se o outro não estiver ao lado...

Uivo afastou o rosto um pouco e a olhou com suavidade.

- Ainda estou aprendendo, Allenda.

Allenda sentiu um nó na garganta. Realmente estava pedindo algo a ele, exigindo dele algo que ela não faria para si. Mas que outra forma tinha para protegê-lo dele mesmo? Comparada a ele ela era como uma neblina na serra, enquanto ele era a própria serra. A fragilidade dela gritava que o maior risco era dele, e não dela. Então, ele tinha que aprender a se defender, até mesmo da falta dela.

- Eu preciso de você, Uivo. Nefelin, pumacaya, demônio, não importa. Enquanto você não se fortalecer me deixará fraca.

Foi então que Uivo olhou para seu braço. As garras, o braço, o demônio, todos se revolvendo como se fosse uma pintura movediça.

Sorriu, voltando a ser apenas Uivo.

- Deixemos o tempo ao tempo. Cada dia um novo dia. Não queira me ensinar a viver sem você. Dê paz ao demônio que sou, e então ele poderá se mostrar. Eu sou ele, Allenda, e você é a força e a energia que o refaz e renova. Sabe, ele não é dependente de você, e nem mesmo eu sou; então, não há por que se sentir responsável por mim. Eu faço o meu caminho. Você, Allenda, é feita de todas as cores que o Trovão usa para pintar o meu caminho e que tem a magia de sussurrar em mim que tudo vai ficar bem. Confie... – se despediu afastando-se colina abaixo, pelo caminho de onde tinha vindo.

Allenda ficou ali parada, abandonada, cismando, olhando as sombras se alongando pelos caminhos que o seu demônio tomava. Em paz desejou uma luz intensa em suas trilhas.

Allenda se virou e sorriu por entre a sua tristeza para o pai que os vigiava de longe, da beira do acampamento, vendo que os outros da comitiva retornavam para o acampamento, acompanhados de um silencioso humano e três bruxos, que pareciam estar muito à vontade com eles.

Como se estivesse cansada demais caminhou até Adanu. Sorriu com carinho e abraçou o pai com força.

- Ah, pai... - gemeu. – Não sei o que fazer para ajudá-lo a vencer isso.

- Pois eu vi... – Adanu afagou com carinho demorado o ombro da filha. – Eu vi tudo o que ele é se manifestando, em paz. E eu vi também que ele estava como demônio quando se entregou a você - falou com um sorriso nos lábios, enquanto levantava o rosto da filha. - Tenho certeza de que ele vai vencer o demônio, como a mãe dele venceu um dia. Você vai ver... Mas, filha, acha que instigando seu lado ruim o ajudará?

- Não há outra forma, pai. Quando o demônio o toma é o momento certo para ajudá-lo. Eu preciso estar ao lado dele quando o demônio tentar tomá-lo...

- É muito arriscado... – sofreu, agradecendo a presença de ArrancaToco e FuraTerra

- Eu aceito isso, pai... Preciso... De que outro jeito a vida terá sentido? – perguntou, se apertando mais em Adanu. – Eu quero o meu Uivo comigo – sussurrou, a voz baixinha e sentida, sentindo o carinho dos dois queixadas e do pai, que pensavam os seus ferimentos.

O ROSTO NO CAOS

*Por seus olhos, ao longe ficam dias
vazios e tristes, incapazes do ato de se
iluminar e criar.*

Allenda olhou preocupada para o grupo. Havia aquela tensão que tentavam disfarçar, e ela bem sabia a sua causa.

Sorriu para a garota Trília. Estavam tão bem adaptados ao danush que parecia que ela e sua família sempre fizeram parte do grupo, o que era um alívio, visto os perigos que sempre ficavam rondando-os.

Allenda viu a menina dar um sorriso tranquilo, logo voltando às suas práticas mágicas.

Num arranque se levantou e ficou um pouco distante.

Em silêncio sentou-se numa pedra de pequena altura e depositou as varetas que colhera logo cedo ao seu lado. Concentrada se pôs a confeccionar várias setas. Nem levantou os olhos ao ouvir os sons de passos vindo em sua direção.

Sabia que era Uivo.

- Sei que não pediu para se unir a nós, e que foi Adanu que abriu de vez a comitiva[2] para você – foi logo dizendo, porque sabia que ele temia alguma reação negativa por parte dela.

---

[2] Por essa ocasião, sobre as montanhas, o danush de Adanu era composto pela mãe-da-mata Itanauara, pela flor-do-mato Allenda, pelo saci Ybytu, pelo bestiário Dhorn, pelo anaquera PisaManso, pelo mapinguari Ybynété, pelo puma escuro Uivo, pelos magos flor-de-fogo Trília, anaquera Túnis e flor-de-fogo Canvas, pelo tatun Legião, atandé Axouara, cainamé PedraVelha, ello-escuro Archabarr (chicote do trovão), caipora AchaDeLenha e a sedenerá Atanua.

- E se eu tivesse pedido? – perguntou se sentando ao seu lado.

- Eu teria sido contra.

- Eu sei que sim, e não estaria errada. Mas, confesso que me sinto mal com sua rejeição.

- Está muito enganado, Uivo. Temos nossas desavenças, nossos desencontros, como também sei a intensidade o que sinto por você, dentro meu coração. Só o que acontece é que não gosto de ter medo.

- Eu também não, Allenda. E, como você, eu também sei o que está em meu coração. Por isso, não queira me manter longe, temendo que se algo acontecer com você eu me descontrole e me perca. Seria a sua ausência o que me colocaria em risco, e não a ver em perigo.

- Estamos no meio de uma guerra terrível, Uivo – ela gemeu, rabiscando o chão com um pedaço de vareta. – A possibilidade de uma ausência é algo que tem que ser colocado na equação.

- Allenda, sei que te deixo com receio, que não confia em mim. E, você tem razão. Como posso querer isso de você, de vocês, se eu mesmo tenho essa desconfiança em mim? – falou, a voz baixa, quase sussurrada. - Sabe, Allenda, às vezes eu acho que deveria tentar me afastar de vez, até conseguir a paz com o meu demônio. Vejo o mal que lhe faço. Eu fico observando a força do mal em mim, e por enquanto está tudo bem.... Mas, se algum dia eu perceber que...

- O que fará? – perguntou quase em um murmúrio, a mão pausada sobre a seta.

____

- Talvez realmente eu devesse me afastar, e assim te permitir ter a paz que procura.

- Por que pensa Assim, Uivo? – perguntou, os cenhos franzidos, parando de vez o que vinha fazendo.

- Eu sinto a dor que toma o seu coração, quando pensa em mim, quando está comigo. Onde está a sua leveza de antes, os sorrisos? Eu os tirei de você e não dei outra coisa em troca além de dor.

Allenda sentiu uma pontada no peito. Havia dor nele, espalhada nos olhos dele, arraigada em seu rosto, nos ombros caídos.

Com um grande suspiro deixou as varetas de lado e se voltou para Uivo.

- Você mesmo disse, Uivo: seria a sua ausência que me colocaria em risco – sorriu. - Você tem que se acertar com seu demônio, Uivo. Queremos confiar em você, precisamos de você – falou, a voz suave como a brisa da manhã. – Preciso de você - sussurrou. – Você diz que só me traz dor, mas sei que isso é momentâneo. Você é a minha força, é o que minha alma saiu para buscar pelo mundo, o que só descobri há alguns dias.

Uivo a olhou, e o carinho era tão intenso que Allenda sorriu, a felicidade boiando em seu rosto e em suas tatus.

- Ah, Allenda, não é fácil, mas eu vou conseguir, por você. As sombras não são só medo, ela é esquecimento. Eu tenho que me forçar a lembrar de lembrar da minha luta, e de rever e descobrir novamente as coisas que já descobri. Por isso, o que disse para a comitiva confirmo só para você: não vou me juntar a vocês, não agora, não enquanto eu não estiver pronto. Vou estar ao lado, mas vou me manter afastado. Mais próximo ou mais afastado, dependendo do meu estado. Não vou arriscar vocês... Não posso e não aceito arriscar você...

Allenda levantou os olhos e o encarou. Havia sinceridade em seus olhos, ela viu.

- Você, Uivo, já me salvou em inúmeras ocasiões...

- E te ataquei em inúmeras outras – riu baixinho. – Você também me salvou vezes sem conta.

- Também, nos dois casos – riu por sua vez. – Só que essa situação de demônio é... muito perigosa. Você se torna outra pessoa quando se podera em demônio. Ele não pode assumir, não tem como, porque, no final de tudo, ele é só uma forma de você ser, Uivo. Sei que é fácil falar, que não estou em sua batalha, mas não me deixe fora dela, por favor...

- Ah, mas você não está fora, Allenda. Eu estou aprendendo, e você é o trunfo que tenho para avançar.

- Tente mais, Uivo. Encontre um ponto de apoio, algo de que possa se lembrar quando estiver como demônio, algo que seja como um sol – falou ela, a energia na voz, tomada de brilho.

- É assim que age em seus momentos extremos?

- Sim... Minha mãe me ensinou isso, há muitos e muitos anos.

- Ela realmente era uma manira sábia – sussurrou pensativo.

- Sim, era... – falou saudosa. – Encontre algo assim.

- Isso é fácil – falou pensativo, como se estivesse se lembrando de algo. – Da última vez, quando fui atacado pelo demônio, pensei em risos e dias alegres e luminosos.

- E funcionou? – perguntou, as sobrancelhas se estreitando, atenta às feições do outro.

- Um pouco, sim. Mas foi num rosto que me concentrei, no meio do caos, que não me deixou afundar...

Allenda baixou o rosto, o coração pesado.

- Ela deve ser muito bonita... Elliara, Jádina ou a juguena LuaNegra, ou até mesmo a bruxinha? – perguntou num sussurro dolorido.

- LuaEscura, é o nome da juguena. Mas, não é ela. Somos amigos, só isso. Nem tampouco as outras que mencionou. É uma outra pessoa. E sim, ela é o ser mais belo que já vi. E que alma... – suspirou.

- Que bom... Fixe nela então. Ela pode te salvar – falou, a voz tornando-se, contra sua vontade, um pouco mais dura.

Uivo sentiu o coração aos pulos. Num impulso simples se levantou.

Ele sorriu quando ela levantou os olhos para ele, olhos duros e magoados.

- Obrigado, Allenda.

- E pelo que, nefelin? Não te disse nada demais...

- Agradeço pelas suas palavras sim, mas mais ainda pelo seu rosto, apesar de sempre estar tão séria. A sua imagem me dá força e mantém minha sanidade na loucura contra a qual venho lutando, e me diz que vale a pena tentar cada vez com mais força. É seu o rosto que uso para voltar da escuridão. Eu amo você, Allenda, com toda a força do meu coração – sussurrou mais baixinho.

Sem qualquer palavra ele sorriu, os olhos examinando cada linha de seu rosto.

Allenda ficou extática com as palavras dele. Não conseguiu dizer nada. Apenas sentia seu coração parar, as palavras dele se repetindo sem cessar. Ela queria impedi-lo de ir embora, mas não tinha como reagir. Sua mente estava em curto, remoendo aquelas palavras, aquele rosto, aquele sorriso.

Quando conseguiu reagir estava sozinha, olhando para o céu azul. Baixou depressa os olhos, procurando, vasculhando as árvores e os matos, mas estava sozinha.

Feliz se levantou, esquecendo até mesmo o que fazia ali.

Ao se virar deu de cara com Tenebe, Canvas e Adanu, mais à frente, sentados sob um abricó de macaco, satisfeitos.

Sem se dar por vencida caminhou na direção dos três, que sorriram felizes.

- Então agora são três, é isso? – sorriu feliz.

- Quanto mais, melhor, não é, Allenda? – Canvas sorriu gentil.

- Salvando almas perdidas, menina? – brincou Tenebe.

- Essa alma ali sei que ela salvou – riu Adanu.

- Nem vem, vocês. Nós só estávamos conversando... – falou se sentando entre eles, o coração leve e luminoso.

- Éééé... – Tenebe sorriu. – Esse sorriso é magnífico – falou com suavidade. - Já terminou de fabricar as setas?

Allenda balançou a cabeça, voltando sua atenção para as pedras onde estivera sentada.

- Vou voltar lá depois, para terminar – sorriu, os olhos passeando pelas montanhas além.

- Tudo vai se ajeitar, Allenda. O destino é exigente, mas é fiel com as almas de valor – falou Canvas com um belo sorriso para ela, enquanto apertava carinhosamente seu braço.

- Vê isso como bruxa? – perguntou toda atenção, ignorando o sorriso bobo dos outros dois.

- Não, minha menina. Vejo isso como alguém que viveu muito, muito tempo. Vejo o coração de vocês. Vai dar tudo certo.

- Mas o demônio dele...

- O demônio dele ... – ela repetiu, parecendo se perder em pensamentos. – Você está errada, menina Allenda... Ele não é do demônio, como o demônio não é dele. Ele é..., apenas ele... Quando o conhecemos ele poderia ter nos matado, como poderia ter matado a muitos outros mais. Mas o demônio dele é ele, possui o coração dele. Um ser com um coração como aquele acho que deveria ser chamado de algum outro nome, e não de demônio.

MEDO DO DEMÔNIO NÃO DESPODERAR

Há um lugar escuro aqui dentro, que ensaio tocar, mas que termino por recuar. Me perder, desaparecer, como se nunca tivesse existido. Tudo o que vejo e toco não é real. Apenas meu espírito e dos que vivem o são, e não sei o que somos.

Allenda tirou os olhos de Uivo, que caminhava ao seu lado. Sentindo o peso no coração, pela tristeza que via na face de Uivo, deixou sua atenção para as montanhas distantes, onde uma chuva pesada caía, escondendo as montanhas atrás de uma parede branca que avançava lentamente por todo o lugar. Cheirou o ar, sentiu o ar. Havia aquela brisa fria, havia aquele frescor que a tudo envolvia. Sorriu, antevendo o momento que tanto adorava, o momento em que o tamborilar das gotas encheria tudo.

Suspirou profundamente, trazendo sua atenção para aquele que andava ao seu lado, para aquele que enchia seu coração. Como gostaria de tirar o peso que o via carregando, ou ao menos, repartir o fardo com ele. Mas, sabia que era impossível, que só lhe restava estar ao lado, sempre.

- Eles perguntam, e é natural que se perguntem, Uivo. Afinal, você é um demônio, mas parece que está se segurando. Há algo que te impede, Uivo?

Uivo suspirou demorado, os olhos passeando na face de Allenda. Suspirou novamente, parando no caminho.

> Eu o vejo pensativo, ultimamente, e tenso, principalmente quando estamos em uma batalha. O que está acontecendo, Uivo?

- É que... Medo, Allenda. Medo, só isso...

- Que medo? – perguntou, a estranheza se estampando como uma máscara em seu rosto.

- Sinto que, quando estou poderado como demônio, ele não deseja ir embora.

- Você um dia me disse que ele não é uma entidade separada, que ele é você.

- Achei que sim.... Mas, ele resiste como alguém que não quer ser esquecido, como alguém que não quer morrer – sorriu triste. – É como se ele quisesse permanecer...

- Então, você teme que não possa despoderar?

- Sim...

Allenda se aproximou e pegou nos braços de Uivo, os olhos sérios encarando o nefelin.

- Sua natureza não é a maldade do demônio, Uivo. Você é um pumacaya e um demônio. Aposto que, quando se poderou pela primeira vez em pumacaya você se assustou, não?

- Na verdade, não. Acho que sempre me poderava, desde pequeno.

Allenda sorriu, soltando os braços de Uivo.

- Confio em você, Uivo. Você vai aprender a confiar também. O demônio é você, ele sempre esteve dentro de você, ele sempre foi você. Não há o que recear. Ele não é um ente encostado em sua alma, separado e aguardando uma oportunidade; ele é você.

- Sim... – falou mostrando um pouco de desânimo. – Sabe, Allenda, é estranho... Muitas coisas lembro e reforço, mas o quando sou demônio, as coisas ficam um pouco confusas – disse.

- Energia diferente, só isso. Quando se harmonizar, tenho certeza de que conseguirá se manter estável.

- Sim, você está certa, Allenda – suspirou.

- Vai dar certo, meu querido.... Então, vai mesmo se afastar um pouco da comitiva?

- Sim, vou...

- Não é pelo seu receio, não é? – perguntou olhando fundo nos olhos de Uivo, a desconfiança se mostrando em seu rosto.

- Um pouco sim, mas não determinante. Eu vou mais para o Oeste. Por aqui está tudo tranquilo, e deve permanecer assim por algum tempo. Há um pequeno grupo de coloridos atacando cidades e aldeias. Vou ajudá-los...

- Ficará fora muito tempo?

- Não, acho que não. Talvez só uns dois ou três dias...

- Está bem.... Mas não demore muito. Sentirei saudades, até do demônio – sorriu, o que levantou um nível de atenção em Uivo. Havia divertimento naquele sorriso.

- Isso é uma baita novidade... Saudades do demônio?

- Claro que sim... – sorriu maliciosa. – Sabe que eu acho o demônio muito sexy? Sabia? – sorriu mais uma vez, enquanto girava nos calcanhares.

- Ora, essa é nova – falou Uivo com voz de reclamão, observando-a divertido.

- É sério... Aquelas fumacinhas, aquela voz grossa... – riu feliz. - Vou ver como estão as coisas no acampamento. Não demore muito, está bem? – falou se voltando e sorrindo. Então girou novamente e tomou o rumo da comitiva.

Uivo balançou a cabeça, feliz, vendo Allenda se afastar.

Então, lentamente, se poderou em demônio. A energia parecia uma corrente girando dentro de seu corpo. Com cuidado diminuiu a influência sobre os lados, protegendo as plantas e os animais de sua presença. Gostou disso e ficou satisfeito. Aumentou um pouco mais a energia, o vermelho valsante, o ódio sob controle, a raiva medonha, o desejo de destruir. Respirou fundo e alterou sua frequência, e se sentiu bem, imerso em uma paz cheia de poder. Lentamente trouxe a raiva e o ódio, o desprezo e a indiferença, e os examinou profundamente, vendo que eram apenas sentimentos, atrasados, instintivos. Suavizou novamente as ondas que se batiam dentro de seu cérebro.

Então se colocou como observador de si mesmo.

Devagar, como demônio se adiantou para dentro da floresta, tentando se acostumar com o demônio que era. À frente sentou-se numa pedra, os olhos vasculhando ao redor. Levantou os olhos acima das copas das árvores. Havia o céu azul, nuvens que passavam preguiçosas; havia o sol límpido e suave, a paz em todos os lugares que olhava. Sentiu o ar, e viu que a chuva estava se desviando para o sudoeste. Sorriu, imaginando que Allenda já devia ter percebido que a chuva mudara de rumo.

Bem suavemente se elevou, subindo acima das copas, sentindo o sol e o vento.

Os montes foram se nivelando, as florestas dominantes esverdeando o mundo em diferentes matizes quanto mais se elevava. Raramente, no horizonte que se expandia, surgia alguma clareira. Subiu um pouco mais, até ver os campos de Unan, uma pradaria imensa relvada de um verde claro em meio ao verde escuro das florestas.

Um urubu se assustou, fazendo um movimento brusco para se esquivar, confuso por encontrar alguém tão alto no céu.

Uivo percebeu que a térmica devia ter falhado em algum momento, porque a ave mostrava sinais de cansaço. Estendeu um braço na direção dela, e ela foi se aproximando lentamente, percebendo o que lhe era oferecido. Com maestria pousou no braço, as garras se fechando no pulso de Uivo.

Uivo estendeu suaves plumas de energia e acariciou o urubu, que girou a cara e o observou por algum tempo. Por vários e vários minutos ficaram juntos, até que a ave cantou alto em despedida, e deu um galeio para o vazio.

Uivo sorriu, vendo que a ave se emparelhava com ele, enquanto ia em direção ao oeste.

Uivo riu satisfeito.

- Obrigado, meu amigo – falou para ave que, após dar um trinado suave, se afastou, subindo em uma térmica e tomando a direção do norte.

Uivo pensou em subir mais, mas resolveu que já era suficiente. Sua cabeça começava a latejar, denunciando que sua energia caía rapidamente

De repente sua atenção foi chamada por movimento no chão distante. Era um grande grupo de caiporas e sacis, verificou. E eles estavam se preparando para dar combate a alguns thianahus que avançavam na direção deles. Ainda levaria algum tempo para que se encontrassem, previu.

Quando estava em meia altura percebeu o momento em que eles o viram, e que paravam, observando-o com atenção.

Com tranquilidade passou por eles, e desceu bem à frente, entre os thianahus e as pessoas. Aquele era um bom lugar para esperar – sorriu.

> Que bom... Eu estou bem, eu estou bem – sussurrou para si mesmo, tomando de um salto um imenso e grosso galho, onde se acomodou. - Mas, conseguirei me manter assim numa batalha? Como me comportarei como demônio quando a raiva e o desprezo pela vida se insinuarem, quando eu estiver frente a frente com a maldade disponível como um alimento? A energia me falta quando sou demônio no total, e por isso dreno tanta energia. Como resolver isso, sem desmaiar ou me destruir?

Inspirou profundamente, sondando ao redor. A paz daquele lugar era tocante. Suspirou, triste por saber que logo aquela paz seria destruída.

- Existe energia em tudo, porque tudo é energia – pensou. – Então, deve ter alguma forma de suprir a energia que o demônio precisa sem que eu tenha que tomá-la do que vive.

> Allenda – suspirou. – Amor, a maior força do universo... Os olhos que vi, os sorrisos, os carinhos, as falas gentis, os abraços. Como me lembrar disso quando estiver como demônio?

Então sons de caminhantes foram se avolumando e crescendo, se dirigindo para onde estava. Quando o primeiro caipora surgiu Uivo se poderou como pumacaya e saltou da árvore, a postura tranquila, aguardando.

Eram perto de vinte guerreiros, entre caiporas e sacis. Eles foram se aproximando e perfilando à sua frente.

- Ora, e quem é você? – perguntou um caipora corpulento se adiantando curioso, saltando de seu queixada.

- Um amigo, apenas – sorriu. – Meu nome é Uivo, e sou um pumacaya.

O chefe do grupo o examinou com interesse, e estendeu sua energia até ele.

- E é algo mais, não é mesmo, meu amigo?

- Sim, algo mais – Uivo manteve o sorriso.

- Era você o demônio que passou sobre nós, no céu, não era?

- Sim, fui eu mesmo.

- Que espécie de demônio é você?

- Apenas um demônio e um puma. Um danatuá...

- Que bom, meu amigo. Meu nome é Ungal, e estamos indo para contra um grupo que está vindo contra nós.

- Ouvi falar sobre vocês, que rondam essas terras, cuidando de sua proteção – falou cumprimentando a todos, que lhe retribuíram com sorrisos. - Se eu puder ajudar...

- Claro que sim... E todos nós aqui também já ouvimos falar de você, o puma das sombras. Então, que tal nos divertirmos um pouco? – sorriu.

- Sem dúvida – falou se voltando para o outro lado do caminho, onde sons estranhos de sombras e mantas e pés pesados sobre a terra começaram a ser ouvidos.

AMAR A DOR

Eu conheço a dor, inquieta, torturadora, que machuca a alma. Ver e não ter; ouvir, e saber que não existimos. Eu conheço essa dor.

Allenda sentiu a terra tremer e sumir sob seus pés. Uivo se aproximava. De soslaio viu que Adanu puxava Tenebe e se afastavam. Isso não importava. Todos seus sentidos estavam postos em Uivo, mesmo que não o olhasse diretamente.

Assim que Uivo estava bem próximo Allenda o encarou, os olhos tranquilos, a face levemente avermelhada, as tatuagens um pouco denunciadas.

- E como foi no Oeste? – perguntou assim que ele parou à sua frente. No rosto dele via um sorriso ingênuo, abandonado, bonito de se ver.

Allenda inspirou com prazer.

- Foi muito bom. Encontrei uma companhia de caiporas e sacis, e juntos conseguimos dar cabo de alguns invasores – contou. – Mas há mais invasores surgindo, rondando por aqui por perto. Então, vou partir novamente – avisou. – Eu só queria confirmar como... como todos estão... e...

- É, ... Todos estão bem... Quero dizer, acho que estão – falou, se esforçando em parecer um pouco normal.

- Ah, que bom... – falou, trocando a perna de apoio, os braços meio que abandonados.

- Sim, isso é bom... – sorriu, adorando vê-lo procurar alguma justificativa para ter vindo vê-la.

- E você? Quero dizer, você vai ficar bem?

- Ah, eu??? Hã... Sim... Eu...

Allenda se calou e se apressou até ele, se aconchegando em Uivo quando ele a puxou. Aninhada ali se esqueceu, se deixou esquecer de tudo, e pouca importância deu aos sorrisos dos amigos e do pai, que os observavam agora sem disfarces. Eles estavam felizes, percebeu, e seu coração se encheu.

Por um bom tempo ficaram assim, esquecidos de qualquer coisa. Então Uivo afastou o rosto, e seus olhos eram os mais bonitos que já vira.

Uivo a observou com cuidado, o coração espremido, a alma espalhada, ensolarada.

> Sabe que ainda temos um longo caminho pela frente, não sabe? – Allenda falou, os olhos agora sérios encarando-o.

- Claro que sim – confirmou se afastando, examinando-a com carinho. – Vamos juntos por esse caminho, Allenda, e tudo vai ficar bem – sorriu satisfeito.

- Vi você subindo no céu como demônio quando estava indo para o oeste. Como foi com ele? – perguntou.

- Bem, ... Eu estou progredindo. Acho! Ao menos eu consegui algum controle sobre a raiva que ele traz junto, com a raiva de que é feito. Amor, lembra? O rosto... – sorriu satisfeito. – Estou cheio de armas.

Allenda não teve como não rir.

- Ah, tomara, Uivo. Eu...

Allenda parou, sondando o horizonte, tal como Uivo.

- Sentiu? - perguntou Uivo.

- Sim... São dois, e parecem estranhos. Não os reconheço – falou, percebendo que toda a comitiva já havia sentido as presenças deles.

- Também não, e eles não estão fazendo força para se esconderem. Vou ver o que são.

- Vou com você...

- Prefiro que não, Allenda – recusou com carinho. - Essa região é muito estranha, diferente. É melhor que a comitiva continue junta. Além do mais, esses dois não parecem inimigos. E nem sabemos se procuram por nós. Não dá para saber se estão apenas curiosos ou se pretendem pedir para se unir à comitiva. Apenas vou olhar.

- Está bem, Uivo. Que o Trovão caminhe ao seu lado - desejou ela. – Akindará, Uivo.

Uivo apenas sorriu. Com suavidade passou os dedos pelo seu rosto.

Então a puxou, num beijo longo que fez seu coração pulsar mais forte.

Afastou o rosto do dela, a felicidade brilhando em todo seu ser.

Tomado de um pouco de pressa a soltou e se virou para a comitiva, já totalmente pumacaya.

- Vou verificar quem são – falou para eles, partindo rapidamente, a vontade posta no horizonte.

- E que o trovão te agracie com vitórias sobre seu demônio – Allenda desejou baixinho para o vulto que sumia dentro da floresta, se aconchegando no braço de seu pai que a abraçava carinhoso.

QUASE ME PERDI

Como todos, me perco e me encontro.
Apenas temo errar o caminho, e ficar
longo tempo perdido. Como estarão os
que agora prezo quando voltar a me
encontrar?

Enquanto se dirigia para verificar os seres de estranhos poderes que se aproximavam, Uivo acabou encontrando um pequeno ajuntamento de sombras numa parte escura da floresta.

Em silêncio desceu, se ocultando. Enquanto pensava sobre como iria proceder com aqueles demônios, às suas costas ouviu como um guincho de aviso.

Sorriu, sabendo que tinha sido descoberto.

À frente e aos lados apenas destruição. Nada sobrara ali daquela companhia de invasores. Sombras, mantas e coloridos estavam pelo chão ou pendurados nos galhos das árvores, também muitas delas destruídas. O chão se mostrava enegrecido em vários pontos.

Foi então que viu um pequeno movimento ao lado. Alguém tinha sobrevivido.

Uivo se aproximou do grande sombra que se debatia em intensa agonia no chão. Com cuidado examinou todos os outros corpos, conferindo que apenas aquele ainda vivia.

- Por pouco tempo – ouviu com grande prazer sua voz cheia de escuridão.

Com desprezo o ergueu e o segurou frente aos seus olhos maldosos. Então aspirou o terror que havia nele. Com intenso prazer evitou que ele morresse, segurando sua alma naquele corpo arruinado. Entrou com algumas farpas em seu corpo e em sua cabeça.

A energia que trazia para si não era apenas energia, mas alimento, escuro, denso, encorpado, que parecia fazer vibrar todo o seu corpo.

Com prazer seguiu a energia fluindo para dentro de si. Era uma energia plástica, parecida com eletricidade. Com prazer ela percorria cada musculo, cada nervo, cada célula, a tudo revigorando. Com estranheza, quando se fixou mais nela, viu que ela era dura e parecia ter vontade própria, como se fosse dirigida por alguma outra entidade que não ele. Ela cada vez mais exigia sua atenção, sua proximidade.

Foi nesse momento que Uivo sentiu o terror crescendo dentro de sua alma. Como se pudesse ver algumas formas através de um vento espesso demais, se esforçou em fazer frente àquela energia, se maldizendo por ter se permitido esquecer os riscos que existiam ao se deixar mergulhar na escuridão.

Subitamente gemeu em agonia. Tomado de urgência terminou de destruir o sombra, julgando que a energia dele o estava afundando com violência para dentro da escuridão.

Caiu dos metros em que flutuava, o joelho se cravando no chão, as mãos e todo o lado do corpo como farpas negras e longas se fincando no solo pedregoso, se afundando metros terra abaixo, todo seu ser sendo percorrido por um tremor enojado.

O mundo se tomou de outras formas, mais densas e mais frias, mais escuras. Havia uma vontade nesse mundo, e toda ela era contra a sua própria vontade. Todos os seres que podia sentir e tudo o que existia pareciam conspirar contra si.

O mundo tinha se modificado, se tornado mais frio e inóspito. No uivo do vento rápido que agora varria aquelas paragens podia ouvir claramente lamentos e rosnados, e vozes irritadas e risos enlouquecidos.

A fúria se revolveu dentro de sua alma.

Tomado de desespero tentou se despoderar do demônio que estava. Foi então que percebeu que o demônio estava ali, e ele resistia porque estava se julgando uma personalidade.

Uivo se rebelou, forçando sua consciência para cima. A risada que ouviu em sua alma trouxe um frio terrível para o seu mundo.

- Não!!! – gritou para o demônio que surgiu à sua frente, naquela estranha dimensão.

Ele era mais escuro que o cinza pesado que a tudo pintava. Algo rescendia dele, como um odor de algo mofado, um suor envelhecido e terra lamacenta. Era um demônio em forma humana, e a bocarra imensa que exibia mostrava toda a satisfação que o tomava.

- Não? Você não pode resistir. Sua fraqueza é nojenta demais.

- Não sou escuridão, não sou sombra, não sou demônio – enraiveceu-se, as garras cravando-se no chão escuro.

- Isso é assim porque nem isso você é. Você é só um idiota - zombou. – Mas isso vai acabar. Essa sua face é fraca demais e não merece estar nos cuidados da consciência.

- Sabe que isso não será possível, nunca – falou, uma energia renovada correndo pelo seu corpo.

O demônio o atingiu com violência, derrubando-o contra o chão daquele estranho lugar. Com horror viu que o chão começava a se deformar, como se estivesse se arrumando para ser piche.

Então inspirou fundo, lembrando-se de tudo o que Tenebe havia lhe contado anteriormente sobre esse mundo dos sonhos.

- A vontade cria – falou para si.

À princípio a sua voz se denunciou fraca e insegura, porém se fortaleceu ao perceber que o chão, sob sua mão direita, se tornara subitamente mais densa. Então cresceu sua vontade, que cresceu quando o piso amolecido se fortaleceu e terra menos escura se mostrou.

Com força puxou as suas farpas do solo e, com imenso esforço, as recolheu.

Desconsiderou todos os gritos e maldições que ouvia, desconsiderou toda a dor e sensação de abandono que sentia, desconsiderou toda a mágoa por sentir-se desvalorizado e esquecido.

> Você está errado, demônio que sou. Olhe! – falou, os dentes rilhados, trazendo do fundo de sua alma o rosto que tanta força lhe dava.

O grito ecoou para longe, revolvendo a estranha e densa escuridão.

- Ela é sua fraqueza e vai te destruir. Ela não se importa conosco, ela só quer nos usar para sua guerra – gritou o demônio arfando, os olhos presos nos seus.

- Se engana sobre ela, demônio, tal como se engana sobre a força que a escuridão possui. Mas, ainda mais, se engana quanto à sua face, que sou eu.

Foi então que se lembrou de algo que Allenda lhe dissera. Com cuidado sondou o demônio, e sorriu, a verdade tocando-o profundamente.

O rosto efervescente e irado que via à sua frente era o seu próprio rosto. Agora não apenas via, mas sentia a verdade do que era.

> Você e eu somos um só, e amo cada parte minha. Esteja em paz, para que estejamos em paz. A luz é a senhora do tempo...

Então, como quando a alma se liberta, a escuridão se foi numa explosão suave de luz envolta no som de um suave suspiro, que se espalhou e desfez aquele mundo.

Uivo caiu de joelhos no chão, a respiração complicada, a dor socando seu cérebro.

Todo seu corpo tremia pelo esforço. Com muita lentidão olhou para sua mão, e após para os braços e para as pernas, e viu com satisfação que estava despoderado do demônio que tentara tomar o que era.

Olhou ao redor, e sorriu ao conferir que havia deixado o mundo sombrio.

> Você não vai me vencer, demônio, porque isso seria derrotar a si mesmo. Você não vai prevalecer, porque isso é impossível.

Com um gemido se ergueu, olhando com prazer o mundo, que agora se mostrava como um novo mundo.

Talvez fosse uma ilusão, mas o via com mais cor e mais nitidez. E havia promessas, canções de que poderia sim, vencer o que de escuro trazia dentro dele. E, lá no meio dessa canção suave apenas sentida, havia aquela voz, que insistia em lhe dizer que nunca estaria sozinho. Tentou prestar atenção nela, mas quando pensava que a enquadraria, ela simplesmente sumia. Então ele respirou suave e lento, e a conseguiu ouvir novamente, como se fosse num canto plácido de sua alma.

Inspirou lentamente, sentindo que se fortalecia. Com um intenso prazer sorriu para o mundo renovado.

Medriel recolheu a espada azul para dentro da pequena bainha.

- Fique de olho nele – falou para o grande anjo ao seu lado. – Por alguns segundos ele se esqueceu que o demônio não existe como um indivíduo separado – lamentou. – Ele esquece e se lembra, para se esquecer novamente. Qualquer perigo, devo ser chamado – disse se afastando, preocupado com o fato de o demônio ter quase se tornado o Uivo.

NOVOS AMIGOS

As escolhas mais importantes não são feitas por nós, somente. Como se pode deixar o tempo e o vento sob uma só vontade?

Uivo encolheu-se, ocultando-se mais, os olhos fixos no que se desenrolava à frente.

Aquele ser era diferente, e o que sentia por ele era diferente também. Esse se parecia com um demônio, mas era mais cinza, com jeitos mais suaves. Ele não destilava maldade como um manta ou um sombra. Parecia um demônio manta, mas era bem menor e mais claro. E havia aquele ser, um ellos, que caminhava ao seu lado. Uivo sorriu intrigado: eles pareciam estar de bom humor, um rindo do outro.

Com curiosidade viu que eles tomavam um caminho que os levaria a interceptar a comitiva de Adanu.

Devagar se adiantou no caminho e ficou em total silêncio na encosta de um monte arborizado, aguardando que eles se pusessem ao seu alcance.

Não queria machucá-los, mas apenas avaliar suas reações e suas intenções.

Quando eles estavam bem abaixo saltou, tão silencioso quanto o próprio ar.

Sentiu o espanto da criatura voadora quando seu peso o atingiu e suas garras entraram um mínimo, apenas o suficiente para ficar agarrado em seus lados, montando-o como um animal bravio, sem que o machucasse.

Se preparava para forçá-lo contra o chão quando algo o atingiu. Foi como uma pancada violenta demais, estranhamente dentro do seu cérebro. Seu corpo todo fraquejou enquanto sua mente parecia queimar.

Forçou mais os músculos, projetando suas garras mais para fora, procurando enfraquecer a criatura o mais rápido possível para, então, colocar sua atenção sobre o que quer que o estivesse atacando.

A urgência aumentou ao perceber que o mundo parecia estar ficando pesado e o mal-estar parecia crescer rapidamente em sua mente. Tomado de preocupação percebeu que só tinha mais alguns segundos antes que seu corpo desmoronasse.

No desespero reviu em segundos as técnicas para se proteger de um ataque como aquele, mas algo o bloqueava. Então tentou se poderar em demônio, mas viu com horror que não poderia. Algo o impedia.

Tinha que ser o outro, pressentiu enquanto o mal-estar aumentava e ameaçava fazê-lo perder a noção do que estava acontecendo. Tinha sido confiante demais, se recriminou. Já ouvira falar sobre pessoas com poderes de atacar a mente dos outros. O outro só podia ser um potaraobi.

Apenas o ar sibilando, os braços soltos, um baque surdo por todo o corpo; foi tudo o que restou em sua mente.

Ao abrir os olhos deu com a criatura de manta, flutuando alguns centímetros sobre ele, os olhos fixos, predadores. E havia alguém mais, ao lado da criatura. Tentou se virar, percebendo que seus músculos se recusavam a reagir. Nunca pensara que iria morrer assim.

- Não tema, não temos nenhum desejo de destruí-lo – acalmou o que estava próximo do demônio cinza, o que deveria ser o potaraobi.

Com um esforço supremo conseguiu virar um pouco o rosto. O ser que parecia ser um ellos estava em pé, ao lado da criatura que flutuava. Era um sujeito forte e esguio, de modos joviais.

> Sou BraçoDePedra, e este é meu amigo, RoupaSuja. E ele não é um demônio, como supôs e como sua aparência leva a crer. Viu, RoupaSuja? Sua aparência, eu avisei – riu do outro. – E, como não percebeu, ele é um anjo – falou voltando-se novamente para ele. – Um caído, mas um anjo ainda... – riu observando RoupaSuja. – Mas, não brigue com ele, voando por aí com essa roupinha suja. Tá, sei que essa aparência dele ainda vai nos causar muitos problemas, mas, fazer o que, né? – repreendeu jogando uma pedrinha sobre o anjo, que fingiu não ter visto isso. – Ele não quer trocar de roupa... – riu.

Vendo o espanto que atingiu o ser dominado ele sorriu.

> É isso mesmo, meu caro, você atacou um anjo.

E nem bem ouviu isso o que quer que o prendia desapareceu de súbito.

Toda a força que fazia finalmente explodiu, e num salto para o lado ele estava de pé, sob os olhos cuidadosos do anjo.

- Como posso saber se não é uma armadilha?

- Nós o matamos, oncinha?

- Não me matar pode ser parte da armadilha – falou sem tirar a atenção dos seus captores.

- Ora, isso é curioso... Para que te enganar para te matar? Era só te matar... Ara, deixa de ser bobo. O que a gente ia pretender com você? Usar sua pele de onça, talvez? – perguntou, os olhos postos no anjo. – Ara... E acho que você já sabe o que sou, não é mesmo?

- Desconfio.

- É mesmo? Então vamos deixar assim, héim? – sorriu o nefelin recuando até a borda do declive. - RoupaSuja, que tal irmos? – sugeriu. – Esse rapaz não precisa mais da nossa ajuda para não se meter em confusão.

- Acho que ainda não! – retrucou RoupaSuja se aproximando de Uivo.

Uivo o olhou com atenção, aceitando a tranquilidade que sentia, pois não via maldade naquele ser. Lentamente suas garras recuaram para dentro das almofadas e ele se despoderou.

> Esse não é um nefelin comum – avisou o anjo.

- Ah, isso eu sei. Eu travei a mente dele – riu o nefelin.

- Não, não é só isso. Você não foi fundo o suficiente. Ele é também um demônio. E um demônio que há muito, muito tempo eu não via. É um demônio raro... Na verdade, ele é um dahrar...

- Dahrar eu já ouvi. Mas não sou demônio!!! – Uivo reclamou.

- Não desejar não o impede de ser... Na verdade, você é um demônio dahrar - reforçou.

- Meu nome é Uivo, e sou um pumacaya.

- Hummm, interessante isso... – o nefelin se aproximou, observando Uivo com mais cuidado.

- E quanto a você? – falou se dirigindo para BraçoDePedra. - Como conseguiu isso, de me travar daquela forma?

- Você imaginou quem sou, mas não sabe o que imaginou, é isso? – sorriu maldoso. - Sou um mentat, como desconfiou – sorriu. - Sua mente estava exposta. Acreditou que o nosso amigo aqui seria muito fácil – sorriu. – Um conselho: precisa aprender a manter a sua mente protegida.

- Eu achei que já estava preparado, mas descobri que ainda não. Gostaria que me mostrasse como... – falou, observando RoupaSuja que o examinava com nítido interesse.

Sob seus olhos, subitamente RoupaSuja ficou mais atento, com sua atenção se voltando para o Noroeste. Havia uma preocupação intensa agora em sua face.

> Ele não está sozinho – gritou para o vento, no momento em que foi atingido com dureza.

Uivo nem teve tempo para tentar impedir o ataque, tal a fúria que o nefelin, o anjo e a visitante se bateram.

- Parem... – Uivo gritou o mais alto que pode.

O anjo pareceu crescer quando atacou a criatura de sombras, que atingira com extrema dureza o nefelin.

O ar parecia ter se tornando elétrico, e Uivo viu que tinha muito pouco tempo antes que algum deles fosse gravemente ferido.

Tomando-se de meio poderamento como demônio caiu entre eles no exato momento em que a energia subia perigosamente.

- LuaEscura, não... – o demônio gritou naquele seu tom estranho de voz. – Eles são amigos...

Tudo ficou em silêncio, a energia crepitando a todo o redor.

RoupaSuja foi o primeiro que diminuiu sua energia, e logo após BraçoDePedra. Ainda tensos ficaram observando o demônio, e o quanto ele estava incomodado por não poder ir contra eles.

Então, subitamente, a juguena também diminuiu seu poder.

- Uaaauuu... – BraçoDePedra suspirou, vendo as formas femininas de LuaEscura se denunciando nas escuras neblinas que se revolviam.

- Ai, ai, esse menino tem um problema. Não ligue não, moça, ele não pode ver uma mulher bonita.

Uivo não pode deixar de sorrir, se despoderando, ainda mais ao ver como LuaEscura havia gostado do elogio.

- E você é cheio de surpresas, héim, Uivo? Uma amiga juguena...

- Concordo com vocês – ela disse se despoderando um pouco mais, porém mantendo suas neblinas mais adensadas. Devagar se aproximou pelo lado de Uivo, ainda mantendo os olhos desconfiados nos outros dois.

- Essa, meus amigos, é minha amiga juguena LuaEscura. Esses são BraçoDePedra e RoupaSuja – apresentou. – Ele é um anjo, e o BraçoDePedra é um...

- Simples nefelin, um mentat – se adiantou BraçoDePedra, um sorriso maroto no rosto.

- Sei – LuaEscura zombou. – Eu era pequena, naqueles dias em que vocês foram criados, e ainda era pequena quando se tornaram perigosos para os seus criadores, vocês, nefelins estranhos.

- Adoro seu senso de humor. E quanto a você, você não é o que pensei para uma juguena... – estranhou BraçoDePedra.

- Somos poucos e somos muito arredios. O medo que causamos passou a nos alimentar e a manter os inimigos um pouco longe.

- Muito interessante...

Subitamente LuaEscura se revolveu, crescendo perigosamente, sua atenção totalmente posta em BraçoDePedra.

BraçoDePedra rapidamente levantou as mãos em sinal de paz, enquanto Uivo olhava com estranheza para RoupaSuja, que parecia zombar do outro.

- LuaEscura – ele falou, - desculpe essa cabeça vazia e curiosa. Não há vontade dele em te confrontar.

O silêncio estava pesado ali, e ficou assim por mais alguns segundos. Então LuaEscura, ainda mantendo sob discreta atenção o nefelin, se acalmou.

- Fique longe da minha mente, nefelin. Te aviso para seu próprio bem – alertou.

- É, está certo. Vou fazer isso, LuaEscura – aceitou, sob o olhar divertido de Uivo e RoupaSuja.

– Então, o que os move, para onde estão indo, o que procuram? – quis saber RoupaSuja.

- Eu os pressenti. Como estavam tomando um caminho que vai interceptar a comitiva de uns amigos, vim ver se seriam algum perigo – contou Uivo.

- Se eu fosse, você teria falhado, héim Uivo? – BraçoDePedra falou com um sorriso zombeteiro.

Uivo observou o nefelin com cuidado.

É, você está certo. Mas, tem alguém que sabe se proteger de você. Logo vou estar preparado – falou passando os olhos por LuaEscura.

- Vai ser um prazer, Uivo – LuaEscura concordou. – Eu estou mesmo precisando de um pouco de ação – falou a juguena.

- Por falar nisso, estava me seguindo, LuaEscura? – Uivo estranhou.

- Ora, isso porque você parece sempre saber onde a ação está acontecendo. Sempre consegue arrumar uma confusão.

- Ah, isso nós tivemos uma amostra agora há pouco, né RoupaSuja?

- Há uma guerra se insinuando no mundo – Uivo falou.

- Hummm... E você fica à margem do grupo que o teme e onde alguns o desprezam, como um vigia silencioso... – brincou o potaraobi. – É aquele grupo com que se preocupa, RoupaSuja... – falou direto para o anjo.

- Não me desprezam... Apenas estão confusos comigo...

- Certo!!! Esperança... Esperança é algo bom para se ter – falou o anjo se afastando um pouco. – Essa comitiva é um grupo bem interessante.

- A namorada dele está lá – espetou LuaEscura, um sorriso maldoso no rosto, dirigido para os dois.

- Nossa, além de linda, ainda tem humor. Que juguena é você?

- Uma juguena comum...

- Que bom, LuaEscura – congratulou RoupaSuja. – Você ainda está um pouquinho tensa, mas estou maravilhado.

A juguena olhou para RoupaSuja, e fez uma pequena mesura.

- Estão pensando em se unir com eles? – Uivo perguntou.

- Ah, não... Nossos caminhos vão passar perto, mas não temos intenção de nos juntarmos a eles. E quanto a vocês? Mais tranquilos quanto a nós? – perguntou BraçoDePedra com um sorriso no canto dos lábios.

- Bem, eu não sabia que LuaEscura estava por perto, o que é uma grata surpresa, minha amiga. E sim, quanto a mim estou mais tranquilo – Uivo confirmou.

- Então já não acha que somos um risco para o seu grupo? – BraçoDePedra insistiu, sondando a cara de Uivo.

- Não, risco nenhum... - sorriu.

- Ora, você viu, RoupaSuja? Ele está debochando de nós...

- De você, não de mim... Eu sou o próprio perigo em pessoa.

- É, pode ser - riu. - Bem, o que acham de se juntarem a nós, ao menos por um tempo? – ofereceu BraçoDePedra sob o olhar divertido de RoupaSuja. – O anjinho aqui não gosta muito de solidão – cutucou.

- É, acho que será bom. Por enquanto, gostaria sim da companhia de vocês, se permitirem. O que acha, LuaEscura?

- Só estava de passagem, Uivo. Vou mais para Sul e...

- Vai ser ótimo ter a sua companhia, LuaEscura. E até mesmo a comitiva está curiosa com você. Pode ser um pouco difícil no começo, mas é só ter paciência. Eles são guerreiros de valor, você vai ver. Que tal? Vem conosco... – Uivo repetiu o convite.

LuaEscura parou, os olhos indecisos em Uivo. Então, por fim, a neblina que era pareceu se mover bem mais suavemente.

- Vai ser bom... – RoupaSuja reforçou o pedido de Uivo.

- Como sabe? – riu. – Mas, está bem. Está bem então – cedeu.

- Bom demais – saboreou Uivo, fazendo uma mesura para o anjo, que retribuiu com um movimento do manto. Uivo o observou por alguns segundos, o que não passou despercebido a BraçoDePedra.

- Ah, lá vem. Não disse? Ele está prestes a fazer a velha pergunta, RoupaSuja – avisou BraçoDePedra, o que deixou Uivo um pouco confuso. – Vamos, faça a pergunta que está presa nessa sua cabeça, demônio esquisito - brincou.

– Eu achei que os anjos tivessem se humanizado na forma. Sabe, homens com asinhas...

- Viu? – BraçoDePedra riu, apontando as mãos com as palmas para cima para Uivo. – Vai lá, explica.

- Ora, e o que tem? Você me fez a mesma pergunta quando nos conhecemos, lembra? – riu. – E sim, eles fizeram isso, mudando suas formas para a dahen. Mas eu ainda estou um pouco resistente. Ter essa forma, numa guerra como essa, pode ser uma grande vantagem - falou, com o que uivo concordou.

- Mostre a eles – sugeriu BraçoDePedra com um sorriso pendurado nos olhos, vendo confusão e dúvidas em Uivo, sorrindo ao ver um pequeno interesse na juguena.

Sem aviso RoupaSuja se tornou negro de olhos vermelhos.

Uivo o examinou com tranquilidade e sorriu.

- A gente só percebe que não é demônio pela sua energia – falou a juguena.

- Nem tudo é perfeito – zombou BraçoDePedra.

- E você? – LuaEscura se dirigiu para BraçoDePedra. – Você é um... mentat desgarrado? Em missão?

- Como nossa amiga aqui quis falar, e como nosso amigo aqui descobriu antes de nos atacar, ele é realmente um potaraobi. E ele não está em alguma missão, mas apenas perdido – falou o anjo voltando à forma antiga.

- RoupaSuja...Podia deixar eles em dúvida, não podia? Como me revela assim?

- Ora, não vem não! Você me dedurou primeiro.

- Potaraobis... Vocês são difíceis de encontrar, até mesmo mais difíceis do que os de minha espécie – falou a juguena. – Tanto que muitos chegam até a acreditar que estão extintos.

- Ele está na sua frente. Então não, não foram extintos, infelizmente... Eles estão saindo de debaixo do mato e de debaixo da pedra com limo – sorriu o anjo.

Uivo observou com mais cuidado os três e riu. Seria bom partilhar o caminho com eles.

- Bem, e o que vocês estavam fazendo aqui?

- Apenas ajudando a limpar esses lados. Por um momento isso aqui ficou muito perigoso – revelou o potaraobi se aproximando.

- Eu sei, eu sei. E agora, como estão esses lugares, RoupaSuja? – perguntou Uivo para o anjo.

- Praticamente acabou por aqui. Tudo foi neutralizado. Podemos nos tranquilizar agora.

- Então, para onde estavam indo? – LuaEscura quis saber.

- Íamos para o Oeste – BraçoDePedra contou. - Então, agora, não era a nossa intenção, mas podemos, lá na frente, podemos virar mais um pouquinho para o Sul e chegar até a comitiva – falou.

- Acho interessante – Uivo concordou satisfeito.

De repente RoupaSuja se virou, um ar acusador na voz dirigida para o potaraobi.

- Você sabia dele, sabia que ele estava me emboscando... E ainda o ajudou, me distraindo...

- Eu??? – BraçoDePedra mostrava assombro. Então deu um largo sorriso. – Ah, está bem, eu acho que eu tinha sentido sim que alguém ia te atacar – debochou. – Mas achei que você, como super anjo, tivesse sentido também.

- Você estava, deliberadamente, me distraindo – insistiu na acusação.

- E como?

- Você estava dando espetadinhas em minha mente, tirando minha concentração.

- Ah, foi só um pouquinho, e bem rapidinho. E você merece, não merece? E confessa, foi divertido, não foi? – riu abertamente, para diversão de Uivo e LuaEscura, que finalmente relaxaram.

Era muito bom ter companheiros com quem dividir o caminho, ainda mais companheiros que tivessem humor e soubessem lutar.

De repente os quatro silenciaram, a atenção para o Sul. Os rostos ficaram mais sérios, quando se entreolharam.

Uivo fixou mais sua atenção para aqueles lados, o rosto tornando-se um pouco mais tenso.

- Por enquanto, eu preciso ir. Que tal, LuaEscura? Encontramos vocês lá... – falou para os dois.

- Por mim, tudo bem, Uivo. Vou com você sim... – ela aceitou, a atenção dela deixando-a um pouco mais tenso com o que sentia por aqueles lados.

- Que maravilha. Bem, sabem para onde estamos indo, e aguardo vocês, está bem? – falou Uivo para os dois, se preparando para partir.

- Ora, ora... A sua comitiva. Por que não vamos juntos, o que acha RoupaSuja? Para onde você vai parece ser bem mais interessante. LuaEscura tinha razão, você e confusão sempre pertinho.

- Eles estão com pressa, e podem chegar lá bem rápido. Você, meu caro, é muito lento – riu.

- O que querem dizer? – BraçoDePedra se preparou para reclamar.

- É que se nós nos poderarmos será meio complicado para você nos alcançar – LuaEscura zombou, os olhos pregados no potaraobi.

- Isso é brincadeira. Posso ser muito rápido se eu quiser. E aguento também muito tempo em grande velocidade. Fala para eles, RoupaSuja.

- Você é bem lento – riu RoupaSuja.

- Mas, sabe que talvez você esteja errada, LuaEscura? – Uivo interveio. – Contam que entre eles há diferentes graus de poder para deslocamento – falou, sua atenção se voltando para RoupaSuja. - Ainda mais se ele tiver alguma ajuda...

RoupaSuja sorriu, entendendo o que Uivo sugerira. BraçoDePedra também entendeu.

- Esperem. Não vai ser preciso...

Mas não houve tempo para terminar sua objeção. Nem bem começara a esboçar alguma reação RoupaSuja o colheu. Protegido dentro da capa de RoupaSuja BraçoDePedra acabou se resignando, ficando quieto enquanto a paisagem se deslocava em altíssima velocidade.

MONSTROS E MONSTROS

Consegue me contar o que te faz tremer?
Sério, o que teme quando a escuridão
cai?

I

Já haviam percorrido um grande caminho quando pararam sobre uma elevação. Ainda havia uma longa distância para vencerem, mas dali já conseguiam verificar com mais clareza o que estava acontecendo com a comitiva.

Uivo estendeu ao máximo seus sentidos, e o que teve como retorno encheu seu coração de apreensão.

- Há algo se adensando em torno deles. É um movimento de cerco pesado – descreveu BraçoDePedra com voz grave.

- Também sinto isso – concordou LuaEscura, sua escuridão se revolvendo levemente e se tornando levemente mais densa.

- É algo que colocou sua vontade contra eles – disse RoupaSuja. – Eles estão batalhando contra forças conjuradas. O cerco que os envolve é muito poderoso e mortal. Eles estão muito judiados – avaliou.

- Hum, hum... – resmungou Uivo, observando com preocupação o lugar.

Então percebeu quando as criaturas que atacavam a comitiva pareceram notarem suas presenças.

- Eles sabem de nós – BraçoDePedra captou das criaturas. – Eu senti intensa maldade neles, e um grande poder. Eles gostam da maldade que os toma.

Uivo sentiu a pressão suave da atenção deles, tentando entender quem eram eles. Pesaroso concordou com

BraçoDePedra. Havia uma maldade que se sentia feliz e arrogante neles. Assim, escondeu seus poderes, e sorriu ao perceber que os outros três faziam a mesma coisa.

- Eles não mostram disposição em abandonar a comitiva, mesmo com a aproximação de reforço – Uivo pensou alto.

- Na verdade, eles podem se sentir incentivados a terminar rapidamente com eles – avaliou LuaEscura.

– Éééé... A comitiva está encurralada. Ela estava sendo aguardada naquele lugar, porque era o lugar de passagem mais fácil naqueles lugares sofridos – BraçoDePedra disse após analisar os caminhos mais próximos daquele lugar.

- Sim – Uivo suspirou apreensivo.

Aquele era um lugar triste de ares pesarosos. Apesar de ser um vale de raso verde, não sentia vida por ali. Eles estavam em um vale largo que se estendia para longe. A entrada dele era ladeado por duas altas colinas baixas forradas de grandes árvores. A partir delas subiam montanhas de pedras, onde só pode encontrar víboras e animais peçonhentos. Havia muitas cavernas nas encostas pedregosas, mas parecia que o mal também estava nas entranhas das montanhas. O lugar onde estava a comitiva parecia ser um lugar meio fúnebre. O campo, junto às bases das montanhas, era cercado por uma mata rala, de árvores retorcidas e esgarçadas, que se estendia pouco acima em suas faces, que delimitada como uma linha, seguia nua para o alto.

Uivo sentiu um calor percorrer sua espinha.

Uivo examinou o ar e o sentido de urgência, tocando aquele claro sentido de perigo.

- Vamos um pouco ocultos – orientou retomando a corrida.

Com um movimento ligeiro tomou a direção da comitiva, sendo seguido de perto pelos outros. Iam em velocidade, observando todos os lados enquanto avançavam, medindo as forças que se fechavam sobre a comitiva.

Logo os sons de batalhas se fizeram ouvir, reboando pelas encostas e faces das montanhas. Eram urros e resmungos, e frases entoadas como uma conjuração escura. A energia que se revolvia mais à frente era confusa e escura.

De esguelha observou LuaEscura que parecia ter se tornado ainda mais escura, e viu que ela sentia o cheiro de perigo à frente. Ficou preocupado ao ver que ela parecia cada vez mais feliz quanto mais se aproximavam.

Uivo suspirou, observando seus outros novos e estranhos companheiros. Se não fosse a certeza do perigo que rondava a comitiva, tinha certeza de que riria. Para fora da capa de RoupaSuja apenas a cara de BraçoDePedra, que permanecia em silêncio. Uivo estranhou, sentindo no rosto dele que não estava nem aí, que carona era carona, ainda mais quando fazia o amigo trabalhar mais. Uivo balançou a cabeça, desconfiando que RoupaSuja sabia da malandragem do outro. Foi então que viu que os cabelos de BraçoDePedra e o rosto estavam estranhamente marcados por lambadas de galhos e folhas.

O momento era sério, mas não conseguiu não rir por dentro sobre os dois.

Novamente olhou para os três companheiros, e sorriu ante o destino. Era uma grande visão: os três em velocidade, os rostos postos à frente enquanto engoliam as distancias, os olhos afilados e preocupados por pessoas que ainda nem conheciam. Ainda não sabia o que poderia estar se preparando para ir contra a comitiva, mas agradecia o encontro com seres assim tão poderosos, que aceitaram encontrar a comitiva, e ajudar no que quer que estivesse para acontecer.

- Eu senti! – falou BraçoDePedra de dentro do manto de RoupaSuja, colocando o rosto para fora e sentindo a força do ar, que revolvia seus longos cabelos.

- O que sente? – perguntou, mantendo a corrida firme.

- Os que estão atacando a comitiva são realmente perigosos – o ouviu cismar. - Não sei, mas parece um poder antigo e feroz, enraivecido. Realmente, são estranhos. Eles têm muito poder – o ouviram sussurrar, atento no caminho à frente. – Já encontrou algo assim em suas caminhadas, LuaEscura? – perguntou para a juguena ao ver que ela parecia reconhecer o que estava à frente.

- Já... Esses são fantasmas, fantasmas de anjos enlouquecidos, de vigilantes enraivecidos. Mas eles não estão sozinhos. Sinto no meio deles também a presença de demônios.

- O negócio por lá vai ficar ainda mais feio. Também vejo seres coloridos e mantos e sombras se acercando deles. A comitiva sabe que está cercada – sofreu Uivo. – E você, RoupaSuja, já sentiu algo assim? – perguntou para o anjo, que se mostrava silencioso e um pouco tenso enquanto avançava.

- Sim, já senti... Esses fantasmas são muito, muito perigosos – sibilou RoupaSuja. - São como LuaEscura contou. Teremos que ter muito cuidado, se for o que penso que podem ser - alertou.

Então ele ficou em silêncio, atento, sentindo a escuridão se adensar pelos lados da comitiva.

- Eles agora realmente sabem de nós – alertou ao sentir uma alteração substancial na energia escura que envolvia a comitiva. – Temos que ir mais depressa - falou BraçoDePedra tomado de urgência. - Os fantasmas agora têm certeza de nossa presença, e estão tentando destruir de vez a comitiva - reforçou. - Seus amigos vão precisar de toda a ajuda que puderem - falou segurando-se com firmeza na borda da capa de RoupaSuja. – Vão na frente vocês dois – falou com a voz tensa para Uivo e LuaEscura. - Vão o mais rápido que puderem. E tem que ser agora, tem que ser bem rápido. Eles também se mostraram como são e estão se fechando sobre eles.

Tomado de urgência Uivo se poderou como demônio e se elevou sobre a floresta. Ele e LuaEscura iriam na frente, enquanto os outros dois iriam fazer uma curva para interceptar os coloridos.

Assim decididos Uivo se exigiu ainda mais.

Seu pensamento estava como que fixo, agora podendo sentir Allenda com clareza. Ela estava ferida e exausta.

Uivo soltou um gemido, que mais parecia um urro, acelerando ainda mais.

Já bem próximo sua alma gemeu, ao se dar conta de uma força estranha, tal como nunca havia sentido antes. Era um poder muito grande que estava ali, como se fosse uma barreira medonha, fria, úmida, cheia de solidão e maldade.

- Imagine uma esfera que o envolve. Imagine-a azul da cor do céu ou violeta. Nunca deixe de senti-la – gritou LuaEscura com urgência enquanto avançavam para a comitiva. – Ela irá proteger seu corpo, e principalmente a sua mente.

- Obrigado, LuaEscura – agradeceu, a voz grave do demônio vibrando no ar.

Então fez crescer uma aura escura que o envolvia, seguindo suas formas. Mas, de alguma forma, começou a sentir um estranho mal-estar. Então, enquanto avançavam foi tornando a aura escura cada vez mais clara, até que atingiu um cinza um pouco azulado, o que o deixou bem confortável.

- Isso vai servir muito bem, Uivo – congratulou LuaEscura. – Não é ideal, mas vai servir por enquanto. Apenas se mantenha firme nela, deixe-a ser seu escudo. Logo ela irá se tornar tão natural que você nem mesmo a perceberá – orientou.

Mais confiante Uivo sentiu o momento em que a barreira de seres estranhos surgiu à frente entre os dois montes, na grande charneca no meio da floresta, que se dirigia para dentro do vale.

- Vamos pelo chão – Uivo orientou, logo iniciando a descida. – Eles esperam que tentemos pelo ar. Há grande concentração deles no alto.

Sem parar os dois tocaram o solo e começaram uma alucinada corrida para a entrada da clareira, saltando e se esquivando de árvores, pedras e fendendo os matos.

Uivo suspirou quando viu a comitiva, pequenina ao longe, dentro do longo corredor vazio de árvores. Eles estavam cercados, e parecia que haviam levado uma boa surra.

Uivo e LuaEscura se preparavam para atacar essa barreira quando a sentiram se abrir.

Sem questionar a ultrapassaram.

II

A esperança parecia um item pesado para manter ao lado. Os fantasmas não iriam deixá-los sair dali com vida – Allenda viu. Devagar se virou para a comitiva. Alguns estavam bem machucados. Suspirou. Ela estava um pouco ao lado, isolada pelo último ataque, que a ferira dolorosamente. E os fantasmas não deixavam que os que estavam longe se juntassem aos outros.

Allenda suspirou mais pesadamente.

Em silêncio embalou com carinho o rosto visualizado de Uivo.

- Tendavar, meu querido Uivo... – se despediu do rosto que tanta falta lhe fazia, não vendo mais qualquer traço de esperança. - Que minha ausência não te perca, que sua vida seja cheia de realizações – suspirou para as nuvens estranhas que via sobre as copas da floresta, enquanto se preparava para rechaçar mais um ataque.

- Poderem-se e preparem-se para uma morte gloriosa – gritou Adanu aumentando as chamas.

Em resposta viu as energias de todos se elevando ao máximo que podiam sustentar em uma batalha. Bolhas de energia se mostraram nas mãos de Canvas e Túnis que estavam inflamados, enquanto Trília se incendiava a um ponto quase extremo. Ybynété se elevava em toda sua altura, os pelos sedosos e coloridos se batendo no vento que corria na campina. Adanu era como uma tocha enfraquecida, mas ainda assim perigosa.

Allenda suspirou, se inflamando, se sentindo um pouco mais reconfortada em sua dor ao sentir a energia se irradiando por todo o seu corpo.

Observou com carinho cada um dos Danatuás mais uma vez, como uma despedida.

Então se voltou para as formas sugeridas dos fantasmas, o corpo um pouco curvado para a frente, em claro desafio, os olhos em brasa sérios e compenetrados.

Mas, antes que atacassem, os mortos se viraram para o norte, parecendo atentos e curiosos.

Aproveitando o estranho momento de trégua todos correram para seus feridos. Itanauara cuidava da ferida de Adanu. Dana-dana pegou Allenda e a trouxe para o círculo e a pôs sob os cuidados de Ybynété, que esfregou vigorosamente as mãos uma na outra e as postou sobre suas feridas, enquanto os outros se mantinham atentos aos mortos, se fechando em torno feridos e dos cuidadores.

- Algo está vindo do Norte, e parece que os mortos estão deixando passar o que quer que vem.

- Adanu está certo! – concordou Itanauara sentindo o solo e as raízes. – São dois seres...

- Quem são? – perguntou Allenda arfando de dor.

- Parece que são demônios estranhos, que não entendo, e nem mesmo os mortos entendem.

Allenda se arrepiou. Se lutavam com os mortos, contra o que mais teriam que lutar?

- Devem ser eles que controlam esses mortos – vociferou.

- Não, não acho que seja isso – discordou Trília – Os mortos estão mais confusos que nós.

- Será??? - Allenda sorriu esperançosa e preocupada, os olhos se voltando para o norte.

De repente dois seres saíram em velocidade da floresta, e os olhos de todos se voltaram para lá. Allenda sentiu um baque no coração ao ver o terrível demônio avançando pelo vale, reconhecendo que um deles era Uivo se aproximando velozmente. Sua voz ficou travada na garganta, vendo a figura tão amada se aproximar depressa. Então viu a figura ao lado, grande, esguia, graciosa, envolta em uma neblina acinzentada. Na hora viu que só poderia ser LuaEscura, a juguena que um dia quase a matara e da qual Uivo se tornara amigo.

- Uivo? - Ybynété se assustou ao vê-lo parar de chofre à frente da comitiva, sombras suaves se revolvendo velozmente à sua volta. - Mas, ... Você não deveria ter vindo... – zangou, passando os olhos para a terrível criatura que viera com Uivo e que se postava ao lado da comitiva.

- Essa é LuaEscura, e ela é a minha amiga juguena – apresentou apressado, parando à frente de Allenda, enquanto se despoderava quase totalmente do demônio. – Como eu não tinha que vir, meus amigos? – falou emitindo um longo suspiro, elevando as mãos com carinho e segurando os ombros de Allenda, rapidamente encostando sua cabeça de suave neblina na dela, satisfeito por estar ali.

Todos, tomados de receio, cumprimentaram a juguena. LuaEscura apenas olhou de um em um rapidamente, os olhos se fixando na barreira fria que se fechava em torno deles.

- Não devia ter vindo, Uivo... – Allenda gemeu, tomando sua mão. – Não há como escapar daqui.

- Não vim sozinho, Allenda. Trouxe ajuda.

Allenda olhou para a juguena, que agora estava de costas para todos, observando a linha de fantasmas que os observavam após terem fechado a passagem por onde permitiram que os dois entrassem. Então a juguena se virou e se aproximou da comitiva, formando ao seu lado.

A juguena olhou para baixo, para Allenda, e sua neblina pareceu se enovelar com mais tranquilidade. Allenda, em silêncio, agradeceu o sinal de paz.

Elas não falaram nada, mas apenas ficaram ali, por algum tempo, mantendo os lados sob atenção.

- Isto aqui é uma armadilha - falou Dana-dana por fim.

- Deu para perceber. Como vocês estão? – Uivo perguntou após ter passado os olhos pelos feridos. - E onde está Immecole??? E Tenebe? – perguntou tomado de apreensão.

- Immecole está morto...

- Morto? - assustou-se, voltando-se para onde viera a voz. Adanu estava sentado, sua chama enfraquecida.

Seu corpo parecia muito judiado.

- Sim, morreu em batalha aqui mesmo – confirmou Adanu se levantando com a ajuda de Ybynété.

Uivo examinou Adanu rapidamente com mais atenção, e viu o quanto ele estava debilitado. Em respeito fez como se não tivesse reparado nisso.

- E Tenebe?

- Desaparecido! Não conseguimos passagem para procurá-lo. Ele foi lançado para aqueles lados com muita violência – Allenda apontou.

Uivo olhou para a beirada escura da floresta, vendo que algo mudava no ar. Não sabia o que era, mas sentia que havia um poder estranho ali, e que esse poder estava contra eles.

- Eu senti perigo e vim o mais rápido que pude e... Eles são as sombras dos mortos, é isso o que são? – perguntou se poderando em pumacaya sombrio.

– Essa floresta foi tomada pelos mortos, e os mortos não estão satisfeitos... Você veio e também entrou na armadilha deles – falou DenteDeAlho.

- São as almas enlouquecidas de anjos e demônios – esclareceu LuaEscura.

De repente, sem qualquer aviso, a atmosfera se tornou pesada e fria.

Uivo se fixou num ponto a tempo de ver alguns seres tomando forma à frente do grupo. Eles eram meio fantasmagóricos, irradiando uma suave aura âmbar esbranquiçada. Tinham o formato humano, mas pareciam ser muito mais que isso. Um dos seres flutuou à frente dos outros e se aproximou da comitiva.

- Você, eu vejo que é um juguena – o ser esverdeado reconheceu observando a face indiferente de LuaEscura. – E, quanto a você – falou se dirigindo para Uivo, - quem é você e o que quer, para escolher morrer aqui com os outros? – perguntou o fantasma estranhando ver um humano, numa forma de puma, envolto por uma leve penumbra de demônio.

- Quem é você e o que deseja para atacar aqueles que apenas pedem passagem? – Uivo devolveu.

- Eles são mortos, fantasmas que se alimentam dos que destroem... – explicou Dana-dana. – Eles não se importam com o que destroem.

- Não importa o que vocês sejam, ou julgam ser. Deixe-os ir... – Uivo ordenou olhando diretamente para o morto.

- Você acha que possui poder para nos dar ordem, para nos desafiar? – riu o morto, tornando-se mais aparente.

Num movimento súbito Uivo se poderou totalmente em pumacaya, mantendo o mesmo nível sombrio, e atacou. Seu golpe passou pelo fantasma e atingiu a árvore que estava logo atrás, o barulho de madeira destroçada ecoando para dentro da floresta. Com o ímpeto do ataque Uivo passou pelo fantasma, caindo de joelhos logo atrás.

Sob os olhares assustados de todos o fantasma se virou para Uivo que estava ajoelhado de costas para ele, e num átimo atingiu seus ombros e nuca com um terrível golpe que soou como uma avalanche ao longe.

Uivo se derrubou mais sobre os joelhos com a força do golpe do fantasma, sentindo como que lâminas perfurando seu corpo, infringindo uma dor quase insuportável. Quase sem pensar suas garras se envolveram em fuligem. Num giro furioso e rápido Uivo livrou-se do que o torturava e, voltando-se para trás, curvou a espinha com as garras voltadas para cima. Com prazer sentiu resistência nas garras ao atingir o fantasma de baixo para cima. O fantasma, surpreso, acusou o golpe e recuou apressado.

- Ora, ora... Um puma com poder de um demônio. Intrigante – reconheceu tomando-se de mais energia, uma neblina âmbar surgindo ao seu lado e de seu corpo fazendo parte.

Seu corpo se tornou mais luminoso e ele sorriu.

Uivo se levantou, controlando toda a dor que o dominava.

> Você não quer ser demônio, não é mesmo? Não merece o poder que tem. Você, pequeno e receoso demônio, não é suficiente para se dirigir a nós.

- Vocês não são merecedores do amor e da expectativa de Tupã para com vocês – falou Canvas entredentes.

- Tupã, criança, é um ser amaldiçoado que faz doer tudo o que um dia criou – sibilou com prazer. – Vocês logo vão descobrir isso... Por enquanto, um presente - sorriu com maldade, movendo o braço para indicar algo às suas costas.

Uivo pendeu a cabeça um pouco para o lado, e viu sair da floresta um fantasma imenso arrastando um homem como se fosse um trapo, que reconheceu ser Tenebe.

- Devolvam-no a nós e poderão seguir seus caminhos – falou Adanu, encarando o que estava mais próximo.

- Sim, claro! Nós o libertaremos.

Como se respondesse a um sinal combinado o gigante levantou o humano desfalecido e, com um volteio rápido, o lançou contra a comitiva.

Gritos enfurecidos e perplexos subiram da comitiva, enquanto Ybynété, num salto gigantesco, o tomou no ar antes que tocasse o chão, recuperando Tenebe com carinho. O chão tremeu quando ele impactou o solo no retorno. Rapidamente se virou e o trouxe com cuidado para junto dos outros.

De repente o frio aumentou e a energia subiu violentamente. Não houve tempo para se prepararem para o ataque violento que irrompeu.

Tudo pareceu cair, frio e insensível, sufocante, abrutalhado. Uivo sentiu os golpes, bem como cada um da comitiva.

Dana-dana atirou-se com violência contra um que se materializara demais e o empurrou com brutalidade contra o tronco grosso de um angico. O fantasma gritou de dor e, tomado de fúria, atingiu o coração de Dana-dana com um poder monstruoso, atravessando-o furiosamente. Dana-dana parou, os olhos perdidos num friso do céu. Ao rosto trouxe um sorriso enquanto ia desabando lentamente, até ficar de joelhos. Então sua cabeça pendeu e seu corpo atingiu o solo à frente.

A comitiva se arrepiou de dor, vendo o amigo tombar.

- Um a um, um a um irão morrer aqui... – riu o fantasma.

Allenda se virou no exato momento de ver LuaEscura se enovelar em nuvens escuras, esguias. Farpas explodiram de seus lados, atingindo dois dos mortos que, num giro leve, escaparam das farpas, um sorriso maldoso nas caras ambarinas.

Allenda ficou maravilhada quando um dos mortos caiu sobre a juguena. Ela, com um movimento majestoso apenas se virou e, colhendo o fantasma, o atirou para longe.

Uma esfera verde de energia que parecia crepitar o ar enquanto velozmente passava ao seu lado atingiu um fantasma que tentara se aproximar dela, lançando-o para trás.

Allenda se virou e agradeceu Trília e Túnis ao mesmo tempo que disparava duas setas de fogo, que fez recuar um que tentava atingir Canvas.

A comitiva arfou e se reagrupou novamente quando os fantasmas foram lentamente recuando.

Eles sabiam o que acontecia.

Os fantasmas atacavam com fúria alucinada até conseguirem matar um deles, como ondas raivosas que cresciam contra uma praia. Então se afastavam, como se para examinar toda sua glória e dar tempo para o medo aumentar no grupo. Eles se refestelavam nisso, até que tudo se desvanecesse. Então eles atacariam novamente, e novamente, até não sobrar mais ninguém.

Subitamente os fantasmas apenas fizeram uma linha de frente para eles, observando-os com desprezo.

- Vocês não são mortos deste mundo, nem mesmo desta floresta – observou Adanu tomado de ira, chamando atenção de um fantasma. – Quem são vocês?

- Por que a pessoa pensa assim? – perguntou ele se aproximando.

- São poderosos demais... Nada os pode confrontar. Se vivessem por aqui há muito tempo, todo esse mundo saberia de vocês.

- O que a pessoa pensa que somos?

- Agora, são apenas loucos – falou LuaEscura, sua voz parecendo alterar a frequência do próprio ar. – Sei que muitos de vocês já foram anjos, enquanto outros foram e continuam demônios...

Os outros da comitiva olharam incrédulos para LuaEscura. Era impossível que alguns daqueles seres aloucados fossem anjos, se diziam nos olhos. Era fácil perceber que isso era uma loucura.

- Você está enganada, demônio que se acredita com réstia de luz. Nunca fomos anjos, como nunca fomos demônios. Sempre fomos apenas um pensamento, alguém que foi e não é mais, alguém que pode destruir, e até mesmo tornar estéril o mundo que vocês teimam em criar e brincar de recriar.

- Vocês já foram anjos e demônios, isso é certo! - voltou, teimosa.

- Se fomos, o que o ser acha que somos agora? Se arrisque, ser...

- Apenas seres sem lugar, que se julgam no direito de destruir o que acham que não podem ser – cuspiu Uivo.

- E o que não podemos ser? – perguntou ameaçador aproximando-se perigosamente da face de Uivo.

- Vida...

O fantasma o examinou com cuidado, uma indecisão perigosa bamboleando entre a destruição e o desdém. Uivo sustentou o exame, ignorando a dor, ignorando a ameaça.

Por fim o fantasma amenizou o olhar e se afastou, pensativo.

- Algumas vezes uma verdade salva, como a mentira também, ou a ilusão. Não devem ter esperanças. Vocês invadiram nossas terras, porque se antes não eram, agora é aqui que estamos. Vocês, pessoas, podem partir, se quiserem. Os nefelins ficam aqui, pois aqui é o túmulo dos que permanecem.

Adanu, Ybynété, DenteDeAlho, Ybytu, Canvas e Itanauara se entreolharam.

Adanu pôs os olhos sobre Allenda e sorriu.

- Não deixamos ninguém para trás – falou Adanu empertigando-se.

- Então todos morrerão aqui, e de nada adiantará terem ficado, porque morrer é solitário; é um sempre ser deixado para trás....

- Não, não é aqui que morreremos – falou Uivo se preparando para mais um embate.

- E como o nefelin demônio acha que...

Não teve tempo para terminar. O puma, numa concussão seca, tomou-se de sombras densas. Havia ódio e prazer na dor, havia loucura e frieza amoral no ar que o envolvia.

Todos viram o perigo exposto, e rapidamente trataram de se afastar, exceto LuaEscura, que parecia tomada de felicidade ao se posicionar ao seu lado.

Os fantasmas sorriram e se concentraram nos dois demônios.

Uivo atacou o fantasma mais perto, que gritou de desespero ao sentir um esporão penetrando em seu ser.

Uivo forçou mais a espada de sombra em seu corpo amarelado, que pulsava errático.

Ele gritou ainda mais e se debateu ao sentir a espada penetrando mais fundo e girando em seu corpo aprisionado, sob os olhos desnorteados dos outros.

Dois se preparavam para se abater sobre Uivo quando LuaEscura os atingiu com uma terrível ferocidade. Ela girava e se desfazia, as farpas zunindo e atravessando as formas fazendo o ar todo vibrar em uma frequência estranha. Um grito medonho ecoou no ar quando várias farpas de LuaEscura atingiram um fantasma. Ele tremia involuntariamente enquanto a juguena parecia absorta em destruí-lo.

Foi então que Allenda notou algo que estava em um canto de sua atenção: tanto ela quanto Uivo estavam dando pulsos de luz nas espadas e farpas de sombras negras com que atacavam. Era isso que desnorteava e feria os mortos.

Uivo girou e bloqueou o avanço de dois fantasmas contra a juguena. Mas um deles passou e atingiu a juguena perto do ombro, o que a obrigou a deixar o fantasma que submetia e se virar contra o outro.

- Vamos!!! – gritou Adanu vendo uma brecha se abrir. - Essa não é uma guerra comum; é uma luta entre anjos loucos e demônios. Vamos para a borda da floresta e envolvê-los, e atacar aqueles que se tornarem mais concretos... Vamos – apressou, tomado de urgência.

Mas, antes que pudessem atingir a floresta, o grupo foi bloqueado. Dois fantasmas se preparavam para atacá-los quando algo os atingiu. Eles gemeram e se afastaram confusos, tentando entender de onde vinha o ataque.

Allenda olhou para onde estavam Uivo e LuaEscura, que continuavam a batalhar furiosamente com os fantasmas. Então, percebendo um movimento estranho pela esquerda, se virou no exato momento de ver um ellos passar correndo por eles, acompanhado por uma forma estranha que lembrava uma penugem branca como uma pluma de paina. Num movimento rápido o ser de pluma desceu na frente dos dois mortos mais próximos da comitiva, e lhes deu combate.

- Vejam – Allenda gritou para os seus, mostrando o caminho às costas do que haviam chegado. – Coloridos e mantas... Eles estavam sendo perseguidos...

- Matamos muitos deles, mas são muitos, e tínhamos que vir ajudar – o ellos gritou em resposta, correndo para passar ao lado de Allenda.

O ellos passou e olhou com admiração para Allenda. Ele a viu olhar para trás, procurando, até se fixar em Uivo.

BraçoDePedra sorriu, pois sentira em Uivo a necessidade que mostrava de estar ali, de proteger aquela incrível mulher. E ela sabia disso, via com clareza, em seus movimentos e em sua alma.

Com admiração a viu se virar. Mesmo ferida a viu se inflamar e ir contra os coloridos que avançavam.

OS ANJOS DA GUARDA

Dentro da escuridão sufocante que oprime e grita que não há salvação sempre há uma réstia de luz. É apenas a questão de aceitar e acreditar que ela está lá...

- *Que bom, que bom!* – BraçoDePedra sorriu passando os olhos por Allenda, que cuidava de Uivo em seu coração. – *Então, meus amigos, aqui a pacificação do demônio ou o seu levante perigoso e louco, se algo acontecer à menina.* – Pensou consigo. Com um olhar mostrou a menina para RoupaSuja, e viu que ele entendeu a importância dela para o amigo.

RoupaSuja atingiu duramente um dos mortos que bloqueava a comitiva enquanto paralisava um colorido que tentava barrar seu caminho.

O fantasma gemeu violentamente com o ataque sofrido e voltou para os seus, tal como o outro fizera.

Sem os dois fantasmas todos se voltaram para dar combate aos coloridos, que já estavam em cima deles.

Sem diminuir a velocidade BraçoDePedra girou e voltou, passando a espada curta no pescoço do colorido que havia paralisado, para surpresa da mãe-da-mata, que o olhava com admiração e confusão. Num salto e num giro veloz retalhou dois mantas que vinham contra eles.

- Os thianahus estão aqui para ajudar os anjos demônios – gritou Adanu em um apressado aviso. – Estão vindo pela floresta e querem nos empurrar novamente para os mortos. Eles estão se aproveitando dos demônios para trabalhar a nossa destruição.

- Eles estão vindo de dentro da floresta como uma parede na beira para nos impedir de escapar da ação dos fantasmas – DenteDeAlho gritou em alerta.

Apressadas, Itanauara e Allenda se adiantaram para junto de BraçoDePedra. Com força foram avançando irresistíveis, empurrando e destroçando os coloridos, abrindo espaço para a comitiva passar.

BraçoDePedra sorriu ao ver Uivo se virar e procurar a menina e logo sorrir tranquilizado, mesmo como demônio, ao ver que ela estava com eles.

Mas outros coloridos e alguns mantas surgiram e, com violência e arrogância foram obtendo algum sucesso em empurrá-los novamente para perto de onde a batalha com os fantasmas se desenrolava.

- Allenda, bruxinha... – Adanu gritou o aviso para elas ao ver um fantasma poderoso crescer por aqueles lados, após ter destruído um manta e alguns coloridos.

Allenda fez sinal de que tinha percebido a aproximação do inimigo. Com um sorriso olhou para o pai, os olhos calmos e tranquilos.

Adanu suspirou aliviado ao ver Allenda e Trília se inflamando e atirando uma sequência de flechas no fantasma.

Túnis rapidamente se aproximou delas totalmente poderado como um grande anaquera, tomado de ódio. Ao seu lado, como uma tocha viva, protegida por uma aura azulada, Canvas se formou, os quatro desferindo golpes e impedindo que os fantasmas se fechassem sobre eles.

Porém, de surpresa, dois fantasmas surgiram ao lado, atingindo Canvas e Túnis como um malho, lançando-os para longe, onde ficaram como desacordados, se mexendo como se estivessem em agonia.

Por alguns segundos mais que suficientes, Trília se perdeu na contemplação de sua família, o coração batendo dolorido, procurando ver se ainda estavam vivos.

Apesar do grito de alerta de Allenda, quando se voltou para encarar o fantasma era já tarde demais. Conjurando um poder de pura luz sustentou por poucos segundos o golpe dele, que desceu reto sobre sua cabeça.

Allenda, tomada de urgência, saltou toda incendiada. O fantasma se virou para encará-la, do que se aproveitou Trília para girar e escapar dele, porque seu poder estava em muito diminuído. O pontapé a pegou de raspão, mas foi o suficiente para lançá-la para longe, caindo ao lado de Itanauara, que tratou de puxá-la para o meio dos outros.

Ybynété tirou os olhos da jovem bruxa de fogo e procurou por Allenda, vendo preocupado que o fantasma, com um passar vigoroso de mão, a pegara e a lançara com violência no chão, perto de seus pés.

Allenda, bravamente se pôs de pé, apesar da dor que sentia se irradiar por todo o seu corpo.

O golpe a pegou de lado, empurrando-a com brutalidade novamente contra o solo. Allenda gemeu, sentindo que ali seria seu último momento. Segurando a dor ergueu o corpo sobre o cotovelo, encarando com desprezo o fantasma que iria destrui-la.

Como se de muito longe ouviu seu pai tentando se aproximar, gritando que tinham que tirá-la de lá, porque os mortos sabiam que através dela podiam atingir Uivo.

O golpe desceu, trazendo consigo uma sombra que fez a luz se ir. Um grito ecoou, mas não era o seu. Confusa, nem mesmo sentiu a dor denunciada ou a paz que se dizia que viria com a morte.

Desembaçando os olhos os focou, e o que viu a deixou confusa. Havia uma neblina espessa e grossa se revolvendo e pulsando com violência à sua volta, de onde se irradiavam veias vermelhas sanguíneas. Allenda tentou se levantar, mas a dor e o peso do ar a impediram.

Foi então que entendeu: fora Uivo que mergulhara entre ela e o fantasma e se fazia como uma concha protetora, dando ferrado combate ao fantasma.

Então, como uma explosão, ele a deixou, levando consigo o fantasma. A luz esverdeada da floresta voltou, bem como os sons e os cheiros.

Adanu estocou a flecha de fogo no olho do último manta que o atacava, que tremeu e se enrolou no ar com violência. Apressado recuou um passo e atirou mais duas flechas de fogo nele, conferindo que ele caia bem à direita.

- Filha, à sua direita – gritou Adanu tomado de urgência e horror, vendo dois grandes mantas se dirigindo apressados e destruidores para cima de Allenda.

Adanu, Trília e Itanauara fizeram zunir as flechas, que nada fizeram contra os demônios. Allenda pegou sua adaga, a respiração entrecortada, se virando para encarar os demônios.

Quando um dos demônios estava quase ao seu alcance Allenda adiantou a adaga, e sentiu como algo frio envolvendo seu pulso.

Levantou os olhos e viu aquela massa de neblina se elevando bem devagar, que reconheceu ser a juguena, levando consigo os dois mantas, que guinchavam tomados de revolta.

Allenda se voltou no momento exato de aparar o golpe do colorido. Com a respiração difícil estocou a perna do sujeito, que urrou de dor enquanto a faca se tomava de chamas.

Allenda sentiu que ficava zonza e que não ia aguentar mais tempo. Então o colorido caiu de joelhos à sua frente, os olhos maldosos presos nos seus.

Quando ele caiu Ybynété, carregando Tenebe, o chutou para longe, abrindo passagem para a comitiva que cercou Allenda.

- Venham, depressa – Itanauara gritou apressada, virando-se para a direita.

Canvas, tomada de urgência, elevou sua energia e fritou um colorido que se interpunha entre eles e a comitiva.

Túnis, com o punho tomado de diminutas faíscas roxas, atingiu um colorido, rasgando todo o seu lado direito e fazendo-o gritar e tombar para longe.

- Acho que não tem mais coloridos, nem mantas – falou Canvas assim que se juntaram à comitiva, a fala entrecortada, a respiração difícil.

- Mas ainda tem alguns demônios junto com os fantasmas – apontou Túnis, os olhos vasculhando ao redor com rapidez.

- Olhem aquilo – gritou DenteDeAlho, apontando para a batalha que se desenrolava além da orla da floresta, para dentro da campina.

A comitiva se voltou, e o que viu a deixou confusa e maravilhada: faíscas brancas como relâmpagos desciam e sumiam com os fantasmas, que gritavam raivosos antes de serem levados.

A batalha estava dura. BraçoDePedra, LuaEscura, RoupaSuja e Uivo se esforçavam em conter os fantasmas, porque não conseguiam destruí-los. A comitiva seguia todos os movimentos, todos os embates, e se preocupou com os seus.

- São anjos, são anjos – Adanu gritou eufórico, tomado de vida, apontando para as faíscas brancas.

- Vamos ter que voltar e ajudá-los – falou Ybytu, os olhos pregados na batalha.

- Não podemos deixar eles sozinhos lá – gritou Túnis em concordância, se preparando para avançar até onde a batalha se desenrolava.

- Não, não devemos, não podemos – Adanu gritou apressado. - Essa guerra é muito maior que nós – suspirou, a respiração difícil. – E, além disso, os anjos chegaram. Os nossos ficarão bem – tranquilizou.

Com dificuldade Allenda se levantou e examinou o que acontecia.

- Que visão – saboreou se recompondo.

- Nunca tinha visto algo assim... – falou Itanauara como que hipnotizada. – São anjos que chegam, e eles estão levando embora os fantasmas e os demônios – informou.

Canvas, Túnis e Ybytu, os mais dispostos a entrar na batalha, se entreolharam, e viram que os outros estavam com a razão. Havia um poder bem maior ali, e a intromissão deles poderia ser a ruína dos que se batiam com os demônios e fantasmas.

Então, como se fosse um acordo, acalmaram seus ânimos e se deram ao luxo de também serem observadores.

Allenda prestou mais atenção e viu que, um a um, os fantasmas estavam sendo retirados, e logo muito poucos fantasmas restavam.

- Os demônios não são páreos para os anjos – Ybynété falou como um sopro, maravilhado ao ver um anjo apenas passar e desfazer um manta, num gesto simples e despretensioso. Sorriu, assim que confirmou que os outros demônios rapidamente se elevavam e partiam, deixando os fantasmas sozinhos.

Por fim viram que sobraram apenas cinco fantasmas no campo de batalha. Um deles voou num golpe seco, atingindo dois anjos que subiam com um companheiro seu. Os quatro caíram no solo. Os dois fantasmas se refizeram rapidamente e caíram sobre os dois anjos. Um dos anjos conseguiu se safar, mas o outro ficou aprisionado. Os golpes de pura violência se sucediam, e ele mostrava sinais de que não iria aguentar muito.

Algo passou rápido perto da comitiva e atingiu os dois agressores. O anjo, ao se ver livre dos agressores pelo ser de pluma, com dificuldade alçou voo e se perdeu além da copa das árvores.

- Uivo, onde está Uivo? - Allenda gritou.

- Está lá - DenteDeAlho apontou para a direita, onde se desenvolvia uma batalha feroz de um morto com um demônio.

Itanauara viu o momento em que os dois fantasmas subjugaram o ser de plumas. A violência dos golpes era impressionante. O ellos que viera com o ser de plumas correu para o seu lado. Mas, antes mesmo que pudesse fazer algo, um dos agressores o viu e o atacou. Ele simplesmente parou, segurando o lado esquerdo do corpo.

Tomada de fogo e vento a comitiva acorreu para o seu lado e o tirou de lá.

- Ela o está ajudando – Ybytu gritou, apontando para a luta do ser de plumas com os dois fantasmas.

Quando se voltaram viram que a juguena tomava um dos fantasmas e o empurrava com uma terrível brutalidade contra as pedras.

- Se preparem – Adanu gritou se poderando com dificuldade, vendo um fantasma girar e se fixar na comitiva.

Então mais anjos desceram e impediram que o fantasma atacasse a comitiva, e ele simplesmente foi levado, como também o que se atracava com Uivo que, assim que se viu livre do ataque, desabou suave, se despoderando lentamente.

Mas, ao ver que o ser de plumas continuava sob ataque, Uivo se levantou e depressa se poderou novamente, puma e demônio se lançando na direção deles.

Sob o olhar espantado de todos viram um sorriso estranho se desenhar na face morta de um fantasma que desceu de súbito entre Uivo e seu companheiro que continuava se batendo com o ser de plumas.

O golpe foi brutal. O fantasma e Uivo se chocaram contra o solo, criando um rasgo na terra onde as plantas logo murcharam e morreram.

Todos viram o momento em que o fantasma se virou e cravou variadas farpas nos lados de Uivo. Uivo gritou de dor e seus braços penderam.

DenteDeAlho e Trília fizeram menção de correr para junto da batalha, quando Adanu segurou o braço de cada um deles.

- Não vão! Nessa luta não temos como intervir. Vocês serão destruídos por qualquer um dos dois se se aproximarem... Vejam, é um demônio e um anjo enlouquecido que lutam, e não temos poder suficiente para interferir.

- Mas conseguimos recuperar esse estranho ellos... – gritou Túnis indignado.

- Conseguimos porque ele não era importante para o fantasma.

Allenda, tomada de fúria, se envolveu completamente em chamas.

- Mas eu preciso ir. É o Uivo que está lá, e está muito enfraquecido - Allenda gritou.

Cheio de poder, DenteDeAlho e Trília também se incandesceram. Num arranco DenteDeAlho se soltou de Adanu.

- Está certo, então. Vocês, fiquem e protejam os feridos. Vamos – Adanu gritou a ordem.

Sem perda de tempo Allenda, Adanu, Trília, Túnis e Ybynété correram junto com DenteDeAlho.

DenteDeAlho foi o primeiro a chegar, forte, tomado de chamas vivas. Porém, assim que se aproximou o suficiente, o fantasma se virou e o parou em pleno ar.

Apavorados com a sorte do amigo os outros cinco, como um todo, atacaram desesperadamente. Porém, o fantasma parecia ignorar o ataque, concentrado que estava em Uivo e em DenteDeAlho.

Foi nesse momento, vendo que a atenção do fantasma sobre si havia diminuído, que Uivo se tornou mais denso e, num golpe terrível, atingiu o fantasma. O fantasma e sua presa caíram no solo, atordoados.

Uivo se levantou com dificuldade, totalmente cinza e tomado de escura neblina que girava nervosa à sua volta. O fantasma se ergueu e lançou longe o trapo que se tornara DenteDeAlho, que caiu perto de Ybynété. Depressa o grupo se afastou para um lado, se poderando na espera do ataque do fantasma, e até mesmo do demônio que se tornara Uivo, tal a fúria de que o viam tomado.

Allenda, Trília, Túnis, Adanu e Ybynété, que cuidava de DenteDeAlho, recuaram para os lados da comitiva, vendo que pouco podiam fazer contra inimigos como aqueles. Sabiam que, se insistissem em tentar ajudar Uivo, mais danos causariam.

A comitiva se virou para o lado, e o que viram a encheu de temor.

LuaEscura estava de pé, segurando um fantasma que parecia um trapo. E, fazendo-lhe frente estava um anjo, que mostrava nitidamente sua vontade de levar o fantasma embora.

Allenda a viu se virar e olhar diretamente em seus olhos. Então a viu virar-se para Uivo. Com um movimento simples e indiferente atirou o fantasma sobre o anjo, que alçou voo e o levou embora.

Como se fosse um pensamento logo a juguena estava à frente da comitiva, de onde ficou apenas acompanhando a luta de Uivo.

Uivo se ergueu, vendo a atenção do fantasma para os lados da comitiva.

Num salto Uivo caiu sobre o fantasma, impedindo que fosse contra a comitiva.

A neblina de que era feito se adensou mais e envolveu completamente os dois. E ela girava e se retorcia numa massa violenta e confusa como uma serpente enlouquecida.

- Serão dois contra Uivo – Canvas gritou, vendo que o fantasma que se batera com o ser de plumas se levantava sobre uma forma desacordada.

Não houve tempo para qualquer tentativa de bloquear o caminho do fantasma. Com uma velocidade impossível o outro fantasma se juntou ao primeiro, passando ambos a atacar Uivo com violência e terrível brutalidade. A massa escura pareceu se adensar mais e se revolver com fúria.

Sob os olhares assustados da comitiva, de súbito a massa se desfez e Uivo caiu.

Um dos fantasmas se separou e se postou acima de Uivo e do seu companheiro, que flutuava centímetros acima de Uivo, garras longas enfiadas no corpo dele, que mostrava sinais de intensa agonia.

- A sua luta contra você mesmo o enfraquece... - riu o fantasma que mantinha Uivo em suas farpas.

- Ele está sugando a energia de Uivo – gritou Allenda se incandescendo, bem como Adanu, Canvas e Trília.

- LuaEscura, por favor – Allenda pediu.

- Dê-lhe um tempo. É a luta dele, Allenda. Ele precisa dela – falou, mantendo os dois sob atenção.

- Por favor... – pediu desesperada.

- Fico aqui protegendo algo que ele preza mais que a própria vida. Esse foi um pedido especial dele, flor-do-mato. Se ele perder o que protejo, ele se perde. E é isso que os fantasmas estão esperando, que estão desejando – falou.

Adanu voltou os olhos para LuaEscura, e viu toda a verdade ali. Com carinho segurou o braço de Allenda.

- Ela está certa, filha. Enquanto você estiver bem ele tem alguma chance.

- Ele não está preparado para te perder, menina – falou Canvas, o fogo se revolvendo com línguas à sua volta.

Ybynété, tomado de urgência, pegou uma rocha e a lançou contra o fantasma que estava sobre Uivo, porque ao sugar a energia dele, ele se tornara mais denso.

O fantasma apenas se abaixou sobre Uivo, a rocha passando alguns milímetros sobre ele e caindo sobre a floresta, quebrando inúmeras árvores com lúgubre violência. Sobre Uivo os dois fantasmas se viraram e olharam a comitiva. O que mantinha Uivo aprisionado esgarçou um sorriso de satisfação e desafio, aumentando a pressão sobre Uivo, que gemeu alto.

Sem tirar os olhos de Allenda, repentinamente ele libertou Uivo.

Como um trapo Uivo caiu lentamente no solo, se contorcendo debilmente em dores. Todos viram seu esforço para tentar reagir, se levantar, mas ele estava ferido demais. Pesado, Uivo desabou novamente no solo, totalmente despoderado, o rosto virado para eles, os olhos num pedido mudo de desculpas.

Allenda sorriu agradecida ao ver que LuaEscura já se preparava para resgatar Uivo.

Foi um pulso, e o fantasma que atacava Uivo foi lançado para longe, enquanto ela se virava e tomava a direção do outro fantasma que, se postava frente à comitiva poderada, que ele observava com desprezo e deboche.

A comitiva se adiantou desafiadora em sua direção. Mas, nem bem haviam dado alguns passos, todos foram submetidos com brutalidade. Num pequeno arco eles arfavam, a dor invadindo suas mentes, destruindo sádica e lentamente seus corpos.

Com esforço Adanu olhou para o lado, procurando a juguena. O sorriso que vinha ao rosto ao pensar que ela poderia ajudá-los se foi, ao ver que ela estava sendo impedida de ajudar.

Adanu viu o momento em que duas fagulhas cintilaram ao seu lado, e logo ela estava presa contra a face do monte, subjugada por anjos, que não permitiam que ela se movesse. Horrorizado, Adanu se voltou novamente para Uivo, se perguntando qual seria a intenção dos anjos, que impediam a juguena de ajudá-los.

Allenda, vendo a juguena quase adormecida pelo poder dos anjos, sorriu debilmente para Uivo que havia conseguido se levantar e que, como um bêbado, cambaleava na direção da comitiva, contra o fantasma que fazia frente a ela.

Surpreso, o fantasma que bloqueava a comitiva se virou quando foi atingido pelo ser de plumas, que o esmagou contra o solo. A violência do golpe vergou as árvores em volta e lançou para os lados Uivo e a comitiva, agora libertos da força do fantasma. O ser de plumas, tomado de fúria, aplicou mais golpes, tão poderosos que faziam a terra tremer.

O fantasma se ergueu com dificuldade, dando combate ao ser de plumas.

A luta se encheu de fúria e poder. O ar estava incendiado, incinerando as árvores destroçadas mais próximas.

Foi então que viu o outro fantasma, que fora atacado pela juguena, se elevar do meio das rochas em que fora lançado.

Allenda, enquanto arrastava Adanu para mais longe da batalha, virou-se e quase se desesperou ao ver que os dois fantasmas agora atacavam o ser de plumas.

Ybynété, após pegar Itanauara desacordada, correu para Uivo, que também levou para junto dos outros.

Ybynété, vendo a determinação dos anjos que mantinham LuaEscura presa contra a face do morro, se aproximou com cuidado.

- Por favor... Deixem-na conosco – pediu, as mãos estendidas apontadas gentilmente para ela. – Ela é nossa amiga.

Os anjos, como se confabulassem entre si, se entreolharam. Então a deixaram cair enquanto, com um lampejo, passaram pelos que combatiam e, tomando um dos fantasmas, sumiram e o levaram embora, deixando apenas um deles, o mais forte e ensandecido, para trás.

Ybynété se aproximou da juguena, vendo que a neblina de que ela era feita parecia apenas uma penugem, frágil e quase estática. Com carinho Ybynété a tomou e a levou para o meio dos outros, que a cercaram com cuidados.

Se mantendo bem ao lado de Uivo, Allenda se voltou para a batalha dos dois seres. O fantasma deu várias estocadas no ser de plumas, que revidava, cada vez mais debilmente.

Com alívio Allenda viu quando um anjo caiu ao lado dos dois seres que batalhavam, estremecendo a terra com a pancada da descida.

O fantasma soltou sua presa e se virou para o anjo.

Maravilhados viram quando o anjo esticou suas asas e, bem devagar, a fechou às costas. Suavemente se abaixou e tomou terra em cada mão, que lançou ao seu lado.

Como mágica a poeira ficou suspensa e brilhante, estática, pulsando quase imperceptivelmente. O fantasma avançou contra o anjo. Quando bem próximo o anjo mexeu com as mãos e uma cortina brilhante se levantou. Ela girou suave, se encorpando rapidamente. O barulho suave do ar cresceu rapidamente, tornando-se como um grito raivoso e contínuo. O anjo mexeu quase imperceptivelmente com a mão. Como um relâmpago o turbilhão disparou contra o fantasma e o prendeu. O fantasma gritou indignado, tomado de ódio.

O anjo olhou para a comitiva enquanto desfraldava as longas asas brancas. Com um cumprimento se elevou alguns centímetros do solo. Num impulso simples e poderoso das asas tomou o fantasma e desapareceu.

Tudo se aquietou. Allenda e os seus suspiraram aliviados, incrédulos se haviam realmente escapado daqueles terríveis inimigos.

Havia paz novamente.

Depressa foram até o ser de plumas, e o trouxeram para o seu meio.

QUASE UM DESASTRE

Eu fico pensando: amigos, inimigos, mestres, maestrinas, anjos da guarda, ... Que definição geral eu teria para todos esses seres? Irmãos??? Isso, irmãos; irmãos é a melhor definição para eles.

- Como vocês estão? – perguntou o ser de plumas já bem recuperado, a voz cheia de preocupação.

- Feridos, mas bem, quase todos... Quem e o que é você, meu amigo?

- Meu nome é RoupaSuja, e sou um anjo, ou era. Isso não importa.

- E como se chama esse ellos que veio com você? – Adanu quis saber.

- O nome dele é BraçoDePedra. Como ele está?

- Ferido, mas vai sobreviver – Itanauara tranquilizou, segurando a cabeça de Uivo em seu colo.

- Temos muito que agradecer a vocês. Não teríamos sobrevivido ao dia de hoje... – Adanu reconheceu.

- Provavelmente não sobreviveriam. E como ela está? – perguntou se referindo à LuaEscura.

- Os anjos fizeram algo com ela, mas, ela parece que está bem. Parece que apenas está adormecida...

- Eles apenas a controlaram, para que a face sombria dela não a pusesse a perder ao ser tão exigida – explicou. – E ele? – perguntou se referindo a Uivo, que respirava com grande dificuldade, a cabeça amparada no colo de Itanauara.

- Acho que ele talvez consiga sobreviver, mesmo considerando que ele foi muito ferido – falou Itanauara pousando a cabeça do nefelin na terra.

- Pois eu tenho minhas dúvidas – A voz de Adanu estava muito triste. - A nossa energia de cura combinada com a dele parece que não estão sendo suficientes para uma cura rápida – gemeu, os olhos tristes postos em Uivo, se aproximando dele.

- O que farão? Desistirão dele? – quis saber o anjo, se referindo a Uivo.

- Não há o que possamos fazer. Tem uma energia de demônio nele, e não sabemos como lidar com ela. Vamos fazer-lhe companhia, pelo tempo necessário – falou Adanu continuando a aplicar energia nele, juntamente com DenteDeAlho, Canvas e Trília.

- Mas, e se ele não aguentar? – quis saber BraçoDePedra, os olhos preocupados passando por Allenda.

- Então..., será o destino, a escolha dele...

- Por que diz isso? – Itanauara olhou com desconfiança para Adanu.

- Lembram que o fantasma falou que a fraqueza dele estava em não se aceitar como demônio? Talvez isso seja uma enorme verdade.

- Não...

Ao se voltarem para o lado viram Allenda, o corpo arqueado e judiado, se aproximando lentamente. Ela então se deixou cair de joelhos ao lado dos três. Havia dor e desespero em seus olhos, enquanto tomava com intenso carinho a cabeça de Uivo, puxando-o para o seu colo. Com delicadeza o puxou mais para si e aqueceu o corpo para lhe dar um pouco de conforto e energia, aplicando o pouco de sua energia juntamente com a de Adanu, Canvas, Trília e DenteDeAlho.

- Tenha cuidado, tenham cuidado todos vocês. A energia dele, como demônio, é muito grande. Num momento de acesso ele poderia até mesmo matá-la, Allenda – alertou Itanauara. – Ele é um demônio...

- Sim, sem dúvida que ele poderia me matar, como a qualquer um de nós. Mas ele me via, ele me percebia, ele nos via, ele nos defendeu, mesmo quando deixou as trevas ficarem mais duras. Não corri perigo! Foi ele que me salvou. Vocês o viram batalhando por nós. Pai, você viu isso... – gemeu apavorada num mudo pedido de ajuda.

- Apenas sei que ele é um demônio, filha – falou Adanu com a voz fraca e um pouco distante, os braços caindo sem forças ao lado do corpo. - E nessa batalha vi seu poder e seu descontrole. Deixe que o destino dele se cumpra. Sobrevivendo ou não, é o destino dele.

- Ele é bom! Ele não se descontrolou. Apenas lutou contra os fantasmas – falou Ybynété. – Temos que ajudar o nosso amigo...

RoupaSuja se aproximou mais de Uivo e o examinou com cuidado.

- Realmente! Talvez ele não sobreviva. Está muito fraco! – declarou se levantando.

Então DenteDeAlho também, enfraquecido, tirou as mãos.

- Já não tenho o que oferecer – sofreu, arriando o corpo ao lado.

- E nós já estamos muito fracas – Canvas e Trília a olharam entristecidas.

Allenda, em desespero, se curvou sobre Uivo e aproximou sua boca do seu ouvido.

- Que seja demônio então, com tudo o que possa ser... – sussurrou Allenda. – Viva, demônio ou puma. Sei que me ouve. Sei que não nos fará mal... Preciso de você, Uivo – gemeu. - O que vou fazer, se me deixar? - gemeu. – Eu menti para você, quando disse que poderia viver sem você... Não vou conseguir...

Adanu se aproximou e ficou de joelhos ao lado de Allenda. Com carinho pôs uma mão em seu ombro, pedindo sua atenção.

- Não deve se arriscar, minha filha. Ele lutou com enorme honra. Deve deixá-lo se ir, se for isto que tiver que acontecer.

- Não, não... – ela se recusou com determinação. - Sei o que estou fazendo, e confio no meu julgamento e no que sinto. Ele não vai morrer, ele não pode me deixar - sofreu.

- Não sei o que fazer para ajudar, filha – falou, uma dor líquida na voz, olhando consternado para a filha e para Uivo.

- Acho que talvez não se acabe aqui... – sussurrou RoupaSuja, os olhos postos sobre Uivo. LuaEscura, que havia despertado sem que os outros tivessem percebido, havia se arrastado e esticava uma mão na direção de Uivo.

Sob o olhar maravilhado e agradecido de Allenda ela estava trocando uma névoa entre eles, que crescia e se esticava sobre Uivo, como uma fina penugem.

- Deixem-no, deixem-no... Vão, se afastem depressa. A minha energia pode salvá-lo, mas é muito escura. – LuaEscura murmurou. – Vão, vão...

Então a juguena desmaiou de vez.

Mais que depressa Ybynété tomou Allenda e Adanu e os afastou de Uivo, colocando-os com os outros feridos, logo sendo acompanhados por todos os outros.

Depressa ele retornou e, tomando LuaEscura e DenteDeAlho, voltou para junto dos outros e se sentou. Distraído tomou LuaEscura, os olhos vagando em Uivo enquanto embalava devagar a juguena no colo.

Allenda tirou os olhos agradecidos da adormecida juguena e se fixou em Uivo. A névoa ia tomando o nefelin, crescendo sobre ele, cobrindo-o como uma veste diáfana, como se fosse algo vivo.

- A atitude da juguena eu entendo.... Mas, o que você falou para ele? – quis saber Adanu preocupado vendo Uivo se levantar, envolto numa neblina espessa, dura e escura à frente da comitiva.

- Apenas que confio nele... – falou, os olhos passeando pelos olhos do demônio, que a observavam em paz.

E foi então que um anjo desceu de súbito ao lado de Uivo. Antes que pudessem fazer qualquer coisa, com imensa velocidade tirou Uivo de perto deles e o imobilizou, apesar dele se debater com ferocidade, sem qualquer menção de se render.

- Ele é amigo! – gritou RoupaSuja se aproximando depressa dos dois.

O anjo olhou diretamente para RoupaSuja. Com um sorriso simples, o soltou. Assim que refeito Uivo se empertigou e encarou o anjo em franco desafio.

- Meu inimigo? - ouviram a voz cavernosa de Uivo tomada de intenso ódio pelo anjo que ameaçara subjugá-lo.

De súbito Uivo avançou com velocidade e atingiu o anjo no peito, atirando-o longe.

Uivo caminhou na direção do anjo, que lentamente se erguia. RoupaSuja se adiantou e bloqueou o seu caminho. Uivo parou e tentou pô-lo de lado, os olhos pregados no anjo. RoupaSuja firmou o corpo e tentou afastar o braço de Uivo.

- Ele o testou, meu amigo – falou com suavidade.

- Pois eu aceito o teste dele – falou na estranha voz.

Então Uivo tentou contornar RoupaSuja, e novamente ele se interpôs em seu caminho.

Uivo fincou os olhos nele.

Sem aviso Uivo atacou. RoupaSuja, enfraquecido pela refrega do dia, foi facilmente imobilizado e empurrado contra o solo. Uivo cresceu sobre ele, se preparando para abatê-lo com um golpe de malho.

Allenda olhou com desespero para o anjo, que apenas assistia. Sem pensar ela se adiantou gritando para que ele parasse. Adanu tentou segurá-la, mas ela escapou.

Em chamas se aproximou de Uivo.

Uivo se virou ao vê-la toda em fogo. Com desprezo Uivo deixou RoupaSuja zonzo e sem forças e se atirou contra Allenda, que não conseguiu resistir.

Horrorizada, a comitiva viu Allenda empurrada contra o chão enquanto um ser escuro se punha poderoso sobre ela.

Allenda se virou para a comitiva no exato momento em que o anjo impedia que o grupo viesse em seu socorro.

- Esperem! – Allenda pediu num fio de voz.

Allenda começava a desfalecer quando, repentinamente, Uivo parou.

O demônio aproximou a cara do rosto de Allenda, a neblina espessa se revolvendo, cada vez mais suave até que, mostrando toda a confusão que tomava o demônio, devagar a soltou.

Como que hipnotizados viram Uivo se ajoelhar ao lado de Allenda e respirar lentamente, os olhos presos na moça, que o observava fixamente.

- Vá para junto dos seus – ela ouviu Uivo falar, rouco e abafado. – Por favor, tirem-na daqui... – pediu para a comitiva.

Mais que depressa Ybytu se aproximou e ajudou Allenda a se afastar.

Uivo se virou devagar e sorriu debilmente.

À direita viram BraçoDePedra, em pé, meio encurvado, a atenção posta em Uivo.

Uivo suspirou profundamente.

Todos viram quando a neblina de súbito se tornou mais espessa, gemendo e rugindo cada vez mais alto como uma distante tempestade, se enrodilhando em torno dele que, apesar da fúria que parecia envolvê-lo, continuava em paz. Havia dor naquela neblina, havia ódio e desprezo, dava para sentir. E algo, como se fosse vivo, mostrou uma sugestão de face na neblina, que voltou sua face para dentro, para Uivo. Com horror viram riscos vermelhos como faíscas surgirem repentinamente dentro daquela escuridão que rugia, onde logo sumiam. A velocidade da tempestade que era Uivo aumentou, como a dor que aumentava nela. Em câmara lenta o viram colocar algo em evidência, como uma mancha que tirou do coração, que desfez expondo-a a um corisco. Então, como uma explosão suave, num som cavo, como se tocada por uma aragem, toda aquela escuridão gemeu como uma tempestade bem distante enquanto se elevava em fiapos e sumia no ar.

Uivo suspirou fundo, permanecendo ajoelhado e silencioso, totalmente despoderado.

- Está feito! – disse o anjo, rapidamente subindo e desaparecendo no céu.

O CAMINHO QUE SE ESTICA

Eu forcei um pouco a vista e
examinei o meu coração. Aquele ainda
não era o lugar, se lugar específico existir.
Era muito bom apenas estar...

- O que aconteceu aqui? – Adanu perguntou para
RoupaSuja, totalmente confuso.

- O anjo... O anjo atacou Uivo para obrigar o demônio a
se mostrar em toda sua força, aproveitando que ele estava quase
desfalecido, zonzo – revelou RoupaSuja. – E o anjo contava com
uma pequena ajuda – sorriu, os olhos passando sobre Allenda,
que não tirava os olhos de Uivo. – Ele também sabia que a maior
fraqueza de Uivo era não se aceitar como demônio, era o de se
temer tanto como demônio. Uivo precisava vencer isso, que era
um dos dois imensos riscos de ser perder.

Adanu suspirou, observando Allenda de lado, sofrendo
pela filha que sabia ser o outro risco para o demônio.

- A face mais escura, profunda e alucinada do demônio
se foi... – falou Uivo se erguendo lentamente. – A face viu pelos
meus olhos, e se desfez – falou, um sorriso sugerido no rosto, os
olhos em Allenda. – Ele se lembrou de onde vem a verdadeira
força.

- Você nunca vai deixar de ser um demônio – resmungou
Itanauara.

- Não, não é assim! Eu nunca vou deixar de ser o filho
de uma dêmona. Mas eu sou Uivo, um pumacaya, como também
sou um demônio, porque só isso eu não sou.

RoupaSuja se aproximou de Uivo e o examinou com
cuidado.

Sorriu satisfeito.

- Você lutou bem, puma.

- Não é verdade!!! Nenhum de nós estaríamos vivos, se não fossem os anjos.

- Isso não é desonra! Somente anjos e demônios puros conseguem combater anjos e demônios puros. Mas, eu não falava da luta contra os anjos caídos; eu falava da sua luta com você mesmo.

- Eu sinto muito por tê-lo atacado, meu amigo – suspirou.

- Ara, uma pequena ajudinha – sorriu. – Que bom que agora pode ser o que nasceu para ser.

- Obrigado, a todos... – agradeceu, vendo a juguena se erguer confusa, os olhos intrigados em Ybynété, que lhe sorria satisfeito.

Sob o olhar preocupado de todos a juguena se fortaleceu e crepitou em sua neblina, ondas de neblina se revolvendo à sua volta.

Então parou, examinando tudo ao redor, a fúria da neblina se aquietando. Parou os olhos em Adanu.

- Ah, agora sei por que Uivo sempre retorna para vocês, ... porque ele sempre retorna para você, Allenda. Sinto-me honrada por ter batalhado ao lado de vocês... Uivo já tinha me mostrado... esperança, e agora sei das possibilidades que podemos criar. Não é estranho como passamos milênios sem demonstrar qualquer crescimento e, então, de súbito, o avanço se mostra tão incrível?

- Ah, mas nunca se está parado, minha amiga – sorriu RoupaSuja. – Você estava apenas pegando impulso.

- Que bom... Obrigada a vocês... – suspirou, se fazendo névoa espessa que lentamente entrou pela floresta. Então viram, acima das copas, bem à frente, na entrada de um vale arborizado, como uma névoa se esgarçar em direção ao céu, onde sumiu.

- Nossa, não foi bonito isso? – Ybynété olhava para o céu, todo maravilhado.

- Realmente, meu amigo gigante. Foi maravilhoso demais... – falou Adanu. - Agora podemos ficar tranquilos, como até nossos mortos também podem – reconheceu.

Um silêncio respeitoso caiu sobre todos. No silêncio havia saudade e lembrança dos amigos que tinham morrido ali.

- Perdemos amigos aqui... – gemeu Ybytu.

- Eles morreram orgulhosos. Morreram bem... – sussurrou Itanauara.

- Mas, para nós, é uma grande perda... – lastimou Ybynété. - Além de companheiros eram guerreiros valorosos.

Uivo respirou fundo, a tristeza se mesclando com a dor dos ferimentos.

- Obrigado, BraçoDePedra – agradeceu Uivo, observando com discrição o ferimento do ellos.

- Pelo que? Por te ajudar com seu demôninho? Tranquilo! Ara, está tudo bem – sorriu BraçoDePedra ainda muito fraco. Vendo a atenção sobre seu ferimento deu umas batidinhas sobre ele.

Uivo balançou a cabeça, em cumprimento.

- Esses são BraçoDePedra e RoupaSuja. Foram eles que sentimos ao norte, Allenda - revelou. - RoupaSuja é um anjo, e BraçoDePedra é um ellos potaraobi.

RoupaSuja não pode deixar de sorrir ao notar as emoções conflitantes que surgiram no grupo. Mas, tão rápido quanto viera, o mal-estar se foi.

- Sei da sua estória, Allenda, de como nos caçava sem descanso. Mas, juro que sou bonzinho – BraçoDePedra sorriu.

Allenda respirou fundo, vendo os olhos brincalhões do ellos.

- É fácil ver que é, ellos. Seja bem-vindo. Eu estou muito grata a vocês – sorriu Allenda para o ellos, que sorriu de volta.

- Foi um prazer... – falou se forçando a ficar em pé, após os cuidados de DenteDeAlho. – Obrigado, meu amigo de fogo – agradeceu, esticando os braços para cima, como se estivesse se espreguiçando após uma soneca. O sorriso que deu tinha um bom tanto de dor, mas se sentia feliz.

- Sejam bem-vindos todos vocês - cumprimentou Adanu. - Nosso eterno agradecimento a vocês.

Uivo suspirou forte.

Em passos lentos se ajoelhou ao lado de Tenebe que continuava desmaiado, a face pensativa e triste.

- Meu velho, que recupere logo sua força – Uivo desejou para o amigo, que respirava com dificuldade, deitado sobre uma larga folha de bananeira. - Sinto não ter chegado a tempo, sinto não o ter protegido, como me protegeu por um tempo que nem em minhas lembranças consigo enxergar. Mas, agora, você está entre amigos, e eles cuidarão de você. Que o Trovão veja a glória de suas lutas e lhe permita ainda muitos sóis pela frente.

Com cuidado pôs a mão sobre o peito do outro. Ele não tinha o poder de curar alguém que não fosse ele próprio. Mas, mesmo que tivesse, guardava o receio de transferir a energia sombria que era, por mínimo que fosse. O semblante pesou no rosto doído, vendo os olhos fechados do amigo e sua respiração difícil.

> Agora devo ir... – Uivo levantou-se, quebrando o pesado silêncio que se instalara, vendo sair da floresta cinco queixadas, que sabia que tinham sido invocados para ajudar a curar os feridos.

Então se aproximou de Allenda e a abraçou apertado. Allenda, com um longo suspiro, se deixou abraçada nele, sentindo o seu coração, se maravilhando com a felicidade de saber que ele estava vivo.

Então Uivo afastou o rosto, um sorriso nele.

Os dois se beijaram por longo tempo.

Uivo afastou o rosto, observando-a com enorme carinho. Suavemente colou sua testa na dela, a respiração compassada, seu corpo quase recuperado.

- Para onde vai, Uivo? – perguntou Allenda tomando-se de aflição. – Você ainda está muito ferido... Ainda não está recuperado para alguma aventura nova.

- Preciso achar alguém... – falou se separando dela.

- Você está pretendendo ir atrás do seu avô, não está?

- Preciso, Allenda.

- Tome cuidado. Não se arrisque, está bem? – Allenda se preocupou, encarando-o séria, tomando sua mão entre as suas. – Não pode deixar de lado, não pode deixar para quando estiver mais forte?

- Não posso... Eu tenho que resolver esse peso, e não posso demorar para isso.

- Alguma ameaça por parte dele?

- Alguma coisa assim – sorriu confiante.

- Promete que não vai entrar em enfrentamento com ele?

- Prometo que vou tentar evitar a todo o custo, está bem?

- Promete?

- Prometo, Allenda.

- Se não conseguir, promete que pedirá ajuda. Eu estou aqui, nós todos estamos. E tem o RoupaSuja e o BraçoDePedra e LuaEscura e...

- Prometo, prometo. Se algo der errado, vou pedir ajuda. Está bem, meu amorzinho?

- Então está bem.

- Que os caminhos lhes sejam leves – falou se desligando de Allenda e se virando para a comitiva. - Desejo a vocês um bom caminho – falou para a comitiva, se preparando para partir. – Tendavar, meus amigos. Akindará, Allenda...

- Tome cuidado – ela pediu novamente, tentando controlar sua aflição.

Uivo afagou seu rosto com suavidade. Com muito carinho a tomou e a abraçou novamente. Allenda se envolveu nele, a respiração suave e abandonada.

- Obrigado – ele sussurrou em seu ouvido. – Eu ouvi sua voz.

Sem a soltar, sem qualquer pressa se poderou em puma, os pensamentos sondando ao longe. Então se poderou em demônio, mantendo a altura normal, um sorriso gentil no rosto de penumbras, os olhos vermelhos suavizados.

No princípio todos se assustaram. Mas, vendo o controle tranquilo de Uivo, se acalmaram.

Allenda se apertou mais contra ele.

> Dor ainda sinto, é verdade... – ele sussurrou na voz não natural, se despoderando do demônio. - Ela é pequena comparada com a liberdade que sinto. Eu me sinto livre, como poucas vezes me senti, Allenda. Mas, ainda não é o suficiente. Tenho que encontrá-lo.

- E posso saber quem seria esse que vai procurar? – perguntou RoupaSuja.

- Apenas um parente - falou, segurando Allenda com carinho pelos ombros, os olhos se despedindo dela, que sorriu compreensiva. - Além disso, há boatos de muitos invasores tentando se acercar das duas comitivas. Será bom diminuir um pouco a pressão... – sorriu, observando o Leste.

- Isso então, tem tudo para ser interessante. Para o nascente? – BraçoDePedra perguntou, vendo a direção da intenção de Uivo.

- Acho que sim... – Uivo sorriu.

- Ora, ora... Também vamos para o nascente – BraçoDePedra revelou, confirmando que aquela era mesmo a direção que Uivo parecia interessado. - Que tal caminharmos juntos por algum tempo?

- Nós só vamos dar uma desviada – RoupaSuja falou, - mas a gente te acha bem depressa.

- Será uma honra para mim, ter vocês ao meu lado.

- Por que não seguem conosco? – Adanu perguntou para o potaraobi e para o anjo.

- Porque há coisas ainda pendentes - O anjo parou, flutuando, a vista posta ao longe... - Tudo tem uma necessidade de evoluir. Um momento crucial, a cobrança de um esforço supremo. Deixar o conforto tão penosamente conquistado por algo incerto... Evoluir... O tempo chegou, e eu preciso ir...

- Mas sei que nossos caminhos ainda irão se cruzar – falou BraçoDePedra para a comitiva.

- Coisas a resolver também, BraçoDePedra? – quis saber Ybytu.

- Eu? Não, eu não! – respondeu, fazendo uma pequena pressão em um ferimento que o incomodava, e se dando por satisfeito por ele doer bem menos. – É que esse anjinho aqui não sabe se virar muito bem não – riu fazendo um cumprimento, o sorriso um pouco sem-jeito por causa da dor que ainda experimentava. – E agora ainda tem esse pequeno demônio, que vai precisar de assistência também – sorriu satisfeito.

- Um ellos e um potaraobi – Adanu falou, maravilhado.
- Serão sempre bem-vindos, BraçoDePedra e RoupaSuja -

cumprimentou. - Como também a nossa amiga, LuaEscura. Obrigado a todos vocês.

- Boa sorte a todos – Uivo desejou se dirigindo à comitiva.

- All Lantun. Que a luz do trovão esteja com vocês – desejou RoupaSuja por sua vez.

- All Dezana – sussurraram em resposta.

Sem mais qualquer palavra Uivo girou nos calcanhares e, acompanhado por RoupaSuja e BraçoDePedra, se perdeu lentamente por uma trilha que entrava na floresta pelo Noroeste.

UIVO E O VELHO DEMÔNIO

Eu ouço a respiração que procura conter; eu sinto a pulsação do coração em meus ouvidos, que tento ignorar. Qual de nós é o caçador?

O demônio ficou estático no caminho, observando-o por algum tempo, olhando-o pelo canto dos olhos. Havia contrariedade e animosidade em seu ar, mas também um pouco de curiosidade, o que o impedia de atacar.

Ele deixou que a penumbra de que se fazia se estendesse um pouco no caminho. Sabia que era ele que aquele nefelin imundo procurava, e queria deixar bem claro que não queria qualquer proximidade.

Uivo parou. Em silêncio ficou observando a penumbra triste que bloqueava o caminho. Não sentia nada, nem mesmo expectativa. Havia apenas um silêncio indiferente, que apenas aguardava.

Quando a penumbra pareceu se adensar mais e o frio aumentar Uivo se mexeu, encarando abertamente o lugar de onde, sabia, o demônio cismava.

- Sei que está aí... – falou.

O demônio se ergueu na penumbra, a força da fúria se elevando. Tomado de um ódio frio e duro encarou a criatura. A arrogância daquele ser o incomodava, e ficou se perguntando por que permitia que ele continuasse a respirar.

- *Curiosidade!* – sussurrou para si mesmo enquanto se posicionava de frente para o intruso, mesmo sabendo que essa não era a verdade toda.

> Eu sei, porque eu permiti que soubesse... Por que veio? Procura perdão?

- E por que eu deveria esperar perdão? – Uivo estranhou a pergunta.

- O presente que lhe dei... Você o destruiu, botou fora.

- Agradeço o presente. Mas aquela presença era como uma mancha, à qual não vi qualquer utilidade. Era desnecessária e me incomodava.

- Você realmente é um nada, totalmente desprezível... Por que veio? - insistiu. - Há muitos motivos em você, há muitas perguntas.... Medo, também eu sinto – ameaçou um sorriso debochado.

- Medo?

- Sim! Muitos medos... Medo do demônio que carrega se tornar mais forte que você e não ir mais embora, medo de se perder na escuridão. Mas, o maior deles, eu acho: medo de que eu possa fazer algo contra seus amigos. Se apenas um desses medo pode te enfraquecer, imagine todos juntos – riu debochado. – Você é muito fraco...

O silêncio momentâneo o divertiu. Com um movimento simples, ocultando a penumbra que era, se aproximou pelo flanco e rodeou Uivo.

> *Como seria fácil destruir esse ser* – saboreou.

- Eles não precisam da minha ajuda...

Com curiosidade o velho demônio viu uma frágil barreira se erguer, e sorriu. Sabia que ela poderia se adensar contra sua vontade à sua aproximação. Toda criatura tinha essa defesa arcana. As criaturas têm essa defesa quando qualquer outra força se aproxima pelos outros níveis. E tinha certeza de que a defesa desse deveria ser interessante de testar. Mas decidiu que não queria isso, por enquanto. Havia outras coisas para pensar, e não queria perder seu tempo com alguém tão pequeno e fraco.

- Engano e mentira. Veja, todos vocês precisaram. Os "fantasmas" fizeram um bom papel?

Uivo observou a mancha indistinta, confirmando o lugar de onde viera a voz.

- Desconfiava que o ataque tinha sido por obra sua.

- Eu achei muito boa a atuação deles... Sei que desconfia de que eram anjos, caídos, mas ainda anjos. Ah, mas vou lhe contar um segredo: os imbecis dos anjos caídos foram muito fáceis de manipular... Pena que nem como fantasmas eram críveis...

- O que buscou com esse ataque? Por acaso pensava que com o ataque poderia despertar em mim o que havia depositado? Que pena, não funcionou...

- Se era isso que pensa que eu buscava, então você estará certo. Não deu certo.... Mas o que vejo é que você se julga muito grande, que essas coisas estão surgindo e girando por você. Menino, as coisas nem sempre são sobre nós... Essa arrogância é uma grave fraqueza para um guerreiro.

- Tal como você?

- Errado. Não estou acomodado, ou apavorado para ir além – sorriu maldoso. - Ah, mas saiba que você não me interessa. O que lhe dei, não lhe dei por força de parentesco, muito menos por solidão, como sei que já pensou. Você tinha algo naturalmente dentro de você, adormecido, e eu apenas lancei uma fagulha para que começasse a queimar. O seu sofrimento a partir disso é simplesmente maravilhoso. Mas, estou cansando disso. Que morra ou sobreviva, que se torne um pequeno demônio ou um nada, não me importa.

- Então, por que se preocupou em me achar, por que depositou parte de você em mim? O que esperava?

- Ah, que bonito... Procura uma finalidade... Digamos que curiosidade e propósito. Você tem lá suas utilidades.

Uivo ficou observando com cuidado o demônio. Então, de repente, tudo pareceu fazer sentido...

> Entendi... Os anjos... Anjos contra anjos. A sua essência em mim os obrigaria a se mostrarem. Mas não é só isso, não é mesmo? É ainda mais que isso, não é? Jogos dentro de jogos, elaborados, pensados, maturados por longo tempo...

- Talvez... Anjos e demônios... Apenas uma vontade os separa, uma aceitação de um ser de ser...

- Os anjos, os fantasmas de um lado, e o demônio que eu levava, do outro. A curiosidade dos anjos... Não o preocupa eles terem resgatado os caídos?

- Não funciona assim com os anjos. Eles não agem assim. Eles são como insetos, com consciência aglutinada, coletiva. Eles não são individuais, dualistas. Os caídos, ... Não há esperanças para eles, e toda a criação sabe disso. O que são está corrompido na essência dos anjos e levará quase uma eternidade para ser arrumado, se puder ser. Eles se perderam e não poderão ser recuperados, a não ser que eles mesmos se resgatem. E isso não irá acontecer... Eles serão adormecidos, alguns, enquanto outros serão obrigados a descerem como pessoas ou humanos. Bostas que são, bostas que se mantém – riu maldoso.

- Pode ser que sim, pode ser que não... Isso não me interessa.

- Então, por que não segue seu caminho e se vai? – alfinetou com sarcasmo, se virando para ir embora.

- Porque há ainda uma coisa que vim buscar.

- Será que isso vai ser interessante? – zombou o demônio, voltando-se e fixando a atenção novamente em Uivo.

- O que foi buscar, quando sondou através das sombras da floresta, quando a comitiva estava sendo formada?

O demônio examinou Uivo com cuidado.

- Você tem que convir que aquele foi um momento bem interessante, não foi? – sorri maldoso, como se escondesse algo. - Havia aquela inocência idiota, todos achando que iam lutar contra o mal, quando na verdade levavam junto o mal que eram. Isso é, se eu fosse eu que estava onde você disse que eu estava... Por que acha que era eu? Há outros demônios nessas terras, e alguns outros que nem são destas terras.

- Sei que era você. Eu o reconheci quando o vi sobre a montanha.

O demônio ficou um tempo parado, pensando. Então, como se decidisse que não havia nada de interessante que o fizesse mentir, sorriu.

- O que acha que eu fazia?

- Eu acho que estava espionando, eu acho que você estava pensando em trair sua terra.

- Terra... Demônios não possuem terras - debochou.

- Sei que não... A sua maldade é uma maldade inteligente. Você quer dor, quer desespero, quer mágoa e ódio, quer o sentimento amargo de vingança. É disso que se alimenta, é isso que busca. Você quer aprisionar almas, quer destruir apenas pelo prazer infrutífero de destruir. Você se sente muito bem com a destruição e a dor que a guerra traz.

- Infrutífero? Ah, como você é inocente! Veja que a destruição é a construtora do mundo idealizado pelo Trovão. A paz e o desprezível amor e respeito nada constroem. Ele estava cansado de se ver amor idiota, tanto que estava inerte nesse mar complacente e inútil. O caos é o que o Trovão desejava, e foi para isso que ele nos tirou de sua vontade.

- Um demônio altruísta – riu-se Uivo. – É esse o papel que julga estar reservado a você na guerra que está para vir?

- A guerra, criança, já começou há muito tempo, não se deixe enganar quanto a isso.

- Sei que possui alguma ligação com os demônios das montanhas, e sei que acha que pode manipulá-los. O que o liga a eles?

- Digamos que uma simpatia, um acordo antigo – riu zombeteiro. – O que mais poderia ser? Como está confuso em ser demônio, talvez você também esteja ligado a eles, não?

- Não, não estou ligado. Sou livre! E quanto a você, que acha isso importante, lhe digo que qualquer acordo que tenha firmado com eles e ao qual dá tanta importância o torna apenas mais dispensável – zombou.

- Ah, finalmente, agora vai me dizer o real motivo pelo qual você veio até mim... – riu sarcástico o demônio.

- Pois observe, e assim irá descobrir que são eles que o estão manipulando. Sei que foi você que denunciou a localização dos meus pais ao demônio, e que com ele fez uma aliança, e que foi você que lhes abriu boa parte dessa terra.

- Se for isso, o que pretende fazer para me parar?

- Eu? Eu apenas irei combatê-lo se se aproximar demais – falou com tranquilidade. – Não sei o papel que irá representar nos tempos que estão se anunciando, mas sei apenas que não irá prevalecer.

- Se é assim, então por que se preocupou em vir até mim? A verdade, menino...

- Apenas para confirmar minhas suposições. Agora as comprovei. É sempre bom saber o que move os inimigos.

- Inimigo – agigantou-se o demônio. - Se acha esperto e poderoso em vir me desafiar? Não é sensato desejar como inimigo aquele que o vê como um nada.

- Um nada... Você usou meus pais para atrair o demônio das montanhas, e você me usou para chamar a atenção dos anjos e testar suas vontades. Quem está criando inimigos?

- Se acha assim tão esperto?

- Tenho pena de você! Você é que se acha incrível, e agora, sabe que despertou a atenção dos anjos sobre você. Se eu vi seus planos tortuosos, o que acha que os anjos sabem, agora que o viram?

Sem mais qualquer palavra Uivo se virou para tomar o caminho de volta. Sabia que não precisava ter procurado o demônio. Tudo o que havia dito, e tudo o que havia sentido, já sabia. Mas era bom deixar para trás aquele peso escuro, aquela solidão triste, como era melhor ainda deixá-lo inseguro quanto aos dias que estavam por vir.

- Você disse que irá me combater se eu me aproximar demais... – ouviu a voz do demônio, tão perto como se falasse junto ao seu ouvido.

Uivo parou no caminho e se voltou, os olhos examinando o demônio, que havia se corporificado.

> Pois não seria hoje, e agora, um bom momento para isso? Por que esperar por algo que podemos ter agora, verme? Eu falei para aquele inútil do caído que você era presa fácil, porque não se aceitando como demônio estaria muito enfraquecido. Mas é fácil ver que ele não fez o que mandei. Então...

Uivo não teve tempo para se esquivar. De repente o demônio estava sobre ele, socando-o, ferindo-o com esporões feitos de sombras e dores.

Uivo girou e empurrou o demônio com violência, escapando dos golpes. Um pouco zonzo se afastou, totalmente poderado em pumacaya, procurando se recuperar rapidamente.

> Vamos, criança, mostre-me de uma vez por todas tudo de que é capaz. Você não continuará a partir de hoje, a partir de agora – ameaçou, o fel escorrendo alegremente da voz.

- Confesso que vou adorar isso – Uivo falou se poderando em demônio de que era feito. Sabia que ainda estava um pouco fraco pelos enfrentamentos que tivera com os fantasmas. Agora via que devia ter esperado mais um pouco para procurar o avô. Ainda, sabia que o demônio de que era feito não era tão poderoso ou tão tomado pelo ódio e desprezo quanto o velho, mas ele tinha um poder que o outro nunca poderia ter: o de lutar por algo consciente, por algo de valor. Esse poder, essa natureza, era mais consistente, mais sólido e controlável. Esse poder não lhe era estranho; ele era parte do que o fazia ser o que era.

Como uma explosão atacou, colhendo de surpresa o velho demônio. O golpe atingiu o demônio de lado, fazendo-o recuar surpreso.

- Interessante... Aprende rápido...

- Mais do que pode imaginar...

Sem dar tempo atacou novamente. O demônio, sem dificuldade, se defendia dos golpes que Uivo desferia numa velocidade estonteante.

A floresta ao lado foi se afastando, morrendo em círculos que cresciam.

Subitamente os dois se separaram, cansados.

O demônio, após rapidamente avaliar Uivo, sorriu cinicamente.

- Seus dias contados terminam aqui, terminam hoje. Olhe bem para esse céu e essa luz, para essas árvores, para tudo o que ama e que te faz, porque hoje isso deixará de te pertencer. A sua vida será minha... E, depois, as comitivas e os conselhos. E, só então, depois que eu tiver destruído tudo o que você ama, aí sim a menina... Talvez a tome como mulher por um tempo, só por diversão – riu cínico. – Quem sabe? Juro que vou perder um bom tempo pensando sobre ela. Ou, sei lá... Talvez a mate logo... Ainda não sei...

Uivo inspirou fundo e se poderou com tudo o que tinha, com tudo o que era. Sempre soube, desde o começo, que não poderia fazer frente àquele demônio, tão experimentado e com tantos anos de enfrentamentos, mas tinha que tirar sua atenção, tinha que aumentar sua confiança.

- Se acha que pode me vencer, que tente. Você não irá mais maquinar contra essas terras e seus povos.

- Seu tolo, que parte à procura de glórias; ainda não percebeu a sua inutilidade e o quanto isso é inglório? Pois saiba que eu já lutei por essas terras... - vociferou, - e fui traído infamemente, e fui esquecido.

O demônio avançou, a determinação fria nos olhos vermelhos quase negros.

> Espero que de onde estiver, quando eu o tiver destruído, possa ouvir os gritos daquela menina chorando o seu nome – vociferou. Vai se sentir mal quando ela ficar ansiando por mais carinhos meus? – debochou.

Aproveitando o momento de descuido de Uivo ao dar atenção à ameaça que fizera, com um golpe poderoso girou Uivo no ar e o socou contra o solo, no ato drenando sua energia com uma voracidade terrível.

Uivo sentiu que não havia mais tempo, que tudo estava se desfazendo. Suas forças falharam, e resistir àquele poder estava se mostrando cada vez mais difícil. Se sentiu frustrado e raivoso; nunca imaginara que seria vencido com tanta facilidade. Tentou resistir, mas sentia um peso nos músculos, um peso imenso em sua vontade, sua atenção perigosamente se fragmentando e se perdendo. Não teria mais tempo, entendeu, enquanto sentia que sua consciência começava a fraquejar.

No último instante, quando teve a certeza de que seus dias haviam acabado, viu uma lâmina de luz avançar entre ele e o demônio. Suas forças falharam quando o demônio o soltou e se virou. O grito de ódio supremo se afundou com ele na escuridão nauseante e encheu seus sonhos. Havia aquele grito que envolvia visões de um demônio que lutava contra algo em seu cérebro e contra um anjo e um ellos, e de como o demônio se afastava.

Porém, havia algo que sentira mais que ouvira do demônio, e dizia algo sobre uma comitiva. E viu que o demônio extraíra um rosto de suas memórias. Sua mente latejou, se perguntando se teria como impedir que ele concretizasse suas intenções.

Mas então tudo se afundou numa pesada paz.

O AVÔ ISOLA A COMITIVA DE ADANU

Eu vi o corisco se afundar na terra e dentro dela caminhar, como vi as promessas que encheram o jardim, enchendo-o de flores e esperança. É isso o que toquei, e que toco quando sinto a terra se esvair.

I

- O que pensa em fazer, Uivo? – perguntou BraçoDePedra, satisfeito pela recuperação do amigo. Ele não estava na totalidade de sua força e poderes, mas já saíra de sob o batente da morte, o que era um feito notável.

- Eu sei aonde ele vai...

- E para onde ele vai, Uivo? – perguntou RoupaSuja.

- Ele vai ficar observando a comitiva de Danbara. Ele vai atacar aquela comitiva primeiro. Somente depois ele vai contra a comitiva de Adanu, e então contra Allenda.

- Então? – atiçou BraçoDePedra.

Uivo ficou observando os dois, de certa forma até estranhando o grau de confiança que haviam desenvolvido em tão pouco tempo. E, agora, lá estava RoupaSuja em sua forma humanizada, sofrendo as brincadeiras carinhosas de BraçoDePedra que ele, Uivo via com nitidez, RoupaSuja apreciava.

- BraçoDePedra, RoupaSuja – chamou Uivo se esforçando em se levantar, - eu preciso ver Allenda e a comitiva. Preciso avisar a eles das ameaças do demônio. Se vocês puderem ir na frente, vasculhar a região em torno da comitiva de Danbara e Jádina, será de grande ajuda. Ele saber que a comitiva está sob observação pode fazê-lo ter mais cuidado em pôr seus planos em ação. Assim que as coisas estiverem mais organizadas com Adanu irei me juntar a vocês. Mas, caso ele mostre a intenção de atacar a comitiva, irei ter com vocês – prometeu. - Pode ser? – pediu, se levantando e se poderando um pouco como demônio.

- Claro que sim, Uivo. Faremos isso – concordaram os dois, se erguendo também.

– Mas, você sabe, não sabe? Sua condição para qualquer enfrentamento é quase mínima. Acho que ainda vai precisar de algumas horas até estar pronto novamente – RoupaSuja o observou com o rosto sério e preocupado. – Você quase se foi ao não se dar um tempo para se recuperar depois do enfrentamento com os anjos...

- Eu sei, meu amigo, eu sei. E agradeço a preocupação de vocês. Vou me cuidar. Logo me encontro com vocês. E obrigado por salvarem a minha vida. Obrigado – repetiu se despedindo e se erguendo no ar, virando-se para onde estava a comitiva de Adanu. – Não vou demorar – falou tomando a direção de Allenda.

II

- Uivo, Uivo – Allenda se aproximou depressa, se abraçando nele.

Os dois ficaram algum tempo assim, abraçados.

Então se separaram.

- Sorriso bobo... – Allenda riu feliz ao ver o sorriso no rosto de Uivo que não queria ir embora. – Vamos. Precisamos conversar. Aconteceu muita coisa, desde que você se foi para ter com seu avô.

Não demorou, e logo todos estavam reunidos. Uivo foi apresentado ao mais novo integrante, um bestiário chamado Dhorn, que o observava com curiosidade. Uivo sorriu, ao ver o interesse com que o outro o avaliava.

- Você é uma mistura interessante – Dhorn falou por fim, a voz pensativa e avaliativa. – Um puma estranho que nunca vi e um demônio...

- Cuidado para ele não te colocar na coleção dele... – riu DenteDeAlho.

- Não precisa ter receios de mim, Uivo. A sua escuridão deve dar muito trabalho para controlar, isso é, se for possível – explicou.

- Que bom que não sou interessante – sorriu Uivo.

Então, em silêncio, Uivo ouviu sobre tudo o que havia acontecido, desde que fora procurar pelo avô. Seu coração pesou pelas perdas que haviam tido e pelo estranho desaparecimento de Tenebe, que terminou mostrando que ele sempre estivera com uma muta em seu poder, sem ter se apercebido disso[3].

- VidaSempre... Ela estava escondida à vista de todos? – falou, os cenhos franzidos.

- É o que parece. Preocupado com Tenebe? – perguntou Adanu, a voz pesada e parecendo distante.

- Confesso que sim... – Uivo murmurou.

- Pois não deveria, Uivo – intrometeu-se Dhorn, os olhos examinando os do puma. - Segundo contam, VidaSempre é da luz, e aquele humano estava muito fraco e logo iria morrer. Ele, agora, tem chances. Essa é uma batalha honrosa para qualquer um, ainda mais para um humano.

Uivo o observou com cuidado, e terminou por sorrir.

- Você é sábio, meu amigo. E tem razão.

---

[3] Esses eventos estão descritos no livro 3 de "Os danatuás", do mesmo autor.

- E quanto a você, Uivo? Como foi seu encontro com seu avô? – perguntou Túnis.

- Dhorn já foi colocado a par de você e dos seus demônios. Não precisa tentar explicar para ele – sorriu Ybynété.

Então Uivo contou sobre seu encontro com seu avô, conscientemente omitindo que quase morrera no ataque, dizendo que ele se fora quando RoupaSuja e BraçoDePedra surgiram, isso para não deixar Allenda mais preocupada, após tantas perdas.

Inspirou bem fundo, os olhos se perdendo nos olhos de Allenda.

- O que há, que faz sua alma ficar tão pequena? – Canvas perguntou, os olhos perfurando Uivo, que no momento soube que ela sabia que se não fossem os seus amigos, teria morrido sob a vontade do demônio.

- Ele ameaçou vir atrás da comitiva, ele ameaçou vir atrás de você, Allenda – ele sussurrou, uma tristeza imensa nos olhos enquanto observava seu rosto. – Vocês precisam ficar atentos, você precisa ficar atenta – murmurou.

Allenda segurou seu rosto entre as mãos e encostou a testa dela na dele.

- Deixe-o vir. Somos mais do que ele pensa... Sabe onde ele está?

- Sim. Antes de atacar vocês ele vai atacar a comitiva de Danbara.

- Ele viu Jádina em suas memórias? – ela perguntou.

Uivo examinou seus olhos, e viu que ali o que ela dissera era apenas uma sentença. Ela, ao que parecia, havia superado a ligação que ele tivera com a manira.

- Sim. Ele quer me mostrar o que prepara para vocês, para você – falou, uma dor fina dentro da voz.

- E o que pretende fazer, Uivo? – perguntou Adanu.

- BraçoDePedra e RoupaSuja foram na frente, se encontrar com a comitiva de Danbara, para mostrar que ela está sob proteção. Vou para lá, e nós três vamos caçá-lo.

- Sente-se já bem restabelecido para isso? – Trília o encarou desconfiada. – A batalha contra os fantasmas e contra seu avo devem ter te exigido demais.

- Já estou melhor, obrigado pela preocupação. Além disso, não estou sozinho. Um potaraobi e um anjo não são pouca coisa – sorriu mostrando confiança.

- Que bom, que bom – Allenda suspirou aliviada. – Agora sim... Fico bem mais aliviada ao saber que não fará tudo sozinho – sorriu satisfeita.

- Viu como aprendo rápido? – sorriu carinhoso, se levantando. - All Lantun, meus amigos – Uivo cumprimentou a comitiva.

- All Dezana, Uivo – responderam todos, desejando-lhe sorte em seu caminho.

Então Uivo puxou Allenda e lhe deu um beijo bem demorado.

- Akindará, Allenda.

- Akindará, puminha. Não demore... – pediu, vendo-o se poderar um pouco como demônio e tomar rapidamente a direção Nordeste.

ALLENDA E O AVÔ

Não importa quando, ou quanto tempo ainda terei. O que farei em cada segundo até lá é que mostrará quem sou.

I

Allenda ficou confusa quando sentiu que algo a impedia de caminhar. Virou-se para a comitiva e viu suas bocas se movendo, suas mãos se batendo contra algo invisível. Até mesmo o poderoso mapinguari parecia ter dificuldade em entender o que acontecia. Apenas PisaManso estava calmo, observando a estranheza do que acontecia. Foi ele, PisaManso, que chamou sua atenção para algo que crescia à suas costas.

Ao se virar o pânico a tomou. Toda sua confiança se foi nas garras do demônio. Com uma explosão ela se incendiou, o que foi totalmente ignorado pelo demônio, que apenas a observava, indiferente às suas tentativas de se safar.

- Então é você que ele vê sempre que fecha os olhos... Vejo isso, vejo isso... Esse sentimento bobo e infantil de curumins ébrios na floresta. É uma outra forma de se tornarem fracos, se mostrando prontos para o abate – cismou observando-a com interesse.

Allenda gritou quando a pressão se tornou maior.

- Você é um demônio nojento e covarde – gemeu, – que colhe as vítimas de surpresa e não as enfrenta diretamente. Como você é fraco...

O demônio a olhou com desprezo. Com um simples movimento a lançou a alguns metros de distância, liberando-a da força que a imobilizava.

- Faça o seu melhor, porque não sobreviverá ao dia de hoje. Você é a fraqueza do meu neto, é o que o impede de ser o que deveria ter sido desde o começo...

Allenda se levantou e encarou o demônio. Ignorando a dor que sentia se poderou, se preparando para o combate.

Allenda se virou, os olhos em despedida para o grupo que lutava para vencer o que a desafiava, quando viu PisaManso girar o corpo e, estranhamente, surgir ao seu lado. Então, rapidamente, ao seu lado também surgiu Ybynété, encarando o demônio.

- Que bom... Agora vai ser bem mais interessante, apesar de ainda ser pouco. Acho que devemos melhorar suas chances... O que acha, menina?

Então o que bloqueava os outros se desfez, e toda a comitiva avançou e se postou ao lado de Allenda.

Havia um silêncio perigoso ali, que logo foi quebrado pelo demônio.

> Aqui morre a comitiva que pretendia grandes coisas – riu satisfeito. – Fracos que são, ruinas que ficam pelo caminho...

Quando se preparava para atacar, repentinamente o demônio sorriu enquanto se virava para a direita. Allenda, apesar de toda a dor que sentia do lado do corpo, viu que havia um vulto que desabara bem próximo e se levantava lentamente, atento, desafiador.

Era um ser de tamanho normal, mas feito de neblinas revoltas onde, na simulação do rosto, dois olhos ardiam como brasas.

Era Uivo que estava ali, sabia. Tentou dizer algo, mas nada saia. Estava atordoada, e nenhuma resistência opôs quando foi arrastada por Adanu para uma distância que julgaram segura, de onde podiam ver o que se seguiria.

Allenda vergava o corpo em direção aos dois demônios. Sentia que algo terrível estava para acontecer.

- Acha que está finalmente preparado para se bater comigo? – ouviu o demônio debochar. – Se não fossem aqueles dois que me atacaram de surpresa, você já teria se dissolvido no ar, não é mesmo? Eles já sabem que você já tinha aceitado a morte? – riu satisfeito. – Uma pena os dois que te salvaram não estarem aqui, não é mesmo? E lá estão eles, protegendo algo que terei prazer em cuidar mais tarde...

Allenda sentiu uma dor no peito, ao saber que Uivo quase fora morto. E o ser que quase conseguira isso estava ali, outra vez, e agora os dois que o haviam salvado estavam enganados em outro lugar.

Tomada de urgência Allenda, vendo o enorme risco que Uivo corria, se poderava quando Uivo, sem qualquer aviso, numa explosão atacou o demônio.

Borrões indistintos se formaram enquanto se atacavam.

Então, num baque surdo, os dois se separaram e ficaram se estudando de uma curta distância.

> Você é fraco demais... Acho que, finalmente, hoje será o seu fim. A fraqueza é deplorável demais... – sibilou o velho demônio. – Mas, talvez você queira que eu te deixe com um pouco de vida, para me ver acabar com esse bando medíocre e me ver me fartar com essa menina imbecil?

Allenda se assustou quando Uivo foi crescendo e se vestindo de nuvens mais escuras. Era nítido como o ar mudava, tornando-se sombrio, tornando-se triste e ameaçador.

Agora podia sentir um tremendo ódio crescendo ali, mesclado de um desprezo terrível por tudo. Sua tristeza aumentou quando acreditou que ele estava se aceitando perder, até que ele se virou e a olhou por um espaço muito pequeno de tempo, um olhar carinhoso, antes que atacasse o velho demônio e, num estampido, sumissem no céu tenebroso.

Allenda deu um grito dolorido, se agitando, querendo correr para onde os vira desaparecer.

- Calma, filha, calma... – pediu Adanu, soltando-a.

Vendo-se livre Allenda correu para o lugar onde eles tinham estado. Os olhos se voltaram para cima, procurando, se lamentando por ter permitido que alguém lutasse suas batalhas, por se permitir pensar que poderia perder Uivo.

- A batalha era minha, pai... – gemeu desesperada ao ver que Adanu estava ao seu lado.

- Sabe que não era... A batalha sempre foi de Uivo. Foi por causa dele que o demônio te buscou.

- Mas, ele quer matar o Uivo – sofreu, os olhos presos no céu, seu coração tremendo com cada som terrível que ouvia na distância, como de rochas se partindo e montanhas sendo destruídas.

II

Uivo o lançou longe antes que tocassem o solo.

Descontrolado se abateu contra o solo pedregoso, enquanto ouvia o impacto do demônio na face da montanha.

Com tranquilidade aguardou a aproximação do avô, que vinha flutuando pelo ar como uma nuvem estirada e esfiapada. Assim que se aproximou o suficiente a nuvem baixou e o demônio tomou forma à sua frente.

- Se preocupar com outros é fraqueza... Não enxerga isso? Você precisa se livrar disso para se tornar o que deve ser.

- E você se livrou disso?

O demônio o olhou confuso e irritado.

- Eu??? Desprezo tudo o que vive, porque não reúnem o poder para merecerem a vida.

- Isso não é uma verdade. Quando foi atrás de sua filha, o foi por um motivo, um sentimento, senão a teria ignorado e deixado ao seu próprio destino. Quando não me denunciou para o sombra que eu estava na cova das cobras, porque sei que era o único que poderia tê-lo feito, o fez por um motivo. E quando se preocupa em que eu seja igual a você, então mostra um sentimento que não gostaria que existisse, não é mesmo? Sabemos que é um sentimento podre e ruim, mas é um sentimento. Você sente isso, e isso o incomoda.

- Você está enganado... – riu o demônio.

Nem bem terminara a frase avançou violentamente contra Uivo.

Uivo apenas se encolheu e deixou o demônio passar.

- Sabe, avô... – falou se virando para encará-lo, - aprendi algumas coisas sobre mim... Ainda é difícil controlar o ódio e o desprezo herdados, mas estou ficando bom nisso. Posso deixá-los surgir sob controle, como posso mudar... E sabe de uma outra coisa? Não preciso me alimentar do terror e do medo. Há algo maior, um alimento mais nobre... Minha mãe descobriu isso...

- Sua natureza não pode ser alterada, imbecil. Você não merece ter o que tem...

O velho demônio avançou novamente contra Uivo, que apenas aguardou.

O impacto foi tão Jádina que os dois se chocaram com fragor contra a montanha. O demônio se preparava para destruir Uivo quando o que julgava ser seu prisioneiro começou a mudar. Sons cristalinos e luzes foram tomando todo o espaço à volta, que lhe causaram dor e confusão.

Chocado e confuso soltou-se de Uivo e começou a se afastar. Quando estava à curta distância, procurando se recompor, algo o atingiu com uma força terrível.

Incrédulo sentiu algo crescendo dentro de si. Era uma dor nunca experimentada, que julgara que nunca poderia ser criada para atingir alguém como ele. Mas ali ela estava, exigindo sua atenção, exigindo que procurasse, a qualquer custo, se afastar dela.

Numa explosão de revolta usou todo seu poder e conseguiu se safar.

Devagar foi tomando consciência novamente do mundo, e o que viu o deixou chocado. Uivo estava à sua frente, tranquilo, observando-o, totalmente despoderado. Ele se mostrava ferido, com vários cortes que lentamente iam se fechando. Mas estava ali, à sua frente, postado tranquilo, em paz.

Então olhou para si e viu ferimentos que nunca julgara que poderia ter, desde que vira a execução da filha.

- Como conseguiu isso?

- Em todo mal, um bem; em todo bem, um mal... Eu escolhi meu lado. O mal que há em mim, posso decidir quando usar. E isso porque ele não está subjugado, mas sim, porque faz parte do que sou.

O velho demônio se levantou, totalmente recomposto.

Devagar se aproximou de Uivo, e Uivo pode ver dentro da escuridão um humano de rosto duro e pesado, de corpo rijo e andar majestoso.

- Não era o que pretendia que escolhesse, mas fez sua escolha. Com isso eu posso viver...

E dito isto, sem qualquer aviso, o velho demônio se desfez no ar.

Uivo ficou um bom tempo ali, flutuando, observando distraído o azul profundo onde o seu avô desaparecera. O ar parecia melhorado, mais limpo. Com curiosidade examinou as sombras das mãos e dos braços, e viu que não havia mais diferença entre demônio ou pumacaya, dependendo de como se focasse. Não havia, na verdade, o Uivo, como não havia o pumacaya e nem o demônio, não como entes separados. Era apenas ele, ali.

Então se lembrou da energia de que precisava para se manter na energia escura, e apenas viu indignação contra um ato ruim, ou uma determinação ferrenha em defender o que acreditasse justo ou...

Como se fosse uma explosão sentiu que seu mundo se reconhecia e crescia. Não era o ódio à vida e aos seres, não era o medo e a indiferença que o mantinham, mas era, simplesmente, o amor à vida e ao que acreditava certo. Com um sorriso esgarçado expandiu-se e se sentiu bem consigo mesmo. Voltando os olhos para baixo, bem longe para o leste, viu a comitiva, e viu a energia dolorida e preocupada de Allenda.

Então, apenas pela vontade surgiu no céu, bem acima da comitiva. Com tranquilidade foi descendo suave, tocando o solo ao lado de Allenda, no meio da comitiva.

Como demônio diminuiu sua altura.

De ímpeto Allenda se adiantou e se abraçou nele, um soluço contido percorrendo seu corpo.

Uivo, com muita suavidade a abraçou, permanecendo em silencio ante todos.

Uivo afastou um pouco o rosto, os olhos nos dela presos.

- Esse sou eu, Allenda. E com a voz sexy – sorriu naquela cara estranha.

Allenda o olhou surpresa, e abanando a cabeça enquanto soluçava, se abandonou em seu abraço.

> Eu amo você, Allenda – sussurrou.

- Então nada mais de pumacaya? – ela perguntou num fio de voz, se apertando um pouco mais contra ele. – E nem mais só o demônio?

- Só quando eu assim quiser. Mas, essa agora é minha forma.

- E quanto ao seu avô?

- Ele se foi. Tenho certeza de que agora vai nos deixar em paz, e isso porque aceitou a minha decisão. Ao menos por enquanto – sorriu satisfeito.

O anjo suspirou satisfeito, voltando sua atenção para Medriel e para os outros dois, ao seu lado.

- Foi uma vitória e tanto, a do nosso amiguinho ali, não foi? – sorriu feliz.

Medriel viu toda a luz da comitiva abaixo, as auras se revolvendo suaves. Lançou a atenção um pouco para o oeste, onde ficou atento à uma aura escura e pesada e, até mesmo, um tanto satisfeita, que se afastava.

- Sim, realmente, essa é uma vitória e tanto...

LUAESCURA E MERCATOR

Amigos e inimigos envoltos em uma dança sem muito sentido. Contratos feitos, ajudas que se dão, atenções e intensões ocultas no véu descido. Vai ser muito estranho quando soubermos quem somos e o que são os outros?

Desde que se encontrara com Arael sua curiosidade fora espicaçada. Na surdina sondara sobre eles, e soube de muita coisa sobre Mercator. Mas, o que mais a tocara fora como Éfrera fora morta pelos demônios e como Mercator, mesmo sem pedir ou aceitar, fora de certa forma consolado pelos anjos. Era muito curioso o cuidado dos anjos para com aquele demônio em particular.

E agora o via no topo de um monte suave, muito quieto, abandonado numa ilha no meio de um largo rio caudaloso.

Ele parecia ensimesmado, pensando, como ouvira falar que era o costume dele.

De longe o examinou, surpresa com o poder que se irradiava dele. Já o seguia à distância por alguns dias, o que lhe dera oportunidade de ver essa mesma energia flutuar. Em alguns momentos era quase recolhida, e em outros era uma energia nervosa e perigosa, pronta a se liberar e destruir o que quer que estivesse ao lado, ou sobre o qual pusesse sua atenção.

Mas, agora, era apenas uma energia recolhida, pensativa.

Confiante resolveu se aproximar, mas tendo o cuidado de se manter alerta e de não se aproximar demais.

- Sabe, eu a encontrei. Eu me encontrei com Éfrera – resolveu usar a voz, não querendo arriscar uma reação por um toque de mente.

Assim dito desceu um pouco distante do gigante.

Ainda não sabia por que aquilo lhe interessava, porque aqueles dois chamavam sua atenção. Só sentia que era uma vertente interessante, uma possibilidade que ainda não conseguia definir.

- Éfrera morreu – ouviu do gigante, a voz gutural e fria como uma lâmina, percebendo uma tensão e uma ameaça velada nela, o que a pôs de sobreaviso. Não era estranho que não fosse uma voz normal, mas que era uma voz estranha e grave que parecia nascer de todos os lugares à sua volta. Seus músculos estavam tensos, preparados para agir a qualquer movimento suspeito do gigante.

Então, baseado no que ouvira, prestou atenção nas runas no corpo do gigante, e viu que elas estavam quase imperceptíveis. Relaxou um pouco, mas não muito, porque poderia estar sendo enganada.

- Ela me contou... Quer dizer, Arael me contou. Ela é uma entrante.

- E por que isso lhe interessa? Por que isso deveria me interessar?

- Não sei, Mercator. Mas, gostei dela. Quem diria, uma demiana.... Mas ela é legal...

- Bom para você, dêmona – falou, a tensão um pouco mais aumentada. – O que veio procurar? Morte? Honra em batalha?

- Sabe que não sei, demônio? Acho que confio em Arael. Se ela lhe tem respeito, o que parece ser mútuo, então você deve ter algum valor...

LuaEscura sentiu seu sangue gelar ao ver a espada descer sobre si. Num movimento automático escorregou para o lado, seus lados crescendo em farpas que atingiram o demônio por toda sua extensão.

Mercator apenas girou, a espada rubra cortando as farpas. Então a espada girou para os lados, a lâmina passando a centímetros da garganta da juguena.

LuaEscura saltou para longe, espantada com a velocidade e a frieza com que ele atacava. Mas nem bem tocara no solo Mercator já estava com ela novamente ao alcance. O encontrão que ele lhe deu a lançou para longe, para dentro do rio. E ele a havia tocado, tocando sua essência, sua energia, o que a deixou zonza. A energia terrível dele tocando sua energia a deixara horrorizada.

Então viu o avanço terrível dele a partir da margem. Como se hipnotizada viu-o se lançar para cima a partir do rio, lançando uma nuvem de água em seu encalço.

LuaEscura mergulhou mais fundo, vendo o gigante atingir o local onde estivera, a espada espumando nas águas enquanto descia para o fundo.

Preocupada viu a enorme sombra mergulhar com imensa violência e vir pela água em sua direção, irresistível e veloz.

Sem pensar saltou da água e caiu na margem, seu corpo todo arrepiado de energia, se preparando para vender caro a vida.

Nem bem fixara a vista em um movimento na margem o viu explodir para cima, o rosto duro e impenetrável fixado sobre si, a espada eletrizada tomada de energia, levantada contra o céu. Os olhos dele estavam presos nos seus, enquanto descia com absurda velocidade contra ela.

Era tudo tão rápido que ela, por mais que tentasse, não conseguia obter qualquer controle, ou uma mínima vantagem que fosse.

LuaEscura sentiu a espada rasgar seu braço esquerdo, fundo e dolorido. Mas não se deu tempo para se lamentar. Num salto se colocou bem acima na margem, escapando por um triz de um novo ataque, enquanto tentava lhe infringir algum dano com suas sombras, que apesar de atingi-lo, pareciam apenas aumentar sua determinação em destruí-la.

O golpe a atingiu com tal poder que lhe sobrou apenas rir para aquela cara sombria. Confusa com tamanho poder com dificuldade estendeu sua percepção, e viu, surpresa, que ele era uma força medonha que se irradiava para outras dimensões, que delas também se fortalecia ainda mais, poder esse que se abrutalhava na terceira. Já ouvira falar dos impartidos, mas, pelo que lembrava, eram somente da luz. Agora via que, se ele não fosse um impartido, estava bem próximo de ser um.

Ela estava imobilizada sob o pé do gigante, que lentamente guardava a espada. Havia uma perigosa frieza em seus modos, e ficou se perguntando se seria torturada por muito tempo antes que ele a deixasse ir, morta que estaria.

Riu novamente em desafio.

Mas então ele parou, ainda a mantendo imobilizada. Ele ficou em silêncio, os olhos voltados para a floresta na margem do rio.

Com dificuldade LuaEscura conseguiu virar o rosto, e apenas pode ver com esforço uma luz suave vir pelos troncos das árvores. Era como uma canção gentil, um sussurro tranquilo que se aproximava em paz.

Então ela apareceu.

Devagar ela foi se adiantando até se postar um pouco distante na mesma margem. Ela apenas ficou parada ali, os olhos sossegados presos nos dois.

- Eu também achei essa dêmona muito legal. Você não acha, Mercator? – perguntou se adiantando majestosamente, parando a alguns metros dos dois.

LuaEscura voltou os olhos para o demônio que agora a observava, como se estivesse saindo de um sonho.

Então LuaEscura sentiu a força com que era pressionada contra a terra se ir. Com a respiração um pouco difícil seguiu o demônio se afastar um pouco para dentro do rio, mantendo as duas sob atenção.

Arael se aproximou da juguena e lhe estendeu as mãos.

LuaEscura, tomada de dor aceitou a ajuda e se ergueu. Sorriu para a demiana. Então se virou para o demônio que permanecia em silêncio dentro do rio, bem próximo à margem.

> Essa é LuaEscura, Mercator, e eu a chamo de amiga.

- Sua amiga... – falou o demônio, a voz distante e dura, porém, agora não tão dura e cruel quanto antes.

- Sim, Mercator... Ela não lhe quer mal...

- Como pode alguém desejar mal ao mal? – cismou ele, os olhos vagando pelo rio. – O que sou nesse rio que sou? O que sou, Arael?

LuaEscura sentiu um nó na garganta ao ouvir a voz do demônio. Agora conseguia entender que havia ali, naquele terrível demônio, muito mais do que algum dia poderia sonhar em ver. Havia uma esperança, um enorme desejo de ter esperança.

Enormemente tocada, impensadamente se despoderou de vez e se aproximou do gigante, parando a poucos metros dele. Ali estava uma dor que viu ser tal como a sua, desde que dera com Uivo e Allenda.

Então resolveu que seu medo e seu ódio não tinham motivo para estar ali, naquele momento, em seu coração.

- O que você quiser, Mercator. Eu tinha a mesma dor, e vi um dahrar e uma flor-do-mato, e neles vi esperança. Você, gigante, é o que decide ser, a cada decisão que toma.

Arael suspirou aliviada quando o gigante recuou um passo a mais para trás, mais para dentro do rio, como se quisesse manter uma distância protetora para a juguena. E ficou ainda mais aliviada quando as runas se suavizaram e a energia dura em torno do demônio se dissipou como uma neblina tocada pelo sol suave.

- Por que a vida se preocupa tanto comigo? – suspirou para as duas. – Eu apenas sinto que deveria ser destruído...

LuaEscura observou Ariel de soslaio, e viu o intenso carinho em seus olhos molhados, de onde uma grossa lágrima escorria.

- Não existe nada contrário ao amor, Mercator. Mas o ser pode ser enganado em pensar que ele está apartado dele quando sente medo, quando sente... saudades. Saudades, Mercator... – sussurrou Arael, se colocando ao lado da juguena.

- Saudades, saudades... – sussurrou o demônio se elevando, mantendo os olhos nas duas. – Essa, sim, é uma palavra de poder... – falou em despedida, se perdendo acima, além da curva do rio.

- Você não acha que se arriscou demais, juguena? – Arael sorriu enquanto secava a lágrima, vendo o demônio se perder rio acima.

- Sim, foi muita burrice. Acho que fiquei confiante demais. Ele é muito perigoso... – falou se virando para a demiana.

- E quem são esses de que falou? Um dahrar e uma flor-do-mato? – perguntou interessada. – Eles devem ser muito poderosos juntos, para atingir assim uma juguena.

- Eles são diferentes, Arael. Ele é um demônio, que não quer ser demônio, e ela é uma flor-do-mato de muito poder, ainda mais quando ele está próximo. Você vai gostar deles quando os conhecer.

- E onde eles estão, agora?

- Ela faz parte de uma comitiva de guerra que está se encaminhando contra os demônios que descem as montanhas. Já ele, eu não sei ao certo.

- Um demônio que não quer ser demônio?

- Isso! Ele teme deixar surgir o demônio e arriscar a vida dos amigos da comitiva, mas principalmente a vida dela. Da última vez que o vi ele estava rondando a comitiva, afastando qualquer mal que pudesse pensar em ir contra eles.

- Ora, que incrível, uma comitiva de guerra. E um protetor demônio da comitiva de guerra. Uauuuu. Isso deve ser bem interessante.

- Gostaria de conhecê-los?

- Claro que sim, LuaEscura. Mas, me esclareça antes: eles te aceitaram?

- Ainda não totalmente, mas isso não tem importância. Eu os aceitei – riu, conferindo seu corpo e vendo que já estava praticamente curado.

- O que sugere, então?

- Primeiro, Arael, vamos encontrar Uivo... – falou se elevando, logo sendo seguida pela demiana.

A SEGUNDA COMITIVA

Se os maus veem as coisas em curto tempo, os bons o veem muito além. Para os primeiros o ganho rápido, para os outros um acumular lento e firme que não se perderá e que o tempo não destruirá. O tempo é um mago que adora iludir.

I

RoupaSuja e BraçoDePedra deixaram a comitiva de Danbara, que seguiam sem que fossem notados, se adiantar, ficando um pouco para trás, esperando o amigo que vinha ao encontro deles.

RoupaSuja observou Uivo surgindo no céu, e o momento em que os encontrou. Ele vinha com um pouco de poderamento como demônio, de tal forma que lhe permitisse fazer do céu um caminho.

Assim que ele desceu ao lado dos dois RoupaSuja confirmou que algo nele estava diferente.

Olhando para BraçoDePedra viu que ele também desconfiava de que algo havia acontecido com o amigo desde quando, de súbito, os deixara para proteger a comitiva de Danbara e se fora como um louco, na direção da outra comitiva.

- Ele estava lá, não estava? O seu avô? – perguntou BraçoDePedra desconfiado.

- Sim, ele estava. Ter colocado em mim a imagem da comitiva de Danbara não passou de uma armadilha. A comitiva de Allenda sempre fora sua primeira opção. Mas, felizmente, tudo está acabado, ao menos por enquanto.

- Vocês lutaram?

- Sim, RoupaSuja, e dessa vez não houve vencedores. Por mais estranho que pareça, ele até pareceu satisfeito. Parece que ele queria apenas uma decisão minha. Se deu por satisfeito e se foi.

- Por que com sua mãe foi diferente? – estranhou BraçoDePedra.

- Tem que pensar como demônio, ou anjo – explicou RoupaSuja. - Ele queria se mostrar útil aos demônios; enquanto ao mesmo tempo queria se vingar da filha, porque acreditara que ela ficaria ao lado dele.

- Bem, e por aqui? – perguntou Uivo sentindo a comitiva bem à frente. – Algo aqui está diferente - falou, os olhos passeando pela paisagem.

- Sim... Está assim por muito ao redor – confirmou BraçoDePedra observando o lugar. – Não há mais muitas ameaças por essas bandas. Tudo por aqui está um pouco mais limpo.

- Talvez alguns dos demônios e dos seus lacaios tenham ido para outros lados... – sugeriu Uivo.

- Não! Tudo está assim por longo espaço.

- Foram vocês?

- E também a comitiva de Danbara. Eles trabalharam duro – contou BraçoDePedra.

Uivo estendeu sua percepção e sorriu.

- Vamos indo? – convidou os dois apontando o caminho que levava à comitiva de Danbara. – Há muitas novidades para contar para vocês.

- Também tenho algumas para vocês – contou RoupaSuja.

- Ele estava dando uma batida – BraçoDePedra explicou para Uivo. – Ele voltou agora há pouco – Ele estava vasculhando a região lá do alto.

Uivo inspirou demorado enquanto tomavam o caminho pela campina iluminada pela lua cheia. O céu estava estrelado e o tempo estava quente. A lua estava mais para o Oeste, mas ainda iria demorar para que se ocultasse atrás da cadeia de montanhas.

- Danbara foi rápida e inteligente – falou RoupaSuja. - Ela reuniu um exército respeitável, que usou para limpar a maior parte dessa área. Muitos coloridos foram mortos, e uma grande quantidade voltou correndo para o lugar de onde veio, na raiz das montanhas frias.

- Isso quer dizer que a batalha aos pés da montanha será intensa. Se eles estão se engrossando por lá, ... os que descem se juntando com os que retornam. Então vai ficar feio! – previu Uivo.

- Pode ser. Por isso é bom ir diminuindo esse pessoal, atacando os retardatários – cismou BraçoDePedra. – Usando seus sentidos de anjinho, meu amigo, quanto tempo de viagem daqui até a comitiva de Danbara? – perguntou para RoupaSuja, um sorriso contido no rosto.

- Se vocês se poderarem poderemos encontrá-los a meio-dia daqui. Mas, há uma outra coisa acontecendo. Um membro da comitiva de Adanu, um saci que se chama Ybytu, está progredindo para encontrar Danbara. E ele não está sozinho!

- Quem o acompanha? – perguntou Uivo.

- Ellos... Uma companhia de ellos guerreiros e uma esquadra de carcarás. E eles estão indo muito rápidos...

- Isso é bom, muito bom. Mas, me diga, e quanto a um caipora? Viu um caipora junto deles? - Uivo estranhou RoupaSuja não mencionar o caipora.

- Não, não havia nenhum caipora por perto – confirmou. - Mas há uma outra coisa ainda, e terrível.

Uivo e BraçoDePedra pararam no caminho, atentos ao anjo.

> Há um exército de coloridos progredindo em direção
à comitiva de Danbara. Eles vão rápidos e silenciosos e não
devem demorar para alcançá-los. Ybytu e os aliados devem estar
tentando se antecipar a eles.

- Quem chegará primeiro? Os coloridos ou Ybytu?

- Acho que Ybytu. Ele está indo muito rápido. Mas a
distância no tempo entre os dois exércitos não será muito grande
– ajuntou. – No entanto, eles vão chegar bem antes de nós.

- Então temos que ir mais depressa agora. Não temos
tempo a perder – falou Uivo, se poderando pouca coisa a mais.

- Não, não vem não, RoupaSuja, e nem você, Uivo. Eu
sei ir rápido. Além disso, nós três não seremos o ponto decisivo
contra eles.

- Está bem então... – concordaram RoupaSuja e
BraçoDePedra.

Num impulso RoupaSuja subiu ao céu tomando a
direção do Noroeste. Uivo, acompanhado do ágil e veloz ellos,
partiu rápido atrás do anjo.

II

Danbara girou no chão, a lâmina da espada cortando os
coloridos que a haviam cercado.

Cansada se ergueu, seus ouvidos se enchendo dos gritos
de dor e de ódio que corriam pela planície úmida. O exército dos
coloridos, apesar de muito dividido e combatido, segundo
informações trazidas por Ybytu, ainda era grande comparado às
forças que haviam conseguido reunir.

Danbara deu cabo de mais dois que avançavam contra
si. Se esforçou em se manter firme, ignorando a dor dos
ferimentos, que estava muito intensa.

Batalhava contra três quando sentiu uma dor aguda nas costas. Com um puxão tirou com violência o thianahu que se segurava às suas costas, empurrando com força a adaga contra o seu corpo. Com desprezo atirou seu corpo para o lado, confirmando que ele ficou imóvel no meio dos cadáveres que coalhavam aquele lugar.

Ao ver um vulto vir depressa pela sua direita conseguiu apenas se esquivar levemente. O empurrão que sentiu a lançou longe, uma dor latejando em suas costelas. Levantou-se depressa e se virou, se defendendo com a espada, bloqueando o golpe do esporão do manta que buscava sua garganta. Mas o golpe foi forte e quase a desequilibrou. Veio mais outro ataque. Tentou respirar, notando que a dor estava incômoda demais. O manta pareceu eufórico com a possibilidade de matá-la. Danbara aguardou, e o rasgou de cima abaixo quando ele se aproximou, confiante demais.

Com dificuldade se levantou e pôs as armas à mostra. Três coloridos sorriram cínicos, avançando dominadores.

Os três não esperavam quando Jádina apareceu, fazendo-lhes frente ao lado de Danbara. Eles pararam assim que viram as duas juntas. Súbito, sem aviso, as duas saltaram e os estraçalharam.

A peleja se estendia e as forças inimigas se fechavam cada vez mais em torno deles.

Danbara suspirou.

Havia luta em torno dela, mas estranhamente estava tranquila. Ninguém parecia se importar com ela, ou mesmo notá-la. Os carcarás passavam velozmente, atacando mantas e sombras e as estranhas aves dos thianahus. E os ellos abriam corredores no meio dos inimigos, sempre próximos às bordas da comitiva. Quando os inimigos se fortaleciam eles recuavam para dentro das linhas, com maestria atacando outros pontos.

- A força deles está diminuindo – ouviu à sua direita. Era Jádina, visivelmente cansada, mas feliz, toda manchada de sangue.

- Precisamos abreviar essa batalha. Lá, está vendo? Parece ser quem coordena.

- Mas não há como chegar até ele – refutou Jádina, observando o comandante inimigo. – Ele está protegido demais por aqueles sombras e pela tropa. Precisamos continuar minando suas forças, até que ela se desmorone e se desfaça.

- É... Atacar e esperar que falhem em algum momento... – Danbara suspirou se atirando contra dois thianahus grandalhões que vinham correndo para o seu lado.

Jádina foi a primeira que os viu, despencando com fúria no meio de um grupo de coloridos. Tomada de alegria levantou suas armas e gritou eufórica para o ar tenebroso.

Quando Danbara se virou e os viu, após ser alertada pelo grito luminoso e raivoso de Jádina, que soube que havia esperança de terminar rapidamente com aquela batalha. Uivo avançava irresistível, meio puma e meio demônio, cortando e rasgando, abrindo caminho até elas, em companhia de um ser que parecia ser um estranho ellos. E sorriu mais confiante, vendo um ser claro como um anjo cair no meio de um grupo de mantas.

Jádina respirou fundo, atacando com redobrado ímpeto.

- Pensei que não viria! – Jádina falou para Uivo assim que ele se postou ao seu lado.

- Sentiu muito a minha falta?

- Um demônio engraçadinho... Melhorou muito, héim? Que bom... – com um avanço seco espetou a cabeça de um colorido. Com um puxão tirou sua espada, e o ser caiu lento no chão macio.

- Dê-lhe uma chance – repreendeu Danbara com um sorriso, em cumprimento. - E seus amigos, quem são?

- Um é um anjo, o maior de asinhas... – sorriu por sua vez, as garras parando de súbito e cortando fundo um colorido que passava ao lado. – E o outro, o menor, é um ellos, que também é um feiticeiro.

- Veja seu amigo Ybytu, lutando com ódio difícil de ver em sacis... Muita dor! – observou Jádina se referindo ao saci, que acabara de esmagar dois coloridos com uma laje rochosa, antes de se tornar redemoinho e deixar vários desnorteados, do que se aproveitou Tapui, chutando e esmagando muitos deles. – Sabe por que ele está com essa dor absurda? – gritou girando para escapar da estocada de um thianahu, que Danbara atingiu com violência, jogando-o contra as fileiras inimigas.

Uivo olhou de soslaio Ybytu, e viu que Jádina estava com razão: Ybytu lutava de uma forma incomum. Procurou e não viu sinal de DenteDeAlho.

- Viram algum caipora junto dele? – perguntou, gingando para escapar do ataque de um thianahu gigantesco. Com um giro cortou o tendão do joelho. O gigante se dobrou, enquanto Jádina cortava sua garganta num salto elástico.

- Não vimos – disse Danbara, seguindo para frente junto com os dois.

Uivo olhou rapidamente onde estava Ybytu, tentando ignorar uma voz que ressoava agourenta.

De forma lenta e trabalhosa, lentamente os coloridos foram sendo batidos, metodicamente, até que o último foi atingido por uma flecha disparada por Jádina, que inspirou demoradamente os cheiros do campo de morte.

Danbara respirou fundo, se acalmando, observando seu exército, conferindo que ele fora duramente castigado.

> Perdemos muitos, e temos muitos feridos – falou para Jádina. - Quase três quartos de nós se foi deste mundo. – Se não

fosse o aviso e a ajuda de Ybytu e seu grupo, e de vocês, Uivo, teríamos muito para lamentar - reconheceu.

Uivo a observou, sentindo toda a tristeza que ela controlava.

- Sim, muitos feridos, inclusive vocês, Danbara. Devem se cuidar, vocês duas. Não podemos perder vocês...

Danbara o observou, os olhos fixos no puma demônio.

- Você também, não é mesmo Uivo?

- Não sou tão importante para esta guerra – declarou com tranquilidade. – Não sou um líder de seres, e não repousa sobre mim destino que não seja o meu – falou cumprimentando os guerreiros que se aproximavam. – Além disso, consigo me curar muito rapidamente.

Com um movimento de cabeça cumprimentou Ybytu, e depois um ellos poderoso e, logo a seguir, um carcará um pouco menor que uma harpia, que pousara num grosso galho perto do grupo.

- Sei... – sorriu Jádina aplicando um emplastro que preparara em um ferimento feio em sua perna direita. – Então só não é mais rápido porque não quer, é isso? – riu debochada.

- Sou PedraAfiada – se apresentou a eles o ellos. – E este é PenaNoCéu – apresentou o carcará, que mantinha os olhos alertas.

-Temos muito a agradecer a vocês. Teria sido terrível se não tivessem chegado a tempo.

- Ainda bem que deu tempo, né? – falou Ybytu se aproximando. – Queríamos chegar bem antes, e não junto com eles – se desculpou, o olhar sério e duro.

- Foi no tempo correto – Jádina agradeceu.

- E seus guerreiros são formidáveis, PedraAfiada e PenaNoCéu! – congratulou Danbara. - Uma ajuda assim é muito valiosa. Obrigada!

O ellos a cumprimentou em agradecimento, tal como o carcará.

- E a você e a seus amigos também, Uivo, temos muito a agradecer – Danbara sorriu.

- Não há o que agradecer. Foi um prazer lutar mais uma vez ao lado de vocês.

- Concordo plenamente, não é mesmo, RoupaSuja? – cumprimentou BraçoDePedra se aproximando do grupo.

- Claro que sim. Me senti honrado.

Jádina o olhou com divertimento nos olhos, observando o jeito tranquilo e simples do anjo.

- Então, o que o trouxe, Uivo, a você e a seus amigos para esses lados? Claro que estou contente por terem vindo, mas também estou curiosa...

- RoupaSuja viu os coloridos vindo na direção de vocês, bem como Ybytu e seu grupo. Viemos para dar uma ajuda. Além disso, eu pretendia seguir um tempo com vocês, Danbara.

- Se assim resolverem, teremos muito gosto na companhia de vocês – sorriu Danbara satisfeita.

- Vocês lutaram muito bem... – elogiou RoupaSuja. – Estão de parabéns...

- Um anjo, certo? – conversou Jádina.

- O nome dele é RoupaSuja. E agora totalmente numa versão mais evoluída, porque agora ele tem asinhas... – riu BraçoDePedra.

Danbara riu, vendo a cara de moleque que ele fez ao espicaçar o anjo, que parecia divertido com a amolação do amigo.

- E você é um feiticeiro, é isso? Eu vi como luta...

BraçoDePedra olhou para Uivo e sorriu.

- Pode-se dizer que sim... É, pode ser. Mas eu sou um mago...

- Mago é um ser fraco, que usa ilusão... Feiticeiro é um ser de poder, de determinação... Não, pelo que vi você não é um mago, mas sim um feiticeiro – elogiou Danbara.

- Vai elogiando, vai elogiando. Depois não reclame, e muito menos peça ajuda... – brincou RoupaSuja.

- Que bom... É bom conhecer um anjo com humor. Dizem que isso é muito raro – sorriu Jádina.

- E você já viu muitos anjos? – interessou-se Uivo.

- Não! Apenas ouvi muitas estórias, como qualquer outro – explicou.

- Você disse que "pretendia" seguir um tempo conosco... Desistiu? – quis saber Danbara.

- Vocês estarão bem. Preciso seguir em frente – revelou Uivo.

- A comitiva de Adanu?

- Sim, isso mesmo! Um exército desse tamanho atacou vocês, e por sorte estavam bem fortalecidos. Mas a comitiva de Adanu não está tão reforçada assim. Acho que podem precisar de ajuda. Pode ser que alguma força vá contra eles. Quando vim até vocês eles estavam se deslocando rápido. Sabem onde estão?

- Eles foram para o Oeste, na caça de um outro exército de thianahu – informou Ybytu.

- Outro grupo?

- Sim. É um exército, um pouco maior que esse que atacou aqui – revelou, notando que Uivo agora se mostrava ainda mais preocupado.

- E por que esses vieram tão à frente? O que eles estão procurando?

- Eu os ouvi conversando, quando nos capturaram – contou Ybytu. – Eles querem destruir os maiores locais de poder, querem destruir os totens e eliminar bolsões de exército.

Ybytu viu o desconforto que tomou a todos. Foi involuntário os olhos de todos examinarem ao redor.

> E eles contavam com uma caveira bruta para guiá-los – continuou Ybytu.

- Uma caveira, aqui? Hum... Quanto a ela, vocês a tomaram? – perguntou RoupaSuja.

- Sim, ela foi encontrada entre os mortos, onde ela estava muito bem escondida. Nós a enviamos para o conselho nas garras de carcarás – contou PedraAfiada.

- Bom, muito bom – suspirou BraçoDePedra.

- Você disse que foram capturados. Onde está DenteDeAlho? – perguntou Uivo com os olhos fixos em Ybytu, seu coração batendo dolorido. Desconfiava da origem da imensa dor do amigo.

Ybytu ficou em silêncio, a face pesada, observando distraído o chão. Quando levantou o rosto havia uma dor silenciosa nele denunciada.

Todo ficaram em silêncio, aguardando se desfazer o nó que Ybytu tinha na garganta.

- Estávamos na comitiva de Adanu – conseguiu falar por fim, a voz pausada e distante, - quando encontramos sinais de um grande exército, que mais à frente se dividiu em dois. Um deles foi para o Oeste, e o outro para o Norte. Nós seguimos o exército do Norte. Passamos à sua frente e tentamos combatê-los. Para isso os dirigimos para as terras dos ellos e carcarás, esperando que, com eles, os destruíssemos. Mas os carcarás e os ellos não estavam lá - sorriu triste, olhando para o ellos e para o carcará. – Então fomos cercados e aprisionados. DenteDeAlho foi sacrificado. Eles queriam, assim, corromper aquela terra com um sacrifício ao deus deles. E, se não fossem os ellos e os carcarás, que retornaram para suas terras, eu também teria sido sacrificado[4].

- DenteDeAlho era um grande guerreiro, e morreu com honra! – murmurou Uivo respeitosamente, quebrando o silêncio que se fizera.

- E quanto a comitiva de Adanu? – Danbara quis saber.

- Temo por eles! Eles são poucos agora, e estão muito surrados. Adanu está ferido, muito ferido – revelou. – E Allenda está bem – falou, vendo a tensão que tomara o amigo.

Uivo ficou pensativo.

- Apesar de tão surrados, mesmo assim ainda saem para caçar um exército?

Ante o silêncio, Uivo resfolegou baixinho.

- Há algo mais, não há? – Jádina desconfiou.

- É sobre Tenebe – falou, os olhos procurando o rosto de Uivo.

- Eu já soube – Uivo contou.

- O que aconteceu com Tenebe? – Danbara perguntou, intuindo que havia algo importante ali.

- Ele se foi, com grande dignidade. Ele defendeu a comitiva de um manta que se preparava para atacar. Ele o matou, mas algo aconteceu. Ele se foi, desapareceu, e não sabemos para onde foi, ou o que pode ter ido fazer.

- Se foi? Desapareceu? Como assim? – perguntou, uma preocupação intensa anuviando sua face.

- As árvores nos contaram, e depois uma assembleia de famíliás confirmou, que o viram matar pelo menos um manta e depois, simplesmente, desaparecer... Ele sumiu no ar.

Jádina o observou cuidadosamente, se esforçando em ignorar o peito doído ao ver a expressão de dor em Uivo.

---

[4] Este evento está explanado no livro 3 de "Os danatuás", do mesmo autor.

- O que mais há, Ybytu? – Danbara desconfiou.

- A pedra verde de Tenebe não era uma pedra comum – contou. – Os famíliás disseram que, antes de Tenebe sumir, viram a pedra se transformar em uma caveira esverdeada. Aparentemente era uma muta disfarçada.

- Só pode ser VidaSempre – suspirou RoupaSuja incrédulo. – Então ela estava oculta, às vistas – suspirou.

- Coisas de Tenebe, coisas de xamãs... – Ybytu disse por fim, vendo a dor em Uivo.

- É uma guerra dura demais para os homens... – sussurrou RoupaSuja.

Uivo sorriu, o olhar perdido na distância. Então, sem falar nada se afastou. Uma do crescia agora em seu peito, uma dor que surgia por ter, agora, um momento de paz. Sorriu triste ao se afastar, sentindo que tinha que se dar um tempo para suavizar suas dores.

Jádina ficou observando seu caminhar cansado e pesado, pensativo. Era um caminhar cheio de dor e recordações, podia ver.

- Vamos deixá-lo só, por agora. Deixemo-lo conviver com sua perda – falou Jádina ao ver que o estranho anjo fazia menção de ir atrás dele. – Quando ele se sentir pronto ele voltará.

O anjo parou e ficou observando-a, curioso, a aprovação estampada no rosto.

Jádina sorriu.

- E vocês? Vão seguir para o Oeste também? – Danbara perguntou, observando o ellos e o anjo.

- Sim... Se tem um grande exército por lá, vai ser interessante - falou BraçoDePedra. – Além disso, a comitiva de Adanu corre risco.

- Nós também seguiremos para aqueles lados – revelou o ellos PedraAfiada – Eles estão muito próximos de nossos domínios.

- E nós também – revelou PenaNoCéu, que permanecia empoleirado no mesmo galho, atento à reunião.

- E depois? – quis saber Jádina. – Quando esses inimigos forem abatidos, vocês todos voltarão para seus domínios e caminhos?

- A maior parte de nós, sim. Mas alguns de nós receberam autorização para se juntar aos danatuás. E o mesmo se dá com os carcarás.

Danbara observou o chefe ellos e o carcará, e sorriu satisfeita.

- Vai ser ótimo contar com guerreiros tão formidáveis quanto vocês.

O ellos e o carcará agradeceram o elogio.

- Estamos próximos aos pés das montanhas, e logo as serras começarão a subir sem descanso. Temos que deixar essas terras protegidas para podermos seguir em frente – completou BraçoDePedra, vendo que Jádina observava a ele e a RoupaSuja com a pergunta no rosto. - Esse exército que sobrou precisa ser destruído - declarou. – O caminho que virá depois, depois decidiremos. E quanto a vocês? Para onde vão? – perguntou se dirigindo à Danbara.

- Nós vamos continuar por esses lados. Soubemos que ainda há focos de ataques para o Norte. Vamos averiguar! Se não houver mais resistência pesada logo chegaremos ao ponto de encontro com o exército do conselho – revelou Danbara. – Agora vamos, vocês precisam descansar para poderem continuar o caminho. O dia não demora a raiar – falou, vendo Uivo retornar para junto deles.

Uivo ficou observando a movimentação no acampamento, e depois seus silêncios, os passos dissimulados dos vigias, os grilos e os pássaros da noite. O dia veio surgindo quando ele se espreguiçou e se levantou, a alma tranquila e em paz.

Não demorou e logo todos que iriam seguir viagem estavam prontos.

Danbara e Jádina olharam para o pequeno ajuntamento dos que iam partir.

- Vamos nos encontrar novamente, com todos vocês. Que as batalhas à frente sejam batalhas incríveis – Danbara saudou.

Uivo agradeceu, e olhou fundo nos olhos de Jádina, que o olhava divertida.

- Foi bom lutar com você novamente, puma, bom-demônio. Que seu caminho seja incrível.

- O mesmo para você, Jádina. Você é uma guerreira incrível. É sempre bom estar ao seu lado, quer dizer, vocês, ... ao lado de vocês – sorriu.

Danbara deu um sorriso para a irmã, antes de gritar que se preparassem.

Como uma orquestra, o exército de Danbara se mexeu. Humanos se ligaram a entes e, um a um, sumiram na direção do Norte, atrás dos montes suaves.

- Jádina, ... Não ficou esse cumprimento fora de lugar, por aqui? Havia muita eletricidade quando você falou esse nome - brincou BraçoDePedra, os olhos postos nas costas de Jádina, que se perdia no meio de sua comitiva.

- Vocês são uns trouxas! Vamos, temos que ir embora! Pode nos indicar o caminho, RoupaSuja?

- Vai ser fácil! – sorriu abrindo as longas asas. – Não seria bom se a bela Jádina viesse conosco? – riu.

- Acho que não – gritou BraçoDePedra. – A bela Allenda poderia se queimar com isso.

Uivo parou, olhando sem graça para os dois, que se poderaram, fazendo de conta que não lhe prestavam atenção.

Os carcarás piaram forte em revoada e se lançaram no ar, seguindo atrás de RoupaSuja. Após um sorriso cumplice BraçoDePedra e os ellos de PedraAfiada e sua tropa, juntamente com Ybytu, se puseram em trote.

Uivo inspirou forte.

Então se virou, no exato momento de ver Jádina, sobre um monte, silenciosamente observando-o.

Então a viu levantar as armas em despedida, logo se virando e se colocando dentro da comitiva que partia.

Uivo sorriu para o céu escuro e para o dia que nascia.

O dia amanhecia pesado, todo coberto de nuvens cinzas.

Um a um viu seus companheiros se poderarem, tomando o caminho em direção ao Oeste. Havia paz naquele dia, sentiu, uma paz cheia de promessas, uma paz perigosa. Seria um bom dia, previu.

Com um urro se poderou um pouco mais em demônio e se lançou para o alto, disparando atrás de RoupaSuja, ponto negro contra o fundo cinza do céu, que levava consigo um reclamão chamado BraçoDePedra.

REENCONTRO COM ALLENDA -
Chegada a Guanhães

Se você ensinar um cordeiro a lutar ele será um guerreiro Jádina e desesperado, em conflito com seu ódio e medo cultivados. Se você ensinar um leão a não lutar, ele terá aquela paz perigosa que esconde uma determinação tranquila que só os poderosos possuem.

Uivo, que havia se deslocado para proteger a retaguarda da tropa que conduziam, viu quando os carcarás e RoupaSuja, muito à frente, giraram no ar e despencaram, sumindo dentro do teto das árvores.

Os ellos e Ybytu, que também seguiam os amigos no céu, sorriram, tomando rapidamente o rumo onde eles haviam penetrado na floresta.

Enquanto flutuava olhava admirado a região. Ao longe podia ver uma chapada imensa e alta, com as florestas subindo dominadoras até a metade de sua altura. Havia algo diferente no ar, algo como uma magia, um encanto pesando sobre aquelas terras. Mesmo com o tempo pesado era incrível estar no meio de tudo aquilo, sentia. Lá, ao longe, podia sentir uma fonte de poder. Um arrepio poderoso percorreu todo seu corpo e sua mente ficou em silêncio, um silêncio cheio de respeito e adoração, como quando se entra em uma catedral. Eles poderiam tentar corromper e destruir aquele lugar, mas seria apenas isso, uma tentativa, sabia.

Uivo respirou fundo e desceu um pouco distante do acampamento que a comitiva havia armado. Em paz, vendo que tudo por ali estava bem, passou a caminhar, assim que viu os amigos sendo recebidos pela comitiva.

Sorriu pelo espanto e alegria da comitiva ao verem RoupaSuja renovado, agora mais parecido com os relatos de como deveriam ser os anjos. Ybynété parecia o mais maravilhado com a transformação de RoupaSuja.

Uivo avistou Allenda primeiro.

Alta, esguia, o arco em descanso cruzando o peito, os olhos vasculhando os campos, além das árvores.

Ele viu o momento em que ela o percebeu. Ele a viu baixar os olhos e girar o corpo, sumindo no meio dos seus. Uivo sorriu. Com suavidade preguiçosa se despoderou para puma demônio, já bem perto do acampamento.

Ybytu e os ellos o ultrapassaram. Ele manteve o mesmo passo. Não tinha pressa. Queria sentir, tentar guardar esses pequenos momentos, agora tão raros.

- Bom ver vocês... – ouviu BraçoDePedra cumprimentar a comitiva que se formou à frente para recebê-los. – Passaram maus bocados para chegarem aqui, me contaram.

- Tanto quanto vocês... Também ficamos sabendo das batalhas em que se envolveram – devolveu Adanu, a voz tranquila e bem-humorada. – E deu certo, porque a pressão sobre nós foi suportável – sorriu.

Uivo se aproximou e cumprimentou a todos com satisfação.

Adanu o encarou, o rosto sério e compenetrado.

Uivo observou rapidamente seu rosto sério, e então voltou sua atenção para Allenda, conferindo que sua aura estava dura e preocupada, chateada.

- Allenda está brava comigo?

- Acho que sim, Uivo. Desde que você se foi, depois que o seu avô nos atacou, que ela está assim, pensativa, triste e magoada. Acho que a ficha caiu, depois que a tempestade passou: você estava praticamente morto, não fossem seus amigos. Além disso, não fosse seu avô ter contado o que realmente aconteceu, você teria ocultado isso de nós, não teria? Bem, você nos escondeu isso, quando veio nos contar os planos do seu avô – sorriu preocupado.

- Não contei a vocês, só porque aquilo já havia sido resolvido – falou, os modos mostrando algum desconforto.

- Não, não estava – murmurou. – Tanto não estava que ele veio atrás dela... Bem, mas que bom que seus amigos estavam por perto. Você se arriscou demais. Se arriscou demais, Uivo – repetiu preocupado. - Precisa pensar que você não está mais sozinho – repreendeu, pondo as mãos sobre seus ombros.

- Já puxamos a orelha dele – riu BraçoDePedra. – Ele quase morreu. Foi por um triz...

Uivo sorriu abatido. Tirou os olhos de BraçoDePedra e viu Allenda, que o observava de um ponto um pouco distante, baixar os olhos, o rosto impassível.

BraçoDePedra observava Adanu em silêncio. A fraqueza dele havia aumentado. Mas, havia algo mais. Então, lentamente, tudo foi ficando claro.

- Vocês quase a tomaram, não foi? Quero dizer, a caveira deles...

Adanu se virou e encarou BraçoDePedra.

- Um verdadeiro potaraobi, não é mesmo?

- Apenas um mago – sorriu. – Quase a tomaram, não foi? – repetiu.

- Sim. Mas fomos descobertos e tivemos que fugir. Fomos perseguidos por grandes sombras, que formam parte do exército deles.

- Grande o exército deles?

- Sim, bem respeitável!

- É verdade que eles procuram corromper essas terras?

Adanu olhou Uivo, e fez sinal afirmativo com a cabeça.

- É o que sugerem suas ações. Eles já fizeram três sacrifícios de prisioneiros nestas terras.

- Essas terras são antigas, são fortes – tranquilizou RoupaSuja.

- Eles estão lá? – perguntou PedraAfiada olhando para a floresta que avançava em direção à distante chapada.

- Sim... Infelizmente redobraram a vigilância e estão mais compactos.

Subitamente RoupaSuja enrijeceu-se, ao dar de cara com PisaManso, o que não passou despercebido para Itanauara. Itanauara virou-se e observou discretamente PisaManso, que também se mostrava incomodado.

- Não sabia que tinha um demônio como esse na comitiva.

- Nem eu sabia que um anjo viria para se juntar à essa comitiva – rebateu PisaManso com escárnio.

- Há algum problema de vocês caminharem juntos? – perguntou Adanu com a voz dura. - Afinal, anjo, você se tornou amigo de um – falou se referindo a Uivo.

- Não, claro que não... Só mantenha seu demônio longe de mim.

- O mesmo peço eu com respeito ao seu anjo – sorriu PisaManso com deboche.

- Ih, RoupaSuja – reclamou Ybynété, sob o olhar divertido de Dhorn. – PisaManso é gente boa, você vai ver.

RoupaSuja fez que não ouviu. Pensativo se aproximou da borda do monte, os olhos sondando o exército inimigo.

Adanu suspirou pesado.

Vendo que os dois mantinham distância entre si e que não se encaravam, resolveu desconsiderar a indisposição por enquanto.

- Lá, ... – apontou BraçoDePedra para paredões ao longe.

- Sim, a chapada dos guanhães.

- O que pretende, Adanu? – perguntou PenaNoCéu.

- Eu estava tentando achar uma forma de atacá-los - sorriu.

- E achou?

- Agora sim, Uivo. Agora temos como. Itanauara - chamou, - está na hora de convocar os seres dessas terras. Envie-os diretamente para a plataforma em cima da montanha. É lá que o enfrentamento irá acontecer.

Uivo ouviu os preparativos e suspirou fundo. Então viu Allenda um pouco distante, cuidando do seu queixada.

- Como está, flor-do-mato? – cumprimentou se aproximando e se agachando ao seu lado, tocando com carinho o queixada, que apenas resfolegou suavemente.

Allenda o encarou e, por um momento, ficou em silêncio, apenas observando Uivo.

- E o demônio, o seu demônio. Como está com ele?

- Estamos nos dando muito bem. Afinal, tem que ser assim, não é? Considerando que não tem como ele desaparecer – falou. – Na verdade eu sou um nefelin puma e demônio de herança. Nada muito curioso, acho.

- Que bom, para você... E para nós – sorriu mais uma vez. – É bom ver que você está bem... – disse se levantando e fazendo menção de se afastar.

- Você está tensa, brava. De nenhuma valia teria sido vocês saberem da minha batalha com o meu avô. Allenda???

Allenda o encarou, os olhos sérios.

- Por que se colocou em risco, assim, quando foi ver seu avô depois da batalha com os fantasmas, sozinho? Não estava preparado para lutar contra o que buscava. Você foi inconsequente e...

- Eu tinha que fazer isso, tinha que encará-lo, encarar a mim, livrar o meu caminho...

- O seu caminho. Sei!!! – ralhou com amargor. - Então, seja mais inteligente da próxima vez, puma.

- Allenda, você sabe que tinha que resolver isso com aquele demônio – tentou explicar, a voz o mais suave que podia. – Eu te disse o que ia fazer naquele dia, não disse?

Allenda ficou em silêncio, e então a tensão se foi.

- Sim, você disse. Mas, acho que não me atentei na hora, estava cansada demais, machucada demais. Me recriminei por isso, depois. Acho que estava muito abalada com a terrível batalha que tivemos. Tentei entrar em contato com você várias vezes, mas não conseguia – contou, os olhos pregados nos dele. – Foi por tão pouco, Uivo. Se não fossem BraçoDePedra e RoupaSuja você teria morrido naquele dia. Você não estaria mais aqui...

Uivo ficou em silêncio. Allenda sentiu as palmas de suas mãos transpirarem.

> Você tem que parar de fazer essas coisas sozinho. E depois se arriscou de novo, vindo atrás dele. Por sorte não aconteceu um desastre maior. Ah, nós podemos fazer isso juntos, Uivo.

Uivo manteve-se em silêncio, os olhos luminosos aprisionados nos belos olhos raivosos e preocupados.

- Esse é um risco a que não tinha como expor você, Allenda. Ele também quase a matou...

- O risco foi enorme. Ele pode ser livre e total na maldade, mas você tem travas, o que te enfraquece. Você não consegue se entregar ao mal. Qual é a sua trava? Por que não libera o demônio que você é?

Uivo suspirou, o rosto se contraindo. Gostaria de poder dizer o quanto ela era importante, como ela fazia o sol explodir em luz e o mundo se banhar em cores, e como sua ausência deixa tudo cinza e triste.

Suspirou forte mais uma vez.

Com muito cuidado a puxou para si em um abraço demorado e sentido. Ele sentiu uma lágrima quente escorrer em seu peito. Suspirou num abraço um pouco mais apertado.

Devagar a afastou e se fixou em seus olhos.

- A guerra é a guerra, e podemos nos virar com ela, mas ele... Não podia te arriscar. Isso iria me destruir – sussurrou dolorido.

- E eu, e eu? Não é só sobre você, não mais, Uivo. Você quase morreu! – falou ríspida, se afastando para o meio da comitiva.

Uivo ficou um momento ali, pensativo, observando os olhos do queixada, que o olhava curioso.

- Ela é fogo, literalmente, né? – sorriu dando uma pancadinha distraída na cabeça do animal, que soltou uma fumacinha de alegria.

Então olhou para trás, para o acampamento, e viu todos em torno de Ybytu. Alheado viu Allenda parando e colocando a mão no peito, a cabeça pendendo no regaço, como todos os que estavam ali.

> Ah, DenteDeAlho, que Tupã veja o quanto é valorizado e honrado por quem o conhece – sussurrou para o ar, enquanto se levantava.

Devagar, em companhia do queixada caminhou até Allenda. Seu coração se encolheu, ao ver a dor naqueles olhos que tanto amava. Com carinho a puxou para si, à qual ficou abraçado. Havia aquele silêncio enorme e respeitoso. Com cuidado sondou os olhos de cada um que estava ali, todos imersos no doloroso luto pelos que haviam partido.

A GRANDE DÍVIDA

*Finalmente, sua alma está em minhas
mãos. O poder de decidir me paralisa,
mas é só por um breve momento.*

Uivo parou, os olhos pensativos ao longe. A batalha de Guanhães talvez tenha sido uma das mais duras provas pela qual haviam passado. Não, pensando bem, talvez uma das mais duras e terríveis tenha sido a do brejal, onde as duas comitivas, tanto a de Adanu quanto a de Danbara, quase fossem destruídas[5]. E agora tudo ainda se complicava um pouquinho mais. Havia algo no ar, algo nos sussurros da floresta e nos cheiros que a brisa trazia: havia um mistério que estava pronto a ser desnudado, e ele era sobre o mundo em que viviam, e sobre eles que ajudavam a construir esse próprio mundo. Isso era sentido, e era aguardado com a respiração um pouco mais controlada. As dores iriam aumentar num crescendo até um final que, esperavam todos, seria apoteótico e bom, cheio de luzes e risos, há tanto tempo esperados. Mas, agora, os corações pressentiam que seria a revelação da verdadeira missão do danush, e algo sobre a procura por perdão, como muitos vinham observando no mundo do sonhar. E isto era necessário, sabiam, para que pudessem realmente retomar uma guerra antiga nunca finalizada, para que eles e o mundo pudessem prosseguir em suas missões contratadas.

A comitiva estava reunida à volta de Adanu, que mostrava o semblante sério e concentrado, aquietando e

---

[5] Sobre essas terríveis batalhas, elas podem ser conhecidas nos livros 2 e 3 de "Os danatuás", do mesmo autor.

324

libertando a mente para fazer a entrega do que trazia a já muito tempo.

Adanu inspirou demoradamente, deixando a mente se perder para bem longe, no tempo e no espaço, sem pressa, sem cobranças. Sentia que um ciclo, velho como o tempo, estava para terminar, ao menos para ele.

Com atenção, em silencio Adanu avaliou os últimos acontecimentos, medindo o impacto sobre as linhas que se desenrolavam, formando o futuro. As caveiras rosa e roxa que estiveram com o conselho se mostraram armadilhas que quase destruíram os danatuás antes mesmo que se dessem conta. Ao ver o logro urdido pelos demônios, utilizando uma das caveiras, Otag atingiu Dene-dene com um golpe mortal, pelo qual ele veio a falecer não muito depois; e logo depois haviam se batido com um grande exército, destruído uma das caveiras construídas pelos demônios. E agora, como haviam pressentido por todos da comitiva, estavam atrás de uma das missões ocultas dos semnome.

Era nítido que tudo estava para se desenrolar, como deveria.

Adanu voltou sua atenção para Uivo, sentindo nele uma preocupação por uma parte da real missão, logo que soube qual ela era: a de encontrar as coris-negras.

Uivo respirou fundo, a mente pesada.

A tristeza e a preocupação o inundavam, fazendo uma onda de calor e frio percorrer sua coluna.

Os últimos dias foram exaustivos, batalha atrás de batalha. Mas eram esforços apenas físicos. O terrível foi encarar de frente todas as revelações que Adanu lhes entregara. Ali, nas palavras que teimavam em ecoar, estavam os anjos e demônios, e a guerra dosvivos, a grande guerra dosvivos[6]. E por horas e mais horas Adanu descreveu essa guerra, com seus desencontros e os jogos em jogos, e como quase foram dominados, só escapando porque uma muta, a DosVivos, resolveu sair do convívio dos demônios e abandoná-los, não sem antes revelar seus terríveis planos.

Então, continuou a contar como desceram as montanhas, deixando levas de danatuás para trás, que se recusaram a abandonar as montanhas, acreditando que a guerra estava ganha.

E foi nesse momento que contou a grande dívida que todos tinham com as coris-negras, que fizeram um cordão em volta das montanhas, sacrificando suas próprias vidas para que os danatuás pudessem descer em segurança.

E como ninguém voltou para ajudá-las.

Uivo focou novamente a atenção em Adanu. As revelações, parecia, estavam longe de acabar.

Penalizado viu o quanto ele estava enfraquecido.

- Está se despedindo, Adanu? – ouviu Itanauara perguntar, a voz meio distante e receosa.

- Meu tempo e meu destino! Aqui sou danatuá, reconhecendo a dor causada. Harpias e coris-caririn, e todos os outros que se foram, ao longo dos tempos já foram encontrados e suplicados. Alguns não quiseram entender, mas ouviram os danatuás, com exceção das coris-negras, que não foram encontradas, até hoje - falou erguendo os braços para as copas distantes, onde o zumbido intenso de centenas de asas dizia que já haviam chegado aquelas que buscavam. – Não podemos ir à guerra com tal débito.

---

[6] Para esclarecimentos sobre essa guerra, vide o livro "Anexo danatuá e outros" e no livro 3 de "Os danatuás", do mesmo autor.

De repente surgiram, explodindo em revoada dos recessos da floresta, cantando canções antigas, lamentos penosos de ouvir em meio às sombras que se moviam como borrões no ar.

Uma concussão, no centro do círculo lançou todos para os lados. Apesar de reagirem com extrema rapidez, só puderam ver uma nuvem escura se levantando, cercando Adanu. Um movimento no canto da visão, e viram o fiel queixada sumindo em disparada para dentro da floresta, coisa nunca antes vista.

- Fiquem onde estão, e não interfiram – ouviram Adanu pedindo em meio a um silêncio terrível que se formara.

Allenda e Uivo se lançaram para uma Árvore de onde poderiam ter uma visão mais ampla, e viram Adanu ajoelhado, de frente para uma grande ave negra que o encarava. Eles pareciam conversar.

Então ela se virou e encarou os dois.

Uivo nunca havia sentido um poder como aquele.

A ave então se voltou novamente para Adanu.

Uivo a viu se aproximar com cuidado do curupira, o bico muito próximo de seu rosto.

Outras duas se aproximaram, viram como que através de um vidro opaco. Elas se postaram ao lado, e com atenção observaram os ferimentos do curupira. Então piaram baixinho e solenes, de pronto retornando para a barreira.

- Atendemos seu chamado, nobre Adanu. Vimos seus esforços e sua indignação pelo que acontecia, mesmo sendo tão jovem naqueles dias. Vemos honra e nobreza em você.

- Meus dias se acabam aqui – ouviram Adanu sussurrar.

- Assim é... Uma bela caminhada a sua, curupira.

- E quanto aos danatuás?

- Não há perdão! – falou ela, a cara recuando alguns centímetros.

- Olhem os corações dos novos danatuás. Há honra neles...

A ave se virou, e seus olhos se postaram sobre Allenda e Uivo, fixos, examinando.

Então, num movimento lento e simples se aproximou novamente de Adanu e avançou as asas, cobrindo seus rostos.

Uma luz foi crescendo ali, amarelo ouro, que logo se tornou branca.

E então, numa explosão súbita, as aves sumiram nas sombras da floresta.

Apenas Adanu estava lá, inerte, caído no chão.

Allenda e Uivo se jogaram no chão e acorreram.

Itanauara levantou-se num salto e ajoelhou-se ao seu lado, sustentando seu corpo moribundo. Havia desespero em seu rosto. Um grito rouco e poderoso soou enquanto Adanu lhe dizia coisas sussurradas e entrecortadas, antes de tombar em seus braços, um sorriso cheio de paz no rosto.

Itanauara apoiou gentilmente sua cabeça no solo, o olhar dolorido sobre a face do amigo e amante.

Reagindo quase que por instinto por um movimento numa copa Uivo saltou alto, totalmente puma, totalmente fera, apesar dos gritos de advertência de Itanauara. As garras fizeram um círculo no ar vazio, mesmo enquanto caia. Ao tocar no solo, pronto a investir novamente, foi que a viu.

A que devia ser a rainha das coris-negras, pela maneira altiva com que se postava, o olhava de um galho mais baixo. Ela parecia rir de seu desespero.

Allenda gritou, alertando-o que atrás dela iam-se ajuntando mais coris-negras, em meio a um som de revoada nervosa que rapidamente se intensificava.

Uivo se levantou e se postou à frente dela.

- Por quê? Ele não teve culpa, vocês devem ter visto isso nele. Ele quase foi executado quando se opôs ao conselho – gritou Uivo, os olhos fixos na ave, que permanecia atentam aos seus olhos, o bico adiantado em sua direção.

Uivo respirou fundo. Devagar fechou os olhos e respirou profundamente, cheirando, buscando, procurando.

Bem lentamente recolheu suas garras e abriu os olhos. Ela continuava ali, olhando-o com desdém.

Uivo não se importou. Havia um poder nobre ali. Cheirou novamente o ar. Havia um cheiro, um gosto de mistério e poder, de honra.

Uivo se virou e viu a comitiva armada num círculo de defesa, enquanto um barulho terrível de revoada rugia acima das copas das árvores.

Em paz se virou e encarou a ave, parcialmente visível pela luz da lua, das chamas fracas da fogueira e da intensa luz que vinha de Allenda, toda poderada.

Ela era toda negra, até brilhante, e seu tamanho era duas vezes o de um carcará. Era magnífica. E os olhos eram profundos, de um negror luminoso, que parecia fender a alma. E estavam repletos de ameaças.

- Não se poderou como demônio... – ouviu o som cavo, se fosse o próprio ar a produzi-lo. Havia uma vibração estranha e diferente no ar, como se ele todo fizesse parte daquele ente, por vários metros à sua volta.

- Apesar da imensa mágoa que acolhem na alma, sinto uma imensa nobreza em vocês. Não sou e nem serei seu inimigo.

Uivo sentiu uma mudança no ar, como tal todos da comitiva, porque aliviaram seus poderamentos, apesar de ainda se mostrarem alertas.

A ave se aproximou um pouco mais, seu olhos perfurando os seus.

A MÁGOA E OS SEMNOME

*Te avaliei. Eu pesei sua alma e não vi
valor nela. Tempo, quanto tempo vai ser
necessário para que valha?*

I

Então a rainha se afastou um pouco, ainda totalmente vestida de silêncio, os olhos se voltando para encarar a comitiva.

A revoada de borrões ficou girando no alto, além das copas, enquanto a rainha os encarava, avaliando, procurando uma honradez que não havia achado antes.

Ybynété pegou um grosso toco de embaúba, que vestiu em seu braço direito, fazendo-o mais grosso e pesado. Com força bateu com ele no chão, fazendo um barulho oco que correu longe. Levantou o novo braço em desafio e, tal como os outros, ficou de prontidão.

- Por que mataram Adanu? – Uivo perguntou diretamente para a rainha, a dor doendo em seu peito.

- Adanu estava morrendo há vários dias. Numa luta digna de um guerreiro se forçou a chegar a este dia, para se pôr ante nós. Ele era nosso amigo. Nele confiávamos.

- Ele nos trouxe até vocês...

- Ele foi enganado! Quem os enviou foi um dos que deram continuidade à traição – falou com rispidez. – Vocês, danatuás, nos procuraram... Pretendem nos trair novamente? - perguntou a que estava logo à frente de Uivo, dando pouca atenção à disposição da comitiva. - Vocês acharam que eles nunca mais desceriam as montanhas?

- Se vocês não tivessem fugido os demônios e seus lacaios poderiam ter sido destruídos de vez - acusou uma outra, que desceu ao lado da rainha. - Mas resolveram recuar, por medo, por covardia, por serem fracos. Se sentiram satisfeitos, fortalecidos? – acusou com os olhos mais cruéis que já tinham visto.

PisaManso ficou em silêncio, o furor diminuindo, a raiva diminuindo.

- Vocês sabiam o que estava acontecendo, o risco que todos corriam. Vocês concordaram em bloqueá-los – PisaManso acusou com tranquilidade, a voz denunciando o respeito de tinha por elas. - Não podemos pedir desculpas pelos outros, por mais errados que tenham agido, pois não somos bando, nem colmeia nem formigueiro.

- Sentimos muito – Uivo lamentou. - Gostaríamos que o erro não tivesse sido cometido pelos que vieram antes de nós e não estão mais aqui - falou, o puma esmaecendo e deixando o nefelin em seu lugar. Por um momento passou a vista pesarosa pelo despojo de Adanu, que desaparecia no ar. – Vocês o ouviram, ouviram sua alma... Ele falou em nome dos danatuás de agora, que são outros...

- Lutamos e morremos em glórias. Não teríamos nos importado com uma morte gloriosa, ao buscarmos e darmos proteção a seres honrados. A vergonha recaiu apenas em vocês, que agiram tão covardemente. Mas, ver irmãs sendo devoradas de forma ignominiosa por aquelas aberrações nos doeu. Essa é a dor que não podemos calar. Vocês não conhecem a profundidade da danação a que foram submetidas, mesmo que por um tempo muito curto. Cada morte delas, jovem e infantil guerreiro, atingia todas nós, marcava todas nós.

- Sentimos o que aconteceu... – falou Itanauara com grande suavidade. – Mas, sobre o que aconteceu naqueles longínquos dias, a verdade é que aquela guerra era uma guerra suja, como talvez seja esta em que estamos entrando. Jogo dentro de jogo. E, muitos dos aliados não eram confiáveis - Itanauara sabia o quanto estava arriscando, mas não havia outra forma. Se houvesse enfrentamento, agora, os únicos a ganhar seriam os thianahus.

A coris-negra esticou o pescoço, os terríveis olhos fixos nos dela.

- Fomos nós as culpadas, então, por avaliar mal com quem nos aliávamos? Se essa é a verdade, então agora corremos o risco de avaliar mal novamente? - escarneceu a rainha.

Itanauara sentiu então um choque, um impacto parecendo vir do interior de seu cérebro. O pânico começou a se insinuar, e lutou para resistir. Então tudo se desvaneceu, e soube que fora sondada.

Ao focar novamente na coris-negra pensou ver um misto de escárnio e curiosidade.

A rainha avançou a cara, ficando a pouca distância de Uivo, que se mantinha tranquilo. Uivo fez um movimento com a mão, pedindo calma ao ouvir ruídos incomodados na comitiva. Com tranquilidade a encarou.

- Vocês foram honradas, e não foram desmerecidas. Antes, somos nós que carregamos a marca. Vocês podem nos sondar, podem olhar o que somos e o que podemos ser. Vejam, nenhum de nós pode prometer ser íntegro e não cometer falhas em tempos comuns, que dirá em tempos como estes. Mas cada um, sendo o seu melhor, seguirá sendo dono de seu próprio destino. Por meu lado, só ver vocês encheu-me de...

Uivo se calou. A falta da palavra o incomodou. Queria dizer que sentia como se tivesse entrado em lugar sagrado, queria dizer que se sentia premiado. Mas não havia palavras, e ele se calou.

A rainha se aproximou mais um pouco, os olhos parecendo perfurar sua alma.

Então ela recuou. Com um movimento brusco saltou do galho e voou com extrema violência e rapidez. Um barulho ensurdecedor de uma poderosa revoada, e logo havia só o silêncio.

- Será que elas vão voltar? - perguntou Ybynété examinando as folhagens das árvores.

- Acho que não... Pelo menos por hora... – disse Archabarr.

- Então é um bom começo não terem atacado a gente, não é? – Ybynété perguntou alegre, tirando o tronco de embaúba.

- É, acho que sim! - desconfiou PisaManso.

Ybytu aproximou-se de Itanauara, sentada ao lado do corpo de Adanu, já quase dissolvido. Em pouco tempo sobre a grama nada mais havia, a não ser a dor da perda de um ente querido e o pequeno cristal rosáceo que ele pusera sobre a grama, ao seu lado, logo que as coris-negras se anunciaram. Itanauara o apanhou com extremo cuidado e, absorta, se pôs a ouvi-lo. Ela tinha o rosto iluminado pela luz do cristal que parecia tê-la hipnotizado, toda concentrada no que somente ela via e ouvia.

Todos ficaram quietos, aguardando que Itanauara despertasse de sua conversa com o cristal.

Assim que abriu os olhos sentiram que havia uma diferença sutil; ela parecia ter envelhecido um pouco. Até mesmo sua voz estava diferente, mais pensativa.

Allenda sorriu para Uivo, que se aproximara do grupo. Allenda viu seu rosto e viu que ali havia paz e admiração.

- Itanauara, me diga: a coris-negra, ela te olhou?

Itanauara olhou pensativa para o rosto de PisaManso, e viu ali preocupação.

Sorriu.

- Estivemos perto demais da destruição. Elas nos julgaram...

- Não senti nada! – revelou Dhorn, o que foi confirmado por todos os outros, que disseram que não sentiram qualquer julgamento.

- Eu vi que foram observados, de relance. Tenham certeza de que foram avaliados, pesados.

- Então fomos... aprovados? – sorriu Ybynété.

- Não sei, bom amigo! Elas têm muitas mágoas, apesar do longo tempo. Mas elas estão curiosas, o que pode ser um bom sinal. Senti que elas querem ter esperança. Mas, não devemos nos enganar. Por um relance eu vi uma das noturnas, e percebi o quanto seria fácil para elas nos destruírem.

- O que faremos então? – perguntou Allenda, os olhos vasculhando as sombras da floresta, tentando esconder bem fundo a dor da perda.

- Precisamos continuar – Itanauara falou com tranquilidade. - O que tínhamos que fazer aqui está feito.

- Então essa realmente era uma missão?

- Sim, PisaManso, essa era uma das missões. Começamos danush, e muitos se foram, e outros vieram, e continuamos danush. Mas, somos mais que isso. Vocês já ouviram sussurros sobre os semnome, não?

Ninguém respondeu. A atenção estava posta sobre Itanauara, que continuou:

> Pois os semnome existem, e sempre fomos nós. Adanu me pediu, antes de morrer, que lhes mostrasse a verdade.

- E o que isso significa, Itanauara? – perguntou Archabarr.

- Significa que não vamos nos unir a qualquer exército, não em definitivo. Significa que iremos continuar, que subiremos essas montanhas. Tínhamos muitos objetivos, como proteger totens de poder, locais sagrados e libertar mortos e... encontrar as coris-negras, evitando que os demônios lhes deitassem intensões. E, agora, temos que seguir.

- Entendo... – suspirou Ybytu.

- Você e Allenda, e logicamente Adanu, sabiam sobre o semnome, porque eram do conselho – cismou Uivo. – Temos uma grande missão, pelo que vejo.

- Você fala em subir as montanhas?

- Sim, Ybytu.

- Já falamos sobre isso. Levar a guerra até eles... – estranhou Ybytu. – O que há de tão especial nisso?

- Não é para levar a guerra até eles que os semnome foram pensados. Sobre a montanha existem 13 portais, por onde os demônios podem transitar entre os mundos deles e o nosso. Temos que descobrir onde estão e destruir aqueles que acaso estejam desprotegidos para os demônios e aqueles em que eles já tenham deitado as mãos.

- Isso quer dizer que, sobre o grande portal...

- Nós iremos destruir o portal do demônio, Allenda... Iremos destruir a porta do sol, no meio da sua capital – confirmou com a voz tranquila.

Todos ficaram quietos, se entreolhando. Itanauara aguardou, até que toda a enormidade do que teriam que fazer ficasse evidente.

> Perdemos Adanu, não teremos o auxílio das coris-negras - continuou. - Grandes perdas sim. No entanto, quem sabe o auxílio que ainda teremos? Devemos continuar, não há por que desistir. Para proteção da nossa missão, por enquanto não devemos comentar mais sobre quem somos – avisou para as faces pensativas que buscavam absorver tudo o que aquilo representava. - Somente nós sabemos quem e o que somos, ninguém mais. Alguns dos conselhos sabem que somos os semnome. Então, estão comigo?

- Se entendi bem, está nos pedindo para subir as montanhas, na surdina, encontrarmos portais e destruí-los? É isso? – quis saber Dhorn.

- Sim, dentre outras coisas, é isso que estou pedindo. Essa é uma das missões dos semnome.

- Eu estou pronta – confirmou Allenda.

Itanauara passou os olhos por todos e sorriu, vendo que todos concordavam.

- Mas, por enquanto, há algo que ainda devemos fazer... – Allenda observou cada um, vagarosamente.

- E o que é, Allenda?

- Temos que continuar a batalha aqui embaixo. Só devemos partir quando os Danatuás chegarem e barrarem qualquer tentativa de avanço dos thianahus.

- Não os ajudar também não está em meus planos – falou Uivo, a voz dura e firme. – Antes de sermos semnome somos guerreiros, somos danatuás. E nossos inimigos estão aqui!

Itanauara levantou os olhos para o céu tristonho e respirou fundo.

- Vocês sabem que pouca diferença faremos na batalha que está para ser desencadeada por aqui...

Itanauara aguardou, pesando o silêncio, examinando as feições.

- Sei que um guerreiro pode ser uma grande diferença. São os nossos amigos que aqui estão lutando por essas terras e por nós. Não gostaria de perder nenhum deles – falou Ybynété, o rosto sério.

Todos se viraram e o observaram, Era raro ver tanta clareza e firmeza em Ybynété que não fosse dentro de uma batalha, e isso sempre era surpreendente. Talvez tenha sido isso que obrigou Itanauara a se rever. Com um sorriso a viram suavizar o olhar, e concordar com um movimento de cabeça.

- E há algo mais – falou Canvas. – Taramela diz que os coloridos estão se preparando para cercar Danbara. Eles estão atacando vilas na retaguarda, para poderem avançar contra a retaguarda dela.

- Então, não temos tempo a perder – falou PisaManso, a voz séria.

- Vocês estão certos! Nenhuma batalha deveria ficar sem guerreiros tão formidáveis quanto vocês. Então se preparem, pois uma grande batalha está para começar. Dhorn, o que tem sobre a comitiva de Danbara?

- Ela está marchando contra os contrafortes, tentando empurrar os thianahus para as raízes das montanhas. Eles enviaram grandes batalhões para cercá-la. O tempo escorre para ela.

Itanauara ficou um tempo em silêncio, avaliando, buscando entender o cenário em que Danbara se movimentava.

- Está certo! – falou por fim. - Estamos indo para a guerra, e por isso, temos que crescer. Então vamos arregimentar quantos guerreiros encontrarmos pelo caminho. Vamos caminhar como um exército. Vamos colocar esses demônios para correr.

Sem mais qualquer palavra Itanauara se levantou e guardou o cristal na bolsa de cipó que fora de Adanu. Sorriu para cada um e, virando-se, sem olhar para trás, tomou a direção da floresta.

Allenda parou ao perceber que Uivo permanecia parado, pensativo.

Ela se aproximou.

- Ela te sondou, não foi? – perguntou apoiando sua mão no ombro dele.

Ele baixou os olhos para ela e sorriu.

- Sim, e vi o momento em que ficou indecisa se eu deveria continuar vivo ou não.

- E ela te deixou vivo... Ela tem tanto poder, assim?

- Não, não tem! Somos nós que damos poder aos que querem nos destruir.

- E você se deixaria destruir, Uivo?

- Provavelmente... Eu confiei em seu julgamento.

- Foi aqui que um demônio aceitou o julgamento delas, em paz. Talvez, Uivo, tenha sido isso que nos salvou. Sua atitude foi corajosa e honrada, e foi nosso espelho.

Uivo a observou, e sorriu.

- Ela viu o que sou, mas não viu você... Ela teria ficado admirada.

Allenda o observou com carinho. Os grandes olhos suaves e gentis.

> Triste por seu pai? – perguntou ele mudando de assunto, enquanto tomavam o caminho atrás dos outros.

- Sim, pela sua falta, mas, não pela sua morte! Ele partiu com honra.

- Sim... Sentiremos muito a sua falta. Sabe sobre o que Adanu sussurrou para Itanauara antes de morrer?

Allenda o examinou, e sorriu.

- Curioso, héim? Mas sim, eu ouvi parte - confessou.

- Eu posso saber? Algo que ela não nos contou...

- Ele disse o seu nome... Parece que ele o tinha em grande estima, onça...

- Entendo! Eu também o tinha em grande conta. Então... Então está quase na hora de desaparecermos, é isso?

- Sim, quase... Isso te incomoda?

- Por que deveria?

- Ora, Jádina...

Uivo sorriu.

- Ora, já falamos sobre ela... – sorriu. - Ela é uma guerreira formidável.

- E muito bonita também...
- Ah, sim, ela é muito bonita... Vejo sintomas de ciúmes?

Allenda o olhou, os passos tocando suaves o chão.

- Demônio convencido... Não, foi apenas uma observação. Temos que saber onde está o pensamento daqueles de quem podemos depender – falou se afastando para o meio dos outros.

Uivo ficou observando-a, sentindo seu coração se apertar.

Então ficou pensando na pergunta que Adanu lhe fizera uma vez, assim que voltara da sua excursão com o anjo e o potaraobi.

Ele estava quieto, meio afastado, observando discretamente Allenda de uma pequena distância, quando sentiu alguém se sentando ao seu lado.

Era Adanu, que apenas ficou ali, sentado, quieto. Então, inspirando demoradamente, com o rosto preocupado o encarou.

- O que faria para protegê-la?
- Como? – Uivo o encarou, o rosto se avermelhando, o coração batendo pesado.
- Allenda... O que faria para proteger minha filha?

Uivo levantou o rosto e a observou mais uma vez.

- Aceitaria morrer por ela...
- E se tornar para sempre demônio... Aceitaria até mesmo isso, se assim a pudesse proteger? Sim, eu sei desse risco, de que receia que talvez o demônio possa subjugar sua alma se ficar muito tempo poderado como ele. Não acredito nisso, mas digamos que esse risco exista como real, caso não aprenda a controlá-lo.

Uivo ficou inquieto. Era estranho conversar com alguém sobre um medo que vinha corroendo sua alma ultimamente.

- Sim, esse risco existe. Como soube?

- Vejo o receio que o toma quando se podera em demônio, e vejo a luta que trava para se despoderar. E vi que isso vem se intensificando. Uivo, já percebeu que o demônio vive do medo?

Uivo examinou os olhos de fogo de Adanu, e sorriu. Muitas vezes temos a resposta, ou parte dela, em nossas mãos, e não conseguimos vê-la, ou mesmo notar sua enormidade e clareza.

- Sim, eu sei que ele se alimenta e se fortalece com o medo que cria.

Adanu sorriu suave.

- Então, aceitaria até mesmo essa desdita por ela?

Uivo ficou em silêncio, os olhos perdidos no chão. Então levantou o rosto, encarando seriamente os olhos de fogo de Adanu.

- Sim, até mesmo isso...

- Mesmo sabendo que, como demônio em definitivo, teria que deixá-la ir?

Uivo não conseguiu sufocar o gemido de dor. Sua mente se contorceu na dor reconhecida, na tortura que vezes sem conta o tomava.

- Sim... – gemeu, empurrando o desespero para o fundo de sua alma.

- Você será capaz de se transformar, Uivo? Será capaz de trazer o demônio para fazer parte da comitiva? Ela precisará muito de algo assim.

Uivo baixou a cabeça, uma dor apertando seu peito.

- Sim, há um bom tempo eu posso me transformar quando assim o desejo, vocês sabem disso – confessou num fio de voz.

- E se afastar de todos, quando o demônio te tomar e não quiser mais ir embora?

Uivo o encarou.

- Sinceramente não sei! Desconfio que posso.... – Então suspirou fundo, pensando no que poderia acontecer com Allenda se ele, por esperança, insistisse em permanecer ao lado dela. – Sim, por ela eu me afastaria – gemeu.

- Você precisa se esforçar mais, meu amiguinho, em unir em paz todas suas partes, todas suas mentes. Não tenha medo de se encarar...

- Estou me esforçando, Adanu.

- Sei que sim. Obrigado, Uivo. Mesmo que ela não queira, proteja-a – se despediu. Devagar se levantou e se afastou, procurando a companhia de Itanauara.

Uivo sorriu para Allenda, que virara o rosto em sua direção por alguns segundos, um sorriso malicioso se escondendo na face que tanto amava.

II

Em silêncio, envoltos em pensamentos, seguiram para o interior, varando a madrugada. Só em um momento Taramela olhou por sobre o ombro de Ybynété, cumprimentando discretamente o que os seguia.

O anjo se ocultou e, com cuidado, observou o sombra que, de muito alto, sondava a comitiva. O anjo apoiou a mão sobre o cabo da espada, mas relaxou ao vê-lo girar sobre si mesmo, fumaça espessa, espichando-se em cauda chumbo, espiralando, rodeando, girando aparentemente sem sentido, como se procurasse algo que insistia em se manter oculto. Viu que ele não estava satisfeito e parecia frustrado. Aliviado viu quando ele, numa lufada se desfez, perigoso, mortal.

Devagar deixou a espada descansar ao lado do corpo.

- Você gastou energia demais para se aprofundar tanto, e para ficar todo este tempo espionando, não foi? Que pena não ter apreendido muita coisa, e o que apreendeu ser de tão baixa qualidade – cismou, recolhendo do lugar onde a comitiva estivera reunida a bolha de proteção e isolamento que havia lançado.

A FORÇA DE ALLENDA E NOVOS NOMES

Ninguém é bom sozinho...

Uivo se manteve em silêncio, recolhido dentro de sua mente. Muita coisa havia acontecido em um tempo relativamente curto. As revelações sobre as antigas guerras, sobre o abandono dos exércitos sobre as montanhas, sobre as coris-negras, sobre os semnome e as missões reais, muitas delas que haviam desempenhado em total ignorância. Muitos segredos ciosamente mantidos sob sombra calculada, cismou. Então reviu a voz de Adanu enquanto lhes revelava esses segredos; havia um tom de despedida, como uma tentativa desesperada em revelar coisas ocultas urgentemente, impedindo que elas se fossem com seu portador.

Devagar reviu os rostos de cada um da comitiva que a tudo ouvia, sobre a guerra e, finalmente, sobre as coris-negras, os entes em forma de pássaros que podiam observar as almas, e sobre elas proferir julgamentos e sentenças.

Mais atenção prestou às imagens de sua memória quando observou Allenda, vendo a tristeza silenciosa que boiava em seus olhos enquanto seu pai falava sobre essas coisas. Era claro que ela sabia, como todos da comitiva, que ele estava se preparando para partir.

Com um suspiro cheio de expectativas Uivo levantou os olhos para a floresta fechada, examinando os troncos e as ramagens, se perguntando se as coris-negras estariam por ali, observando-os, avaliando suas almas.

Devagar, distraidamente se encaminhou para uma face da escarpa. Ia contornar pelo Sul quando ouviu algo à sua direita.

Uivo parou o movimento, pego de surpresa. Em total silêncio viu Allenda totalmente imóvel, em uma emboscada. Sem fazer qualquer barulho agachou e ficou observando. Os minutos foram rápidos.

Primeiro viu dois mantas surgindo da linha de pedras, logo seguidos por dois coloridos, todos ignorantes tanto da presença dele quanto da presença de Allenda.

Tomado de apreensão a viu, subitamente abandonar a tocaia. Ela simplesmente se mostrou no caminho e avançou em grande velocidade, atacando os mantas e os coloridos.

Uivo até retesou os músculos, se preparando para intervir. Mas havia algo ali, ele sentiu. Então recuou e ficou observando Allenda, pensativo.

O movimento dela foi como um corisco. Com um golpe seco segurou os dois coloridos pela garganta e, de súbito, incandesceu as mãos e queimou suas gargantas, sem que houvesse qualquer chance de reação por parte deles.

Quando os dois mantas viram que os dois coloridos estavam mortos era tarde demais. Allenda rasgou um deles com sua faca em brasa, enquanto puxava o outro para baixo e afundava uma seta entre seus olhos.

Uivo se ocultou no tronco, absorto com o que acabara de ver. Allenda havia dado conta dos inimigos sozinha, sem nem mesmo precisar da ajuda de ArrancaToco.

- Então, Allenda, como está indo em suas caçadas? – perguntou se aproximando assim que o último manta se desfez.

- Muito bem, Uivo. Por que pergunta? – sorriu, quebrando as cadeiras, o jeito moleca que tanto o fazia sonhar.

- Não, só perguntando. Bem, na verdade, eu queria te agradecer.

- Ora, e por que me agradece?

- Eu vi sua batalha contra dois coloridos e os dois mantas, e eu notei que nunca precisou de mim. Quero dizer, nunca precisou de minha proteção, apesar de aceitá-la. Você é uma guerreira formidável. Na verdade, acho que nessa convivência nossa, os maiores ganhos são meus.

- Uivo, Uivo... Não percebe que ninguém é bom sozinho? – falou se aproximando devagar.

Uivo sentiu o coração bater forte e a respiração começar a faltar. No começo pensou em tentar controlar sua face vermelha, mas deixou pra lá. Todos sabiam o que ela lhe causava.

- Eu.... Eu sei.... É que...

Uivo se esforçou em permanecer em pé e ignorar a tremedeira e a fraqueza em suas pernas, quando sentiu os lábios de Allenda tocarem os seus.

- E me diga – perguntou ela, se afastando, - vejo que continua com certas reservas em se poderar como demônio. Já não o controla perfeitamente?

- Na verdade, Allenda, eu não controlo o demônio, porque esse sou eu, como você mesma disse esses dias. Eu não reconheço o ódio e o desprezo dele, desprezo a fome de dor e o vício em tortura. Mas sei que sou um demônio e isso..., não sei como explicar...

- Uma outra categoria então? – ela sorriu. – Que tal demônio consciente?

- Que tal demônio gente boa? – riu Ybynété passando por perto.

Allenda riu da observação do amigo, que apenas falou e passou, satisfeito e feliz.

- Ou anhanguera? – arriscou Ybytu sentado próximo, mascando uma haste de capim. Allenda riu surpresa, porque nem o notara ali, observando-os. Então, ao olhar ao lado, viu boa parte da comitiva, e todos eles mostravam um sorriso malandro no rosto.

Uivo sorriu, os olhos passando por Adanu, que a tudo assistia com um belo sorriso na cara grande, um pé acariciando a cabeça de FuraTerra, que parecia feliz da vida.

- Acho que não... Esse ficou meio ruim – Uivo reclamou.

- É..., também não gostei – riu Ybytu. – O que acha, Itanauara? – atiçou.

Itanauara mirou Uivo atentamente. Acabou sorrindo, enlaçando a cintura de Adanu, que sorriu em paz.

- Acho que Uivo está muito bom. Me acostumei, tanto para o puma quanto para o demônio.

Uivo sorriu satisfeito.

- Estão vendo? Uivo é um bom nome e uma boa definição. Obrigado, Itanauara, pela sua sensibilidade.

- Não há de que, Uivo – sorriu novamente.

- Ah, que chato... – reclamou Ybytu. - Achei que ia renovar seu nome... Afinal, você é um pumacaya, e... Na verdade, você não é um lobo, nem um demônio também. Mas, tudo bem... Ainda assim, acho que gostaria de te chamar de penumbra, ou vento, ou sombrio ou sombra que chuta, sombra dedo no olho ou...

- Xiiii – agora ele empolgou, resmungou Ybynété pegando-o e lançando-o longe, o que fez todo mundo rir, quando Ybytu voltou, todo reclamão, cheio de picão e bem arranhado.

- Poxa, Ybynété, tinha que me jogar numa moita e unha de gato e picão? Chato isso, e maldoso também, grandão. Mas, voltando ao assunto, Uivo – falou voltando a se sentar, tendo o cuidado de ficar um pouco afastado de Ybynété, - eu estava pensando, que tal Xer-endy, que quer dizer "porque você é a minha luz" – falou piscando um olho para Allenda; - ou Cacira, vespa de ferroada dolorosa, ou Guarini ou guarinim, guerreiro lutador; ou Yami, noite; ou Yawara, onça escura...

- Pelo Trovão – Adanu reclamou alto, dando um sinal para Ybynété.

- Não, não Ybynété – Ybytu reclamou enquanto o gigante o pegava de novo e o lançava no mesmo lugar de antes.

Não foi possível não rir quando ele saiu do mato, a cara enfezada e mostrando estar dolorido. Sem falar mais nada sentou-se, tirando picão do corpo, que lançava em Ybynété, que não aguentou e o puxou para si num forte abraço, ignorando suas reclamações.

A BATALHA DOS DEMÔNIOS

Não se aproxime! Me cansei dos dias sem
luz, dos dias tristes. Agora, ao ver o dia
nascendo, descobri que quero uma alma
nova.

Mercator sentiu a aproximação e se virou bem lentamente. Havia uma maldade se aproximando, e ficou se perguntando por que se sentia incomodado.

Curioso, resolveu aguardar.

Não demorou muito e um ser, feito de fiapos de fumaça pesada surgiu.

- Ora, não é que é verdade? Um demônio confuso e louco... – riu o que se aproximava, parando a alguns metros de Mercator.

Mercator não falou nada. Ficou apenas ali, pensando, analisando, observando o demônio.

Vendo que ele não tinha intenção de ir embora, bufou insatisfeito.

- O que veio procurar aqui?

- Aposto que você é o que traiu Trevas e Escuridão, não é?

- Então, conhece os dois...

- De vez em quando fazemos negócios!

- E eles o mandaram?

- Não, não mandaram. Mas me disseram que havia um demônio louco por essas terras baixas. E aqui estou! Eu queria ver isso...

- Já viu! Agora se afaste, vá embora!

- Eles me avisaram que você é arredio... – riu novamente, a fumaça se revolvendo suave.

- Vá embora! – repetiu se virando, desconsiderando o demônio arrogante, os olhos seguindo o sol que nascia sobre o horizonte. E, acima dele, as nuvens pareciam um teto floculado. De repente sentiu vontade de voar até lá, se deixar naqueles blocos brancos. – Vá, não há nada aqui que te interesse.

- Sabe, demente – o demônio se aproximou mais, ameaçador, a voz rascante e dura, - essas terras são minhas. Você é que deve ir embora. Desapareça!

- Vá embora! – Mercator se virou e se aproximou do demônio. – Não me conhece muito bem para vir aqui me ameaçar.

- Ora, digamos que sim... Mercator, o demônio que os anjos enlouqueceram e mantém assim. Mercator, o indeciso, o fraco. Pelo que contam, você sempre foi um louco, um desesperado. O Trovão deve ter se divertido em deixar você assim...

- OtentaPui – Mercator chamou o demônio pelo nome. – Sei quem você é, e sei de sua dor, de seu medo. Um neto de demônios – sorriu com desprezo. – A muta realmente mexeu com você, não foi? Ela viu sua alma apodrecida e decidiu que não seria adequado ser você – falou, a voz ameaçadora e pausada, parecendo uma rajada correndo entre pedras. – Ela deve ter se divertido ao fazê-lo saber de sua estória.

- Saber da minha estória não me torna cativo... – sorriu por sua vez.

- Os seres dessas terras sabem do acordo que fez com os demônios? Acredita mesmo que seu avô terá compaixão por você?

Mercator o olhou profundamente e o desprezo aumentou.

> Suas tramoias e traições não me interessam. Pensa mesmo em se tornar o mestre absoluto? Acha que os demônios serão tão inocentes que se deixarão envolver pelas suas mentiras? Vá agora! Seu tempo está se esgotando...

- Sabe, essas terras já foram boas. Agora, há coisas demais por aqui. Está na hora de dar uma limpeza.

O demônio cresceu subitamente e avançou, o cinza tornado negro rajado, feito de milhares de fiapos letais que procuraram por Mercator.

Mercator se desviou com facilidade, a espada desembainhada, o arco descrito, a manta negra atingida.

O demônio recuou, observando o rasgo em seu corpo. Com um sorriso cínico se recompôs.

- Acha que uma espadinha poderá me impedir de te destruir? – riu.

Mercator apenas atacou em um giro Jádina. O demônio se esquivou e numa sanha assassina girou sobre Mercator, milhares de lâminas envenenadas procurando sem piedade pelo gigante, que movia a espada em tal velocidade que parecia haver um escudo envolvendo-o.

- Vá embora enquanto permito – falou Mercator se desvencilhando, os olhos duros fixos no demônio que sorria cinicamente.

O demônio atacou novamente, determinado a dar cabo de Mercator.

Um estampido atingiu ao redor, varrendo tudo como uma onda.

O demônio sorriu dominador quando a espada voou das mãos de Mercator, que se afastou alguns passos, o rosto duro e indiferente.

O demônio não deu trégua. Dominador caiu sobre Mercator, que desfraldou suas asas e, usando-as como escudo e arma, atingiu duramente OtentaPui vezes seguidas, jogando-o violentamente contra o chão.

O demônio se levantou e avançou novamente, girando e estocando, tentando envolver Mercator.

Mercator, com apenas um movimento, segurou o demônio, que o estocava desesperado. Mercator apertou um pouco mais as mãos que seguravam o demônio. OtentaPui sentiu, pela primeira vez, um sentimento estranho. O medo o atingiu dolorosamente.

Mercator, tomado de ódio, girou o corpo e o empurrou violentamente contra o paredão de granito. Então, sob o olhar de ódio e frustração do demônio, com a mão direta trouxe para si a espada.

- Essa não é uma espada comum – falou. – Ela já foi de um arcanjo, destinada a um demônio..., que era eu.

Então com bastante lentidão penetrou a espada no ombro de OtentaPui. Subitamente, num giro rápido, a espada cortou o demônio. OtentaPui levou os olhos para o corte profundo de ombro a ombro, sem poder acreditar. Enquanto se desafazia viu Mercator embainhar a espada e partir sem se importar em ver que ele morria, se perdendo acima do sol, em nuvens que pareciam castelos alvos flutuando no azul.

O ATAQUE AOS COMANDANTES

Há um ódio no meu coração. Me dói ver que foi conspurcado, manchado por tudo que vi. Não era isso que eu queria me tornar, mas é isso que sou agora.

I

Se aquela era uma amostra da guerra que iriam travar sobre as montanhas, soube que teriam que se esforçar muito mais. Em poucos dias haviam entrado em contato com alguns dos batalhões que procuravam cercar Danbara, e os riscos foram enormes. O desgaste de lutar contra uma máquina de guerra como aquela era muito grande. Por várias vezes temeu pelos seus companheiros. Mas, finalmente, conseguiram identificar os comandantes, e talvez pudessem colocar um ponto final na batalha. Se conseguissem matá-los, era muito provável que todo o esforço thianahu se descoordenasse e os tornassem presas fáceis.

Porém, a realidade é bem mais dura que a que a esperança pinta. O exército thianahu era muito bem treinado, e já estavam em uma peleja já por um bom tempo.

Durante a batalha quase sempre procurava Allenda, para se certificar que ela estava bem. Estava difícil, mas haviam conseguido impedir a evolução do cerco à Danbara, obrigando os batalhões a convergirem sobre o exército que haviam montado, composto por seres da terra e da água.

Porém, era muito claro que não conseguiriam aguentar muito, se não houvesse reforços. Emissários foram despachados para Danbara, avisando sobre o cerco e solicitando reforços, mas não tinham como saber se haveria tempo para salvá-los, porque o exército de Danbara estava bem distante.

Se quisessem alguma chance de sobreviver, tinham que matar os comandantes.

Allenda, em chamas, saltava e girava com grande agilidade, suas setas de fogo abrindo caminho em meio aos gritos de seus inimigos.

Uivo, com um sinal, abriu o leque com os outros lobisomens e onças, formando um arco. Os que protegiam os comandantes os viram, mais pelos thianahus que iam se dobrando como caniços que se quebravam pela aproximação de algum animal. Os thianahus cravaram as extremidades das lanças no chão, enquanto com a outra mão empunhavam suas adagas.

Archabarr e PisaManso, junto com o grosso dos lobisomens, atacavam com violência.

- Precisamos destruí-los – gritou Itanauara.

- Não poderemos, por enquanto – gritou Allenda se posicionando junto aos seus, vendo uma muralha compacta de lanças e pessoas e homens à frente, defendendo-se com ferocidade dos que buscavam cercá-los.

- Vou tentar abrir uma brecha para vocês – gritou Itanauara com ódio e determinação na voz, avançando com velocidade para frente.

- Nãoooo!!! – gritou Uivo, procurando correr mais próximo dela. Mas eram muitos inimigos, e era muito difícil manter uma posição. Então Uivo lançou um uivo longo e Jádina, e exigiu mais de si mesmo, se obrigando a avançar mais rápido.

Itanauara, vendo o que ele estava para fazer, sentiu seu coração se apertar, mas não havia o que fazer. Ela não tinha a força irracional de Uivo.

Uivo então começou a correr mais velozmente ainda, abalroando e arremessando contra o paredão de lanças os inimigos que encontrava.

Itanauara sorriu e mostrou Uivo para os outros lobisomens, que grunhiram em entendimento.

Corpos de thianahus eram catapultados contra a barreira defensiva dos comandantes thianahus, que logo teve uma secção toda atrapalhada.

Itanauara viu o momento em que a secção desmoronou e afundou sob os corpos dos thianahus. Em companhia de Uivo e Allenda galgaram rapidamente os corpos e se lançaram para dentro do círculo. Foi então que ouviram o grito de Taramela, mas não havia como remediar. Viram com amargor o erro que tinham cometido.

Os comandantes não estavam mais ali. Ao invés deles, agachados, esperando, olhos frios e maldosos sorriram assim que eles tocaram o solo: muitos seres poderados os aguardavam, que se se levantaram com toda violência e avançaram contra eles. Eram perto de uns dez guerreiros, que brandiam com extrema destreza suas armas. Uivo curvou-se para a frente, as garras totalmente à mostra, as presas brancas mostradas como adagas. Itanauara fincou os calcanhares e brandiu com energia as adagas, e Allenda inflamou-se como uma tocha.

Com o canto dos olhos Uivo viu toda a extensão da armadilha. A muralha havia se voltado para dentro e se fechava, as lanças em riste.

Vendo toda a enormidade do que se mostrava tentou se poderar em demônio, mas recuou. Estava muito fraco, e era arriscado demais deixar o demônio aparecer numa condição dessa. Talvez nunca mais conseguisse se despoderar.

Frustrado, resolveu desistir dessa alternativa.

Tinha que se valer como pumacaya.

Sem pensar virou-se e agarrou Itanauara, pouco se importando com seus gritos e ordens.

- Vamos! – gritou para Allenda, que sinalizou que havia entendido o que deviam fazer.

Girando forte no ar, com as garras dos pés abriu uma pequena brecha na muralha que avançava e saltou, seguido de perto por Allenda. Assim que tocaram o solo Uivo soltou Itanauara, que deu cabo no ato de dois thianahus que vinham para cima deles.

Itanauara olhou com profundo ódio para Uivo, mas resolveu ignorá-lo. O cerco estava se fechando novamente. Acompanhado de Uivo e Allenda abriram caminho até onde estavam Archabarr, Dhorn, PisaManso e um grupo de lobisomens.

- Me deem cobertura – pediu apressada.

Cercada pelos amigos Itanauara agachou e espalmou o solo. Seu rosto ficou tenso, sentindo seus companheiros em luta ferrada contra os atacantes.

Porém, do outro lado do rio viu o que procurava. Concentrou-se um pouco mais e tocou suas mentes. Sorriu aliviada quando soube que a escutavam, e que apressavam ainda mais os passos.

Ao se levantar ficou frente a frente com a ponta de uma adaga, a poucos milímetros de seu olho. Um punho poderoso segurava o braço da adaga. Sem se mover ouviu quando os ossos eram esmagados e o grito desesperado enchia o ar repleto de sons antes que o peito fosse perfurado e o corpo, violentamente, fosse lançado para longe.

Uivo apenas a olhou e virou-se, para continuar o combate.

Itanauara sentiu seu ódio esvair-se ao dar com aqueles olhos. Ao mesmo tempo que havia todo aquele poder havia resignação, como de um ser que desconfia que seus dias estão se acabando, mas, que mesmo assim, se dispõe a viver cada segundo com a maior intensidade possível. Itanauara não falou nada, entregando-se completamente à luta.

Um batalhão de thianahu perto da floresta. Um toque e galhos e cipós, num movimento súbito, os destruiu. Itanauara suspirou e agradeceu Uivo pela proteção, que impedia que se aproximassem dela quando ela se concentrava na terra e em seus seres.

Dois lobisomens morreram bem ao seu lado, e mais um do outro lado. Os braços começavam a doer, o corpo sentindo o peso da batalha. Com preocupação viu que o fogo de Allenda já não era tão forte quanto antes. Mas forçou-se a esquecer tudo isso. O tempo corria depressa, e se a ajuda demorasse um pouco mais, estaria tudo perdido, ao menos para eles. Mas, sorriu, constatando que haviam conseguido atrapalhar os planos dos thianahus e impingir-lhes graves perdas.

- Isso é bom demais!!! – Itanauara gritou cortando a garganta de um thianahu.

O braço doeu mais, a adaga parecendo se tornar um pouco mais pesada. Duas panteras e uma onça caíram. Seu exército começava a se desfazer perigosamente.

- Vamos destruir o quanto pudermos! – ouviu Allenda gritar ao seu lado.

Virou-se rapidamente, e sorriu para os seus.

E foi nesse momento que julgou ouvir algo. Uma lança estocou e ela se esquivou, a faca cravando-se na nuca de um ser branco como água. Virou-se para Allenda, que cravava uma seta de fogo no olho de um outro, e ouviu o grito de Uivo, se tornando maior, se elevando totalmente nas patas traseiras:

- Eles estão vindo... Olhem, eles estão vindo...

Itanauara gritou de emoção quando ouviu nitidamente os novos sons naqueles campos.

Então os novos sons vieram novamente, agora mais fortes e bem mais próximos. E a chegada do novo grupo foi confirmada quando grande parte dos thianahus se virou para o lado oposto de Itanauara e de seu grupo.

Seres em chamas e grandes criaturas avançavam, saltando em grandes espaços. Onças e leopardos e jaguatiricas, e sombras correndo com eles, e pés de ventos e muitos outros que os thianahus não conseguiam reconhecer.

Renovados, Itanauara e seu judiado exército se sentiram mais fortes. Com força atacaram os que procuravam contê-los, conseguindo, com esforço, abrir um espaço, se sentindo imensamente gratos por serem menos exigidos.

O pêndulo da batalha estava com o reforço.

Mas os batalhões inimigos eram como enxame, e o contingente de reforço se mostrou apenas um paliativo. Logo, o esforço cobrado para manter as posições, e a própria vida, pareciam monstruosos demais.

A exaustão estava imensa, e os gestos, perigosamente, começaram a se parecer com algo mecânico. Até mesmo o poderoso Ybynété parecia automático.

Até que, mais uma vez, chegaram reforços.

Um grito rouco e alegre saiu de sua garganta e ganhou os espaços, e a luta pareceu dar uma trégua.

Não era mais do exército dos thianahus os que chegavam, mas sim um batalhão adiantado de Danbara.

O impacto sobre os thianahus os fez recuar por um momento. Mas, como uma massa, absorveram o golpe e voltaram ferozmente ao combate.

Renovados, os guerreiros das florestas resistiram, impondo pesadas baixas.

- Itanauara – chamou Uivo, os olhos fixos num lado do acampamento dos thianahus.

Itanauara identificou o que chamara a atenção de Uivo, e sorriu satisfeita. Então observou Uivo com atenção, e viu em seu pelo claro muitas manchas de sangue. Olhou para a face de Uivo e sentiu, mais que viu, que ele estava controlando uma grande dor. Fez que não tinha visto, em respeito ao seu espírito.

- O que pretende? – gritou de volta enquanto cortava a garganta de um e quebrava o pescoço de um pequeno ser de dentes afiados.

- Os comandantes! – disse ele, se afastando na direção do inimigo. - Vou contra eles. Se eu falhar mande outro, e outro mais... Se não os matarmos e os desorganizarmos, iremos todos morrer aqui.

- Eu sei, eu sei – gritou de volta. – Eu vou com você...

- Não!!! – disse ele com um tom que não admitiria discordância.

- Então se faça demônio, Uivo – gritou em uma súplica.

- Agora não posso mais. Você precisa ficar e organizar todo esse ataque. Eu vou, e vou dar cabo deles. Eles não vão escapar novamente. Fique de olho neles.

Itanauara ficou pensativa por um momento, mas por fim concordou. O momento era muito perigoso e instável para que os dois se ausentassem. Ela abanou a cabeça, vagarosamente, em concordância, entendo o receio de Uivo em deixar o demônio assumir.

Com o peito apertado viu Uivo sumir, sozinho, para dentro da batalha.

Uivo foi avançando, desferindo golpes potentes. Num momento ele tomou o caminho contrário e correu para dentro da floresta, sendo seguido por vários thianahus.

Quando reapareceu estava sozinho.

Rapidamente e em silêncio ele galgou a árvore mais alta, que dava vistas para o acampamento. E, lá embaixo, os viu. Os comandantes eram cinco criaturas que se disfarçavam vestidos de soldados, mas confabulavam entre si com ares soberbos enquanto mantinham ao lado alguns emissários, que os ouviam atentamente. Quando um saía um outro estava de volta. E havia pássaros à disposição daquele grupo e guardas atentos e ferozes cuidando da segurança deles.

Uivo ficou avaliando, medindo movimentos.

De repente um dos pássaros olhou para a árvore e o viu. Antes que piasse, que avisasse de sua presença, Uivo saltou.

Allenda, de longe, ficou com a garganta de um thianahu apertada em suas mãos, a visão de Uivo saltando, magnífico, poderoso, em direção aos inimigos, encheu seu peito de orgulho e apreensão, ainda mais quando vários thianahus se voltaram para onde ele estava.

Desesperada avisou PisaManso de que estava indo na direção de Uivo. Com um movimento chamou Archabarr.

Enquanto corria Allenda se concentrou, os olhos vidrados à frente. Nunca tentara aquilo antes, mas esse era o momento em que teria que tentar. Tomada de energia subiu sua temperatura, queimando tudo em que tocava. Quando viu o ardun avançar ferozmente pelo meio dos thianahus em sua direção não se conteve, e gritou de euforia.

Archabarr também o viu, poderoso, incomparável em sua força. Ele era muito grande, e o fogo de que era tomado parecia vir de uma fornalha ardente.

Como se fosse em câmara lenta, maravilhado o viu emparelhar com Allenda que, com um golpe, segurando com força o pelo do bicho, se lançou para cima e girou, caindo sobre as costas do Jádina Ossudo, do ardun, que só um caipora de grande poder ameaçava chamar.

Ele tinha o dobro do tamanho de um queixada, e presas pontiagudas e vermelhas e uma fúria monstruosa.

- Vamos, ArrancaToco – gritou Allenda aferrando as pernas e as mãos para se amarrar sobre o ardun, o corpo dobrado para frente.

Uivo caiu no meio do grupo, pesado, seco, dois comandantes esmagados, enquanto um tombava, o peito explodido com o golpe Jádina. Lentamente, para espanto de todos, Uivo levantou-se em toda sua altura. Aproveitando-se do torpor que os acometeu Uivo cortou os dois comandantes restantes, que foram lançados longe, sem vida.

Então eles avançaram, desesperados, raivosos, em pânico, tomados de ódio

Uivo, saltando e esquivando, tentou escapar do cerco. Mas era impedido de tomar a direção da árvore, da floresta. De repente sentiu uma dor quente e líquida do lado direito.

Como em sonhos viu a floreta tentar se dobrar, por pedidos de Itanauara, desconfiava. Mas estavam longe, e apesar da floresta dar cabo de muitos thianahus, ele permanecia inatingível.

Com violência girou e cortou o peito de um soldado, rasgando roupas e carnes. O homem foi lançado para longe, mas um ser colorido e menor conseguiu desferir um golpe em sua coxa. A dor quase o fez tombar sobre um joelho. Resistiu, mesmo sabendo que seu tempo estava se esgotando, porque sabia que não conseguiria mais escapar, porque não poderia mais saltar.

Em sua mente a escolha fácil, que recusava com prazer. Preferia morrer como pumacaya.

Foi então que eles surgiram, como mágica, do seu lado, Allenda e Archabarr e um queixada como nunca tinha visto antes. Tomado de desespero os viu serem engolfados pelo peso dos inimigos.

E viu que cortavam, queimavam e rasgavam, e que pouco efeito fazia, porque os inimigos pareciam nascer dos mortos.

Uma promessa, ouviu rodar em sua mente. Em demônio aceitaria se perder, para proteger, para cuidar daquela que tinha o seu coração.

Então, deixando de lado seus medos e a possível perda de tudo liberou o demônio.

Uivo deu um rosnado enraivecido e desvairado, e seu ódio imenso parecia querer consumir tudo quando a viu. Com violência desmedida avançou, quebrando e retalhando, num desvario e numa velocidade alucinantes. Os thianahus se defenderam, atingindo-o várias vezes. Mas Uivo continuava, irresistível, letal. Plumas negras se revolviam e matavam, cada vez se adensando mais e mais enquanto ele caminhava em direção à Allenda, cada vez mais tomado de poder, de um poder negro, irresistível e sombrio.

Archabarr se virou no momento em que várias daquelas nuvens densas e negras, em formato de esporão, se dirigiam contra ele. Olhou para os lados, procurando um meio de se pôr a salvo, mas não havia como: estava cercado por thianahus. Então, resignado, continuou dando combate aos inimigos, esperando ser morto a qualquer momento. Surpreso estacou, vendo setas cinzas atravessando seu corpo e atingindo os thianahus ao lado, sem que nada o tocasse. Ao levantar os olhos viu os thianahus, horrorizados com o que viam, batendo em retirada. O grande demônio ainda pegou os três mais recuados e os destroçou. Em pé rugiu raivoso para os que fugiam para dentro da mata. Num salto, estava mais perto de Allenda, os olhos preocupados, em dor, enquanto ia em sua direção.

Allenda estava caída, desfalecida, guardada pelo imenso ardun, que bufava e rondava em volta dela.

Uivo passou por Archabarr, que mostrava muitos ferimentos. Os olhos estavam presos em Allenda, o manto cinza se recolhendo, o nefelin se mostrando.

Quando se aproximou apenas tocou em ArrancaToco, que recuou e o deixou passar.

Uivo se agachou ao seu lado, tomando sua cabeça com delicadeza, de onde escorria um filete de sangue.

- Ela vai ficar bem! – tranquilizou Archabarr olhando com curiosidade para Uivo. - Engraçados vocês... Ela teve a mesma reação quando achou que você poderia ser morto.

- Ela não deveria se arriscar tanto... – murmurou tomado de dor.

- Foi incrível, o modo como veio endemoninhado... – sussurrou admirado. – Vou ficar sempre perto dela – brincou.

- Sou parte demônio... É natural que eu possa me transformar em um...

- Mas, o que vi, foi mais que isso.

Uivo ficou tenso, em silêncio, examinando o rosto de Allenda. A um pequeno movimento nos lábios da flor-do-mato Uivo sorriu aliviado.

Então, com um movimento se afastou um pouco, deixando espaço para o ardun, que se aproximou e tocou em Allenda.

Com um suspiro viu que vários ferimentos de Allenda estavam sarando, e o sangramento na cabeça parava.

O ardun resfolegou suave e se afastou, se pondo de guarda, bufando para um thianahu desgarrado que, apavorado, voltou para o caminho de onde viera.

Assim que ela se mexeu um tanto, mostrando que estava acordando, os olhos de Uivo ficaram novamente duros, examinando a batalha que parecia morrer.

De relance viu o ardun cuidando de Archabarr, que sorria satisfeito e bastante aliviado.

- Precisamos acabar com estes e avançar contra o rio para ajudar os outros – disse.

- Fiquem aqui mais um pouco. Vocês estão muito feridos – disse Archabarr agradecendo ao ardun com uma vênia, o que foi correspondido com uma bufada. – Eu farei isso acontecer.

Dito isto o ellos se foi ao encontro dos seus. Não demorou e os campos foram se esvaziando.

Uivo, ajoelhado ao lado, não tirava os olhos de Allenda, que lentamente foi se recobrando.

Quando ela abiu os olhos e lhe sorriu sua alma emitiu um suspiro de alívio.

- Você está bem? – perguntou num sussurro.

- Fiquei preocupada com você – disse ela passando a mão na cabeça e vendo o sangue na palma da mão. – Quero dizer..., é que.... Você faz falta numa guerra como essa e...

- Já passamos disso, meu bem. Mas, você também faz falta... – sussurrou ele, olhando-a fundo nos olhos, que ela desviou lentamente para se focar em seus ferimentos.

- Você veio... – falou examinando a quantidade de corpos ao lado, examinando de relance os estranhos ferimentos que ele mostrava. - Você está muito ferido!

- Não ligue. Estou bem melhor que aqueles que matei – disse com um sorriso, levantando-se e dando a mão a ela.

Allenda se levantou e lhe sorriu, enquanto ele se transformava novamente em puma.

- Você viu meu amigo ardun, meu ArrancaToco? – apresentou, passando a mão com carinho no gigante, enquanto ele fungava suave sobre as feridas de Uivo.

- Ele é formidável – falou acariciando a cabeça ossuda, o que surpreendeu Allenda. – E eu nunca vi algo tão terrível e tão nobre.

- Sim, ele é formidável – ela respondeu carinhosa.

- A situação no rio está ficando muito perigosa. Precisamos ir – ele falou tomando-a nos braços e colocando-a sobre o ardun, que bufou satisfeito e começou a se incendiar. – Ybynété e os outros contam conosco.

O cansaço era imenso. Em várias ocasiões Uivo ficava se perguntando o quanto ainda iriam aguentar. Altos e baixos, recuos e enfrentamentos, desespero e esperança. E em tudo aquele cansaço quase mórbido, os movimentos quase automáticos, o último esforço antes do último esforço.

Os olhos, quando se permitiam, tal como os ouvidos, procuravam pelo reforço, que demorava.

E toda atenção voltava novamente para a batalha, para o sangue e os corpos que tinham que destruir.

Até que, subitamente, pensou ouvir algo. Prestou mais atenção.

Eram com certeza sons de trompas ao longe, revoando dentro da floresta.

II

- Não desistam – gritou Ybynété para os seus, tomado de nova energia. – Vejam, do outro lado do rio. Nossos companheiros estão vivos, e voltaram para nós. Vivas, vivas – gritou eufórico, embrenhando-se alguns metros, matando vários thianahus. – Vamos abrir caminho para eles – gritou enfurecido. – Canvas, Túnis e Trília, ajudem aqui – gritou para os três magos que logo, apear de feridos, usaram algo de seus poderes para aumentar a proteção em torno do grupo.

Com grande dificuldade, protegidos pelos poucos seres da água que ainda conseguiam lutar, se reuniram na margem, formando uma linha de defesa precária, mas aguerrida.

Uivo mostrava-se muito ferido, mas havia aquela energia desvairada nos olhos; Itanauara tirava uma ponta de faca de pedra do braço; um filete grosso e seco riscava toda a face esquerda, manchando a tatuagem que brilhava intensa. PisaManso mancava, Archabarr tinha um cabo de flecha encravado no ombro, Dhorn vinha manchado de sangue, Allenda tinha profundas cicatrizes nos ombros e costas, e seu fogo estava pálido, e o ardun, ainda estriado de linhas rubras, mostrava muitas flechas fincadas no corpo. Houve um momento de alegria quando os dois grupos se encontraram, e até mesmo entre os marciais lobisomens. Mas havia dor e aquele cansaço terrível, aquele perigoso esgotamento, viu Ybytu. Alguns lobisomens que ainda lutavam tinham um braço decepado, ou um profundo e dolorido corte na cabeça, ou um braço pendente e inútil. Mas estavam ali, pensou Ybytu, orgulhoso de seus companheiros.

- Eles estão vindo! Danbara está se aproximando. Eu ouvi suas trompas – gritou Itanauara assumindo o controle de todo o grupo.

Ybynété virou-se feliz para ela, no momento de vê-la se agachar repentinamente enquanto se defendia do ataque de um meio-gigante.

Com um golpe, no momento em que Itanauara desferia um golpe fatal com sua adaga, Ybynété quase arrancou sua cabeça com o golpe que desferiu.

Itanauara girou e se levantou, deixando o meio-gigante se estatelar no chão.

Túnis se poderou fracamente como um anaquera e rasgou um colorido, enquanto Trília e Canvas derrubava ao solo um manta solitário, do qual logo Archabarr deu cabo.

- Danbara e seu exército estão próximos. Vocês ouviram as trompas. Temos que resistir, temos que vencer – ela gritou. - Nenhum deles sairá vivo daqui – incitou vendo PisaManso expulsar do seu lado um grupo de thianahus, que logo retornaram para cima dele, porque sua força estava pequena e o terror que agora impunha era fraco.

Uivo virou-se para a direita. Ybytu estava caindo, viu. Com um golpe Jádina rechaçou um ataque e acorreu para os lados onde ele estava no momento exato de impedir que um thianahu lhe estocasse o coração.

Com esforço levou-o para dentro de um pobre círculo de segurança, envolvendo a margem e parte do rio. Mas não pode ver como ele estava, porque os thianahus pareciam ainda mais determinados a dar cabo deles, para poderem enfrentar os que se aproximavam.

Uivo procurou por Allenda, se perguntando se tudo não seria destino, um teste de honra na palavra dada.

Com um sorriso se afastou para fora da linha de defesa, dando conta que os thianahus daquele lado se arvoravam, imaginando que ele estava todo desprotegido.

Ainda com os olhos em Allenda, que se esforçava em defender a si e aos seus, lentamente, num último esforço, com um grito horripilante Uivo se eriçou, enquanto sombras cheias de farpas foram surgindo e crescendo ao seu lado. Com um movimento súbito se ergueu sobre seu pequeno exército, as sombras se alongando ameaçadoras, se espraiando em torno do seu judiado exército, matando e destroçando com selvageria, como se um estranho e terrível animal tivesse criado vida ali.

Então, como se tudo estivesse se fechando sobre aquele dia, de súbito várias trompas explodiram bem próximas. Tudo parou, e o silêncio parecia um peso enorme. O tempo escorreu mais lento pelo peso dos segundos em passos forjados, no tropel que foi se intensificando até parecer ser avalanche nas montanhas. Súbito, seres rápidos como coriscos se bateram à esquerda. Sons de batalhas e gritos, cada vez mais próximos. E então uma avalanche de criaturas saltou por sobre suas cabeças, e foram tomando a batalha para si.

Itanauara caiu de joelhos, o cansaço pesando, logo sendo ajudado por Túnis, que por magia lhe cedeu um pouco da pequena energia que ainda tinha.

Uivo girou e se concentrou nos poucos sombras e mantas que estavam ali, destroçando um a um.

Quando o último se desfez, sobre os exércitos que se batiam ficou cismando, as nuvens se adensando como se não houvesse limite.

O sabor do ódio era palpável, como o sabor do medo e do horror que se erguia do chão. Embebia-se nisso, sua alma sentindo enorme prazer. Lentamente, sem se aperceber, já não havia dois exércitos, nem mesmo lados em disputa, mas apenas seres com receios e tomados de dores e medos.

Perdia-se satisfeito nessa contemplação quando seus olhos a viram, e nela se deixaram, perdidos, a alma suavizando seu ódio e seu prazer, até que...

Uivo suspirou fundo com enorme alívio, um sorriso se formando entre as plumas escuras que se suavizavam no sorriso da flor-do-mato, até que as nuvens se foram, sob os olhos agradecidos e felizes de Allenda, seguindo Uivo até que tocou no solo, bem ao seu lado.

Ybytu e todos os outros também se deixaram cair de joelhos, totalmente esgotados.

Quando Uivo levantou os olhos agradecidos viu que alguns guerreiros haviam sido destacados para manter um cordão protetor em volta deles. Devagar examinou seus ferimentos, conferindo que seu tempo como demônios não havia sido suficiente para sará-los todos, tendo agora que se cuidar apenas com sua capacidade de pumacaya. Com preocupação verificou a situação dos seus companheiros. Tomado de profunda tristeza verificou a falta de muitos, e soube que haviam morrido. Preocupado procurou por Ybytu, pois sabia que ele era o mais ferido da tropa.

Ao vê-lo deitado num lado se aproximou e se agachou ao seu lado. Em silêncio colocou a cabeça do amigo sobre seu colo e ficou quieto, pensando.

A luta desenrolou-se em tremenda selvageria por longo tempo até que, finalmente, os thianahus deram mostras de fraquejar.

Ao cabo de pouco tempo a partir de então o exército invasor foi sendo empurrado, forçado de volta, destroçado, rechaçado, escorraçado, dispersado e caçado. Finalmente, os entes de roupas coloridas e dentes pontiagudos e os homens de ponchos coloridos e olhares aterrorizados se afastaram de vez.

Devagar os sons de guerra foram substituídos pelos sons de acampamento, cheio de seres cansados e feridos.

Allenda olhou preocupada para o ardun, com dezenas de setas e lanças fincadas no corpo. Devagar se levantou e começou a retirá-las, no que foi ajudada por Uivo.

O ardun resfolegou agradecido.

- Obrigada, Uivo...

- Eu que devo agradecer, Allenda – falou ele, a mão apoiada numa seta ainda cravada no ardun.

- E por quê?

- Por me manter vivo, por me manter..., Uivo.

Allenda sorriu. Mas, ao ver a cara do ardun, riu baixinho.

Uivo percebeu o que acontecia quando o ardun se mexeu para tirar a seta de seu alcance, colocando mais para perto de Allenda que, com cuidado, tomou a seta e a puxou do seu corpo.

Uivo riu e se desculpou com ArrancaToco, que apenas bufou aliviado.

Então o ardun se incendiou, e as setas e lanças restantes se pulverizaram.

- Acho que ele não precisava de nossa ajuda, afinal – riu Allenda se levantando, e em companhia dos dois tomava a direção do grosso da tropa.

- Que bom que fingiu que precisava, amigo – falou Uivo, batendo amistoso no ossudo, que caminhava ao lado.

Itanauara olhou com carinho para Uivo, Allenda e o gigantesco animal que os acompanhava. Estavam cansados, estavam feridos, mas pareciam bem.

Então examinou os seus, e viu que todos tinham sobrevivido àquele duro teste, uns ajudando os outros a se restabelecerem de seus ferimentos.

E viu a jovem Trília, indo de um em um, observando, cuidando, suas mãos emitindo pequenos fachos de luz verde. Feliz viu Canvas e Túnis, dispensando o mesmo cuidado aos outros, juntamente com alguns caiporas e queixadas.

Tudo ficaria bem logo, sorriu satisfeita. Adanu soubera montar muito bem aquele grupo.

Então curiosa viu Allenda se afastar na companhia do ossudo, enquanto Uivo ficava para trás, observando os dois. Em passos lentos os dois tomaram a direção da borda da floresta. Comovida retirou os olhos deles.

As despedidas são sempre doloridas.

Allenda estava perto da floresta, abraçada ao ossudo, que se mostrava tranquilo e em paz. O sol estava alto e a grama estava verde, e a fina lâmina d'água brilhava iridescente, como se uma miríade de sois tivesse baixado à terra, esperançosa de espantar as sombras e terminar de vez a guerra.

Uivo suspirou ao ver Allenda se levantar e, caminhando lentamente, um sorriso no rosto, se aproximar e o abraçar. Então, assim abraçados, devagar voltaram para o acampamento improvisado, enquanto o ossudo, após resfolegar suavemente, sumia na floresta.

UM ELLOS, UM ANJO E UM DEMÔNIO INDECISO

Sempre entendi que cada um é responsável por si e pelo caminho que escolhe. Então, eu deveria merecer alguma ajuda?

Por um momento RoupaSuja ficou em dúvida se tudo estava acontecendo mesmo, se aquela tensão que sentia era verdadeira. Ali o vento açoitava os picos das montanhas, correndo pelos dentes das serras, impassível e natural como sempre, feliz, sussurrando segredos aos ouvidos de quem soubesse ouvir.

Suspirou ao ver uma calda de nuvens brancas se despregando de uma serra congelada.

Devagar inspirou fundo, sentindo com prazer o uivo do vento nos ouvidos e o frio suave correndo por aquele mundo.

Devagar abriu os olhos.

O céu estava azul anil, e apenas havia uma nuvem imensa como uma bigorna alva apoiada no horizonte à Leste. Teve que fazer um pequeno esforço para não saltar no ar e flutuar sobre aquela nuvem e se deixar afundar nela, se perdendo nos vales e ravinas brancas e mutantes.

- O que acredita que ele seja, sonhador?

RoupaSuja, meio a contragosto, deixou as visões que embalava se desfazerem, a mente retornando.

- É realmente um demônio, mas um demônio raro – respondeu com a voz ainda um tanto preguiçosa. - Há muitas estórias antigas que contam de um demônio poderoso, comparável aos dois que dominam as montanhas. Mas esse foi infectado.

- Infectado?

- Sim! Ele foi infectado por um arcanjo que ele mesmo matou. Desde então, conta-se que ele vaga entre dois mundos, entre duas formas de ser. Às vezes louco, outras lúcido... Ele cisma, procurando entender o que se tornou, ou melhor, procurando saber o que e quem é...

- Se ele pender para o mal, acha que conseguiremos dominá-lo?

- Sinceramente, não faço ideia! – respondeu RoupaSuja, o olhar perdido, pensativo. – Dizem que até mesmo os dois demônios maiores o respeitam, o temem. Não sei...

- Você o sente? – perguntou para RoupaSuja sentado à sombra, brincando com uma pedra na mão.

- Sim! Ele ainda está lá, parado, pensativo. Eu o vejo cismando sobre uma flor do mato, uma pequena flor azul que faz crescer entre as pedras. Você não o sente?

- Meio difuso... Sabe por que ele se expos? Essas terras não são as montanhas onde os demônios dominam. Ele se aprofundou demais – murmurou observando as altas serras e os picos mais altos. – Ele tem autorização para estas terras?

- Sim, por todas as terras. Ele tem a autorização do arcanjo...

- Mas outros demônios também mataram anjos e arcanjos, e nem por isso têm seus pensamentos e autorizações.

- Ele não matou apenas. Acredito que, ao perceber e aceitar que morria, o arcanjo se insinuou dentro dele.

BraçoDePedra ficou em silêncio, cismando.

- Você quer dizer que o arcando se doou, é isso? – estranhou.

- É o que parece, meu amigo.

– E o que ele procura aqui, nos picos de nuvens?

- Talvez um refúgio, silêncio para escutar sua alma.

- Será? – duvidou, devolvendo com suavidade a pedra ao lugar de onde a havia tirado. Então se levantou, o olhar analisando o topo da montanha mais alta, bem diante deles. – Ele não veio em paz para cá. Se antes esses eram os picos de nuvens, agora todos os chamam de agulhas negras. Ele matou muitos...

- Sim! Mas tudo leva a crer que o medo dos que aqui viviam os levou a tentar rechaçá-lo, o que não foi nada inteligente, não é mesmo? – rebateu, retomando o caminho para o topo.

- Ele não está aqui... – conferiu BraçoDePedra assim que subiu o último paredão de pedra e fincou o pé no topo da montanha.

- Ele estava aqui. Eu o senti até agora há pouco...

Então os dois ficaram em silêncio, um arrepio tomando todo o corpo.

Um poder tremendo surgiu como que por magia bem às costas dos dois.

Muito lentamente foram se virando.

O que viram os deixou confusos.

Havia à frente dos dois, encarando-os com um misto de curiosidade e atenção predatórias, um ser imenso e poderoso. Ele mostrava as asas meia abertas, marrons, de couro grosso. O corpo parecia feito de couro marrom avermelhado e espesso, repleto de runas estranhas como desenhos negros que pareciam vivos. Seus olhos eram vermelhos e inteligentes. Tudo nele exalava independência, poder e desprezo.

- Então aqui está você, Mercator... – cumprimentou RoupaSuja, os olhos estudando o gigante que os examinava ameaçador.

- Uma decisão, um ponto sem volta... Vocês me definem?

- Como? – BraçoDePedra titubeou. A mente dele era hermética. Nem um mínimo ele a conseguia sentir, e ele parecia não demonstrar saber que ele procurava sondá-lo.

- Vocês me procuram...

RoupaSuja aumentou suavemente seu poder, e Mercator o olhou curioso.

- Medo, anjo?

- Você é poderoso! Mas não é medo, é apenas respeito, Mercator.

- Sei o que procuram, sei o que querem.

- Eu acho que não... – adiantou-se BraçoDePedra.

RoupaSuja se martirizou por não ter mantido BraçoDePedra sob observação. Num momento BraçoDePedra estava preso, o corpo hirto, suspenso a poucos centímetros do chão. Mercator não o olhava, mantendo toda a atenção sobre RoupaSuja.

- Não, não faça isso. Você não quer destruí-lo...

Um grito apenas, e BraçoDePedra se desfez.

RoupaSuja, incrédulo, observava o lugar onde BraçoDePedra estivera, uma tristeza imensa tomando-o. Devagar levantou os olhos para o demônio, a mão no cabo de uma espada ferruginosa e rubra que crescia ao lado do corpo.

- Um anjo. Raiva, ódio... Naturais. A raiva e o ódio são motores, energia... Demônio é o meu nome para você...

RoupaSuja o examinou com bastante cuidado, e percebeu que ele nem mesmo se dava conta de ter matado BraçoDePedra. Para ele BraçoDePedra não existira, nem nunca tinha existido. Devagar tirou a mão da sua espada e sondou ao redor, e os viu. De muito longe anjos e demônios os observavam com extrema atenção.

> Não sou gente ou sombra ou animal. Não sou vida em corpo, não sou essência. Eu sou consciência...

- Quem sou eu, quem é você... Você sabe quem o observa?

- Demônios e anjos.

- Sim, demônios e anjos. De um se tornará inimigo, mesmo que ao outro não se una.

- Minha consciência não depende do que eu me tornar, pois o que eu me tornar será por um tempo breve demais.

- Não entende que você não irá se tornar? Você sempre foi o que é. O que o afeta, o que deixa que o afete é o que o define. Se algo lhe faz mal, ou bem, é porque encontra uma resposta em você.

Mercator ficou estático. O ar mudou em torno da montanha. Havia uma tensão, como a que antecede uma descoberta, o momento antes do salto do predador.

> O universo em uma flor... – RoupaSuja insistiu com suavidade. - Cada coisa que olhar terá muito a lhe dizer, de renovações e renascimentos, de inspirações e solidões. Vida... Ser vivo é ser consciência, como tudo o que o cerca, desde a montanha até a última pedra sob o céu, e o último ser que se diz ser. Você não é a única vida consciente aqui. Toda a vida tem consciência, quer ela saiba disso ou não, quer você enxergue isso ou não.

A tensão aumentou quanto mais RoupaSuja se aproximava. Mercator não se movia, não se denunciava. Cada palavra um grilhão, construindo uma prisão.

Então ele se moveu.

RoupaSuja estava estirado de costas no chão, o braço direito puxado com brutalidade para trás, preso com sua asa, de onde minava sangue na raiz.

A dor era imensa, mas RoupaSuja acionou cada músculo. Precisava de mais algum tempo, um mínimo de tempo.

Com uma força descomunal girou o corpo e se libertou, se plantando à frente do gigante.

A dor o tonteava. Mas o que estava para acontecer lhe dava a paz necessária.

Mercator se refez e, num átimo, sacou a espada e atingiu o peito do anjo, penetrando poucos milímetros. Mas o anjo bloqueou o movimento dos pulsos, que buscavam ir mais fundo para então subir a espada e cortá-lo ao meio. Sem pensar puxou os pulsos para si aprofundando a espada em seu corpo e se aproximando de Mercator. A espada penetrou e atravessou seu corpo, parando no cabo.

- A flor não mentiu... – RoupaSuja sussurrou. – A flor não mentiu – repetiu num murmúrio quase inaudível.

Então uma onda de luz, poderosa, cegante, encheu o lugar.

Mercator dobrou-se, o joelho direito no chão, a espada tombada ao lado.

Com um suspiro profundo levantou os olhos. Tudo estava vazio, e lá somente o vento brincava entre as pedras.

Uma pequena flor amarela perto do joelho, pacífica, feliz, cheia de poder, irradiava sua luz.

- A flor não mentiu – ele repetiu para si, tocando com suavidade a flor, lembrando-se dos olhos que se despediam.